EXLIBRIS 《岁月里一弦清音》张春莲

岁月里一弦清音

张春莲 著

山西出版传媒集团
山西教育出版社

春天我攀越高高的山岗
寻找曾经盛开野丁香的地方
松柏浓荫下那纯洁的白，浓郁的紫
都在烂漫而幽静地开放

可是，随着流逝的时光
赏花的我们　终将被遗忘
但愿岁月中能留下几首小诗
伴随一抹淡淡的斜阳

目　录

第二辑　读书读人

第三辑　如烟往事

第四辑　瞬间思绪

岁月里一弦清音（代序）

窗外，夜雾迷蒙，淅淅沥沥的秋雨滴落在屋檐上，瓦楞上，窗棂上，发出叮叮咚咚的声音，如同在演奏一弦曼妙的清音，给秋夜平添了几许宁静与温馨。

此刻，坐在灯下，整理几年来陆陆续续书写的文字，思绪缠缠绕绕，想起了与此相关的点点滴滴。

一直喜欢写作，即使当年在故乡贫瘠的土地上当农民的时候。尽管现在看来，那短短的小诗，仅仅是一则浅显的顺口溜而已。上大学的夙愿实现之后，由于学校是综合大学，没有明确的专业方向，因此，心里实实在在是把写作当成终生献身的事业了。1972年冬天，我的第一篇散文在《太原日报》上发表了，瞧着那一行行整齐排列的铅字，还有文中小小的精致的插图，那种欣喜之情简直无以言表。后来，写诗歌，写小说，几乎成了我学习之余的主要内容。毕业后，我被分配当了教师。那个年代，工作是不可能自己选择的，只有无条件服从。我在《路漫漫，水长长》的一文中写过当时的心境，直到经历过一次大病后，才真正喜欢上了学生，真正热爱上了教育。工作中，每逢节日，会为学生编写文艺节目，如诗朗诵、三句半等。从事教研员工作之后，我的写作几乎全部集中到了教学方面，谈教学方法，说考试评价，也有文学鉴赏之类，却往往集中于课文中的内容。期间，也写了几篇散文随笔，终因不大自信，不敢拿出来。比如那篇《怀想父亲》的文章，其实是2005年就写了草稿的。

2009年春天，一次偶然的机会，我听了著名特级教师王栋生（杂文家吴非）老师的报告。他说，一名合格的教师，应该是思想者、阅读者、写作者和实践家。他的话对我触动很大，回顾几十年的教学、教研生涯，自己常常耽溺于忙碌的事务中，渐渐疏远了文学作品的写作。我也意识到，作为一名语文教育工作者，如果自己不懂写作，不会写作，就不能很好地指导和从事语文教学。因为，只有写作，才能真正提高自己的语言运用能力、分析思辨能力、抽象概括能力。而这些能力，正是我们搞好教学十分重要的能力。反之，即使课上得很好，也只能是一个底气不足而匠气有余的普通教师。

也就是从那时候起，我又开始了写作。首先，我拿出搁置了4年的《怀想父亲》的草稿进行修改。一旦沉下心来写，离开我14年的父亲的形象在我眼前又清晰起来。我还记得那是一个春日周末的上午，我静静地回忆着父亲生前的一幕幕，思念之情变成了汹涌的泪水，一滴滴地落在稿纸上，洇染了大片的字迹。这篇文章，先是发表在宁夏的《黄河文学》上，后又被《青年文摘》转载。第一篇写作的成功，极大地提升了我的写作兴致，随后，我一连写了几篇，如《故乡的小院》《老家的堂兄》《枣糕的故事》等，也先后发表在《山西文学》和《黄河》杂志上。还有一篇《静谧之美》发表在《散文》杂志上。

这之后，工作依然繁忙，然而，每周坚持写一篇已经成了一种习惯。在宁静的夜晚，在周末的闲暇，静静地坐在电脑旁，看一行行汉字排列在电脑屏幕上，是一种愉悦，更是一种享受。这时，我的写作思路也会十分的开阔：往日的经历，阅读的感受，平日生活的点滴……都云集于笔下，成了我取之不尽用之不竭的写作内容。也由于这一习惯的养成，使我在工作之余充满了乐趣，也使生活变得更加丰富和充实。

在这秋雨绵绵的夜晚，回想以上的内容，忽然觉得，写作像极了这敲击窗棂的秋雨，它就是一弦清音，虽然不是生活的主旋律，但却曼妙无比。有它的陪伴，人生自然会生出无限的乐趣。

第一辑　亲友杂记

怀想父亲

父亲离开他眷恋的儿女们已经整整10个年头了。几次想动笔写点回忆文章，却每每因悲痛之情不能自已而搁笔。曾把想写父亲的念头告诉大哥，他十分赞同，说等我有了闲暇，再给我提供“写作素材”。他说他比我大十多岁，知道很多父亲年轻时候的故事。那些故事都很精彩，足够编成一本厚厚的书。一年前，大哥也离我而去。我伤心他的过早辞世，遗憾一直没有兑现听他讲述父亲故事的承诺，更悔恨自己做事的拖沓和动笔的迟迟……

父亲活了85岁，如果循着他的足迹逐一清点，可以记述的事情实在太多，譬如，他13岁就离开河南温县老家只身到山西阳城学铁匠手艺的艰难；为了逃避国民党抓壮丁半夜翻越城墙被撞得头破血流的凶险；评为人民公社劳模后，事迹和照片刊登于地区日报的荣耀……不过，在我们兄妹心中，最难以忘怀的是父亲对我们的一片拳拳爱心。

我7岁那年，赶上了所谓的“三年自然灾害”。小小的年纪，正是活蹦乱跳的时光，却因长期处于饥饿状态，整天就和妹妹、侄女躺在院里的石条上，懒懒地不愿动弹。唯一能够打动我们并让我们爬起来的就是母亲叫全家人吃饭的喊声。这天午饭，我发现自己惯常使用的大碗换成了小碗，边哭边高声嚷嚷：“这不是我的碗，三碗吃不饱！”“怎么就换成了小碗？我要吃四碗！”现在听来好笑，一个瘦瘦小小的女孩子竟然每顿能吃三大碗饭！可是，那是怎样的“饭”啊，清水里放上几片菜叶或树叶，再搅进一把糠皮、麸皮，熬熟了就是“饭”。这样的饭，除了当时能把肚皮撑圆，却实在不经饿，更别说有什么营养。即使这样，短暂的饱胀也成了人们唯一的追求和极大的享受，总比饥肠辘辘头昏眼花要好受得多。我想当时在我幼小的心里，大概以为无论使用多大的碗每顿只能吃三碗吧？三大碗尚且常常挨饿，三小碗就更吃不饱了。父亲明白了我哭闹的原因，先是发笑，然后就低头不作声了。我望着突然沉默的父亲，似乎还听到了他长长的叹息声。父亲为什么叹息？他当时想的是什么？年幼的我自然不知道，也不会去多想。

大约是第二天傍晚吧，夜幕降临的时候，父亲出门了。我摸了摸他肩上的钱褡子，里面是早就打好一直存放在家里的饭勺、菜刀和斧头之类。母亲说，沁水县一些山村不太缺粮，父亲想用铁货去给家里换粮食吃。给生产队干活，白天要出工，假是不能请的；再说，换粮食几乎是犯法的事，哪里敢让人知道呢！

父亲出门了，除了肩上的钱褡子，手里还拎着一根细柄尖头的铁棍——驱狼防身用的。

灾荒年，人挨饿，饿狼也多。常常听到大人们在谈说饿狼伤人的故事：村里一个教书先生，周末上地带着幼小的儿子，不承想大上午的狼来了。他用锄头和狼搏斗，狼却左冲右突不愿离开。最后，教书先生害怕了，边扭头逃跑边喊："儿子，快跑！"跑了几步，发现不对，儿子呢？回身张望，高高的山岗上是狼叼着儿子渐行渐远的背影。邻居8岁的女孩中午到村东看望姨妈回来，手里还拿着姨妈给的一小袋吃的，应该是有了吃的高兴了吧，小姑娘边走边哼着小曲。走到村中间，突然被土坡上窜下来的一只狼扑倒在地。等人们拿着棍棒、锄头等家什赶到时，女孩已经被咬断了脖子，手里却还紧紧地攥着装有食物的袋子……

父亲出门的那个夜晚，天漆黑。以往的这个时辰，我早已沉沉进入梦乡，但此刻，我却没有一丝睡意。我陪伴在同样焦虑不安的母亲身边，担心着匆匆行走在山间小道的父亲。想象着父亲可能会遇到饿狼时，眼前似乎出现了一对凶恶的放射着幽幽绿光的眼睛……这一夜，带给我的是生平第一次的深深的恐惧和不安，以至很多年过去了，那个漆黑的夜晚，那种心灵的煎熬和恐惧感还深深地存放在记忆中。

父亲是天快亮的时候回来的。在闪烁的微弱的煤油灯下，他的脸上满是疲惫，但语气中却含着隐隐的兴奋。他感叹山村老乡的厚道，不仅痛快地换给了粮食，还热情地让他吃了顿久违了的小米干饭。

打这以后，父亲每隔一段时间就要到沁水一趟。照旧是夜里出门，天亮前回来；照旧是肩背钱褡子，手拿铁棍。就这样，父亲用他的疲劳和冒险，使我们全家平安地度过了灾荒之年。但奇怪的是，父亲在漆黑的夜路上常年奔走，却始终没有碰到过饿狼。

1972年是我上大学的第一年，学校还有农场。我们也像农民一样，春来插秧，夏日拔草，秋季收割、脱粒、入仓。寒假来临，学校给每个学生分了30斤大米。很多同学嫌路途遥远不便携带，要不拿来送人，要不干脆不去领取。从小生长在山村的我，知道农民生活的艰难，乡亲们一年四季风吹日晒在黄土地上耕耘，日子却没有什么好转。这30斤大米，也可能正是家里最渴望得到的最实惠的年礼啊！写信告诉了父亲返家的日期后，我带着沉甸甸的大米登上了拥挤不堪的南下的火车。

第二天清晨，车到侯马。下车一看，遍地银白，原来是一个漫天飞雪的天气。这可坏了，还有二百多里才能到家，这恶劣的天气，这高高低低曲曲折折的山路，汽车敢行走吗？抬头看天，雪还在纷纷扬扬地下，根本没有停息的样子。更让我担心的是，父亲肯定已经早早从家里出发，正深一脚浅一脚地行走在通往汽车停靠点的山路上。接不到我，他就会一直站在大雪里，站在公路边，扬着他已经显得苍老的面孔望着西边车来的方向，久久地等待。我无法联系到他，也不可能通知他，唯一能做的就是赶紧到汽车站碰碰运气。

小小的侯马汽车站，滞留了几百号人，大家吵吵嚷嚷地在和负责人交涉，要求出车。已是年根，谁不想早点到家？虽然天气恶劣，路途危险，只要汽车开动就有希望啊！等了很久，车站终于答应发车了。汽车打着防滑链，载着满满的一车乘客驶出了侯马，行驶在厚厚的铺满积雪的公路上。那时候的公路没有铺柏油，晴天扬土，雨天溅泥，在这大雪的天气里，坑坑洼洼地还打滑，更难行走。好几次翻山时车爬不动，直往下溜，惊得人们哇哇乱叫。好在老司机技术好，有经验，虽然历经种种艰难，最后还是有惊无险地停靠在了我下车的小站。只是比原定的到达时间整整晚了5个小时。

车窗外，雪还在下。一望无际“万径人踪灭”的雪野中，只看见一个黑色衣裤的人。他挺挺地站在路边，火车头帽上堆满了厚厚的积雪。再细看，那高高的身板，瘦削的面孔，慈祥的眼神……不出预料，正是父亲！车门打开时，父亲已经匆匆走到跟前，忙忙地从我手里接过了装有大米的行包。已是傍晚时分，还有15里山路，我们来不及消停又奔走在回家的山间小道上。

背着大米，深雪中行走，虽然深一脚浅一脚地分外吃力，但父亲显然是高兴的。他走着，也在不停地说着，他问我昨晚的火车挤不挤，能不能睡一会儿？长途汽车上冷不冷，路远车滑一定很危险吧？中午在车上不能吃饭饿了吗……我一一回答之后，父亲放心了。正待我打问家里情况，父亲又说话了。他说两个哥哥都从部队写来信，过年假期短就不回来了。这两天母亲念叨得最多的就是我能早点回来。他说生产队刚分了50斤麦子，加上我带回来的30斤大米，家里就能过个好年了。父亲还说，邻居家盖房子把我家院子的水道堵住了，秋天雨多水出不去，房子的后墙都泡了。村干部出面调停，邻居也不愿改砌。父亲问我，能不能找找乡里干部？你在家时帮乡里整理过档案，应该认识他们……

父亲又说到了房子。我知道，房子一直是父亲的心病。也难怪，父亲从小到大，在我家盖房子前，从来没有真正属于自己的房子。小时候在河南老家，住的是茅草房，黄河一涨水就被淹掉，根本就不是能称作"家"的房子。到山西后，总没有断了将来还要回河南老家的念头；也因为要供养孩子们读书，经济状况一直不好，只好长期租住邻居的房子。直到哥哥姐姐们相继在山西成了家，父亲才下决心盖了一院房子。这下，不仅花完了父亲多年的积蓄，哥哥们倾其所有也凑了钱，最后，还是欠下了四千多元的外债。更不用说盖房子期间，父亲以他六十多岁的身体起早贪黑地拉砖运土，借架杆，找泥匠……连续忙了三个多月，房子盖起来了，父亲的体重却整整下降了30斤。搬家那天，父亲自豪地对人说："我给儿女们留下产业了，这辈子值了。"现在想想，父亲对"产业"的理解实在有些狭隘，在困顿的家境中，我们兄妹几个能顺利地上学读书，并借以走出山区，离开贫瘠的土地，有了可以养家糊口的工作，这又何尝不是一种无形的值得父亲向村人炫耀的"产业"？他只明白，他爱他的孩子，也希望孩子们能永久地记住他，有形的纪念品不是摆在家里的什物，最好的也最能够流传后世的只有矗立在地上的看得见、摸得着的房子。他的这些想法，虽然与一般农民无异，但也是一般农民即使奋斗一辈子也不一定能够实现得了的梦想啊！无怪乎那些年父亲给我们写信总要说几句与房子有关的话：房顶太薄了，才垫了几车土；房檐的瓦被风吹掉了几块，找人补上了；院墙有些低，夏天你们回来后再加高吧……

沉思中，突然发现父亲不说话了，站住了。我想可能是大米太重，父亲想放下喘口气了。我走近他，刚想帮他拿下大米，他突然有些不好意思起来，声音也低了：“你包里有没有点吃的？早上我没顾上吃饭。”我呆住了，一种愧悔的情绪猛然袭来。我真糊涂！明明知道父亲一大早就要往车站赶，明明知道车站旁是荒野，买饭都找不到人家。明明还理所当然地接受了父亲对自己有关吃饭的问候，却独独没有想到关心一下偌大年纪在深雪中奔走了、等待了大半天的父亲……我急忙打开行包，拿出火车上买的两个饼子，双手递给了他。

几十年过去了，飞雪中我和父亲相伴而行的场景还时不时地在眼前浮现，就像一幅定格的永不褪色的画面……

老年的父亲是孤独的。他盖的房子儿女们也只有假期才回去住几天。我们也曾几次把二老接出来，但住不了多久，父亲就念叨上了：城里憋闷，没有乡亲们聊天；下雨了，老家房子不晾晾，会潮湿的；你们工作太忙，下班还要照顾我们，太累……最终，父亲还是回了老家。最后几年，考虑到母亲身体也不大好，妹妹将他们接到了村东自己的家里。我们回去探望，也都住在妹妹家，只是每次都得按照父亲的要求到老院去拔草、压屋顶。妹妹说，父亲常常提醒她，他不行的时候一定要赶紧送回老院去！

1995年4月，父亲去世了。他去世的时候，儿女们都不在身边。听妹夫讲，他是到老院打扫房子突然昏倒的，倒下后就没有起来。我和哥哥们到家后，看到的是静静地躺着的父亲，是再也不能看一眼他喜爱的儿女们的父亲……我想：父亲最终还是回到了他的房子里，他为之奋斗了大半辈子，视之为送给儿女们的最宝贵的产业的房子里。这也算是了了他最后的一个心愿吧！

泪眼蒙胧中，我好像又看到了背着钱褡，匆匆行走在漆黑的夜路中的父亲；漫天大雪中，深一脚浅一脚地和我相伴而行的父亲……

2005年6月20日于新华印刷厂

2009年3月修改

冬天的回忆

冬天到了，母亲的生日近了。每当想起母亲，心情就比较复杂：思念，感激，愧悔……母亲逝世已经11年了，我还没有专门为她写点文字，尽管以前的文章中也稍稍提到过。

在我们老家，有一种说法，龙年出生的人如果生在腊月会犯月，就是命硬，会对父母或自己不利，母亲恰好生在腊月，她小时候的经历，还真应了这一说法。

母亲不到3岁、舅舅刚刚1岁时，姥姥就病逝了，年纪轻轻的姥爷养活两个不懂事的孩子实在艰难，在亲朋和乡邻的劝说下，也曾打算续娶，可是在村里的土戏台下看了豫剧《卷席筒》后，姥爷痛哭了一场，从此打定主意，终生不再续娶。因为他实在担心自己年幼的孩子像剧中孩子一样，受后母百般的刁难和折磨。为了养活母亲和舅舅，姥爷长年外出打工，只好把母亲寄养到姑姑家里。没有想到，母亲在这里却受到了姑姑像后母一般的虐待。夏天，姑姑家果树挂果了，怕外人偷摘，孩子们糟害，母亲就成了果园里最合适的看护人。从早到晚，母亲就待在黄河滩上那酷热难耐的果园里，午饭是村人捎来的，清水煮菜叶，难得有几粒粮食，还往往因为天热而馊酸变味；看着难以下咽的菜汤，母亲有时候宁愿饿着，也会悄悄刨个土坑把饭埋进去。多亏姥爷隔三差五到果园给她送点吃的，一个烧饼，或一两个馒头。这些，当然是避开了姑姑的。漫长而冷寂的冬夜，姑姑在煤油灯下纺棉花，6岁的母亲就盘着双腿坐在旁边织头网（旧时代妇女套在脑后发髻上用的）。小小的年纪，哪里能像大人一般熬夜？织着织着，母亲就忍不住迷糊打盹，织网的手停下了，瘦弱的身子一个劲往炕上倒，姑姑斜瞥一眼，抽出纺锤朝着母亲的头就是狠狠一锤。母亲从剧烈的疼痛中醒来，摸摸头上红红紫紫新新旧旧一个个的鼓包，只能隐忍了哭泣，把眼泪咽到肚里。直到10岁，母亲能操持所有家务活了，一家人才生活在一起。

母亲生性善良，又从小失恃，遭受过诸般的艰难，所以她对我们——她的孩子们，发自内心地心疼着、呵护着，可以说倾尽了一腔爱意。

母亲生我时也恰逢冬季，由于租住的房子潮湿寒冷，她患了严重的风湿性关节炎，腰腿疼得起不了床，连翻身都要靠别人帮着。而我，还需要母亲不停地侍弄和喂养。父亲心烦意乱，嫌我害苦了母亲，多次提出要把我送给村西没有子女的于大叔。看着因奶水不足生了口疮的瘦骨嶙峋的我，母亲舍不得，说家里只有姐姐一个女儿，让姐妹俩做个伴吧。由于母亲的坚持，我才得以在父母身边长大。

我小时候，虽然人长得瘦小，却顽劣调皮如男孩，刚学会走路就喜欢爬高上低地玩。一次，从高高的戏台上跌入戏场，摔得鼻青脸肿，母亲心疼得拿笤帚痛打了看护我的大哥一顿。更严重的一次，是从窄窄的窗台上掉下来，造成了右臂脱臼。我疼得龇牙咧嘴，一条手臂软软地耷拉着，抬不起，动不了。母亲一边数叨着我，一边心疼得淌眼泪。那时接骨医生极少，村里人接骨，都要到30里外的晋城下町村找一位老大夫。父亲活计多，脱不开身，就让徒弟牵着马驮着母亲抱我前去。不知什么原因，往返经过村口那棵枝丫遒劲的老槐树时，那匹一向沉稳的白马突然莫名其妙地狂跳和嘶鸣，母亲猝不及防，被重重地摔在地上，以至于浑身多处擦伤，而我却在母亲的保护下安然无恙。

小学四年级时，父亲患了沙眼病，眼看一天天加重，母亲只好把我和妹妹交给年轻的嫂嫂照管，自己去城里陪侍父亲。大概从小就没有离开过母亲吧，望着她跟着父亲过了沁河，走上通往县城的大路，背影渐渐在拐弯处消失，我伤心得哭了很久，学也不想上，头昏脑涨地爬到床上睡了。醒来后，感觉浑身滚烫，喉咙肿痛。当时村里正流行白喉病，我的同学小杏就没能逃脱这场劫难，病逝了。这个消息是我病愈后才知道的，我着实为我这个美丽活泼的好朋友伤心了许久。当然，被这场瘟疫夺去生命的不仅仅是小杏，还有十多个正上小学的少年。嫂嫂见我发烧，非常害怕，急忙请来了医生，检查结果证实，我和小杏患了同样的病！县城离家尽管只有25里远，但交通不便，电话不通，等消息辗转传到县医院，已经是第三天的下午。母亲听到消息，顾不上刚刚做过手术双眼还蒙着纱布的父亲，匆匆忙忙摸黑赶回了村里。昏迷中，我隐隐约约听到母亲在叫我的名字，那熟悉而亲切的声音，似从远处轻轻地飘来，渐渐近了，真切了，我努力睁开了眼睛，在昏黄的灯光下看到了满脸写满焦急的母亲。我喉咙生疼，哭不出声，但眼泪却止不住地涌流。母亲也哭了，她用手轻轻地拍打着我，抽噎着说："不哭，不哭，有妈陪你，你会好的！"在母亲不分昼夜的精心服侍下，服药打针十多天后，我终于闯过了鬼门关，活过来了。

母亲出身穷苦，自然不识字，甚至在她生活了几十年的故乡，很多人都不知道她的姓名。父亲和村人都叫她"满堂（大哥的名字）娘"，我知道她的名字也是十多岁后从户口本上看到的，但她的行为却在无声地教育和影响着儿女。

母亲的脚是"解放脚"，就是那种小时候被缠裹，后来又放开了的，五个脚趾朝里朝下折叠着，扭曲着，脚踝骨都变了形，走起路来就有点扭摆和蹒跚。我们是个大家庭，兄妹五个，还有前前后后跟着父亲学习铁匠手艺，吃住都在家里的几个徒弟，后来又有了嫂子和三个侄子辈，一家十多口的饭菜及一应家务，基本上全是母亲一人操持。每每放学归来，看到母亲在灶间满头大汗地煮饭，挪动那沉甸甸、装满了滚烫的饭菜的大铁锅，真有点替她担心！因此，从我记事起，每每吃过饭，不用大人吩咐，我就会帮着母亲收拾锅碗瓢盆，清洗和归纳。由于起早搭黑整日不停地忙碌，夜里，母亲会因为腿脚酸痛不由自主地发出轻轻的呻吟。偶尔，我还没有睡着，就会给母亲捶打几下。因了我这一小小的举动，我看到在昏黄的灯光下，母亲的脸上满是惬意。

那个年月，每家都有自留地，人口多的，土地自然也会多分一些。父亲忙铁匠生意，哥哥姐姐外出上学，嫂子在生产队里挣工分，母亲就常常要到自留地里干活，我第一次割麦子就是跟在母亲后面学的。农历五月，毒热的太阳下是望不到头的黄黄的麦垄子，用力割一会儿就会腰酸背痛，还有那尖尖的麦芒儿一个劲儿地朝人脸颊上、手臂上划着，扎着，又疼又痒。此时，我真想扔掉镰刀坐到地上。抬头望望，母亲那弯着腰的汗湿的后背一直在前面不停地动着，整齐的麦个子在她身后排成了长长的一行。我有些羞愧了，咬咬牙，又弯腰挥动起了镰刀。

我常常想，在几十年的人生岁月中，面对艰难困苦，我之所以没有惧怕和退却，除了父亲的影响，还有很大一部分应该是从母亲那里继承的吧！

后来，我上学了，工作了，只有假期才能回去。看到母亲年纪大了，眼睛老花得做不了针线活，我就学着给父母缝制衣服，编织毛衣，拆洗被褥。这些本该是女儿做的事情，在母亲看来，却像是得到了极大的恩赐，满脸幸福地笑着、乐着，经常在邻居面前夸我。再后来，我有了自己的家，假期也常常有工作安排，回去的次数就更少了。母亲虽然没有抱怨，但从她见到我时的欢欣，送我走时的落寞，我知道她舍不得我离开。在我的多次要求下，父母也曾到我工作的城市住过，但时间不长，就又会念叨着回去，说年纪大了，不能长期住在外面的。其实我何尝不明白母亲的心，她是怕我们工作压力大，再给我增加负担。父亲去世以后，担心母亲一人寂寞，我想接她出来，每每和她商量，却常常先是高兴，接着就不住地摇头，坚决地拒绝，她的道理在那句一成不变的话里："老了，再不出门了。"

2002年夏天，母亲病重，我却因为出差在外，没有守候在她的身边；在她弥留之际，也只是短暂的探望之后又匆匆返回了单位。万万没有想到的是，就在我离家半天后母亲就去世了。她的离去，给我留下了永久的深深的遗憾，也成了我一生中永远的痛。

"子欲养而亲不待"，如今，我再也不能对母亲尽孝道了，只能在心里默默地想念：想小时候在母亲身边的那些岁月，想母亲守候在家门口期盼儿女的神情，想母亲给予我的温暖无比的浓浓的深情……

2011年12月29日

老家的堂兄

堂兄是河南老家六叔的儿子，大我三岁。几十年来，我和他也只见过几次面。

第一次是我上小学五年级时。放寒假后，父亲要带我回老家看看，说："你也不小了，回去认认老家的门和老家的人吧!"

在黄河岸边的二叔家逗留后，我随父亲来到一个叫边沟的小村庄。在六叔六婶热情的招呼声中，我第一次品尝了香喷喷的油煎红薯凉粉，第一次看到了足有半斤重的雪白的大馒头。中午时分，家里突然进来一个长得瘦瘦高高剃着光头的男孩，他就是堂兄。堂兄对我并不友好，自顾自地吃饭，旁若无人地翻课本，写作业。有点瞧不起人的样子。我本来就对陌生的环境发怵，加上堂兄的"做派"，更显得拘谨而落寞。六叔似乎感觉到什么，一巴掌拍在堂兄的光头上，命令似的说："去，带妹妹到马河边玩玩!"堂兄不情愿地合上书本，领着我往村边走来。

马河是一条窄窄的溪流，在成片的黄土地中冲刷出一条壕沟，就成了河床。

走到河边，堂兄说话了："你见过蛤蜊吗？"

"就是用来装护手霜的蛤蜊吗？没见过活的。"我说。

"知道你们山西就没有。等我下河给你掏几个。"堂兄说着，抬脚将鞋一甩，跳到了河里。

正值冬季，河水虽然没有结冰，但肯定很凉。我张张嘴想劝住他，但看他那一脸瞧不起人的样子，话又咽回去了。

堂兄弯腰在河底摸着，摸一阵，就向岸上扔一下。哈！圆的，长的，白色，褐色，鸡蛋般大小的，杏核样的……原来蛤蜊还有这么多品种啊！我拿起这个，放下那个，稀奇、喜爱的心情使我忘记了堂兄的傲慢。

"够了吧？"原来堂兄已经上岸。瞅他一眼，我笑了。堂兄的脸上有好几道黑泥，是不小心用手涂上的，显得脸黑齿白，挺滑稽的。

"真是个没见过世面的小妞，看到蛤蜊还这样高兴！"堂兄看我贪婪的样子，脱掉棉袄罩衫铺在地上，一股脑儿地把蛤蜊包了起来。

这包蛤蜊自然全被带到了山西，成了我向同学和朋友炫耀的资本。现在想想，小时候的堂兄的傲慢其实是那个年龄段的男孩子在女孩子面前故意装出来的男生的矜持。

随后的十多年，只是从老家来信中零星地知道堂兄的一些消息：堂兄学习成绩很好，却因为是长子，初中毕业就回家到生产队干活了；堂兄刚满20岁就成了家，后来有了孩子，盖起了三间平房；堂兄干活勤快，一直忙碌，生活却始终没有大的起色……

再见堂兄已经是1992年。国庆期间，我和大哥、大嫂一起回了老家。

在二叔那树荫遮蔽农田环绕的小院里，我辨认着前来看望的老家的亲人：有的依稀是我记忆中的样子，有的则完全变了模样。二叔介绍到堂兄时，我吃了一惊：眼前这位鼻梁高挺、脸膛黑红、身材魁梧的中年人原来就是当年那个傲气的瘦瘦高高的光头男孩！他身旁有位胖胖的文静的中年妇女，是堂嫂。亲人多年不见，自然有聊不完的话题：我们谈论家乡的年景，询问各自的生活境况，倾诉对亲人的牵挂之情。不知不觉，已是午夜时分。还是二叔提醒第二天要起早下田刨花生，大家才意犹未尽地散去。

送走了大伙，堂兄堂嫂却没有离开。我正要劝他们回家，堂兄说话了："春莲和大嫂到我那边住吧！"我连连推托，心想：这可不行！他们家并不宽敞，大儿媳又刚过门，哪有地方呢？二叔说："他饭前已经和我讲好了，我这里也就没给你们安排。还是过去吧！"事已至此，我们别无选择，只好乖乖地来到堂兄家。原来，堂兄让我们住的是他儿子结婚时的新房！房间不大，却十分整洁，门上贴着红红的“囍”字，窗户上有五彩绚丽的剪纸，床上摆着光鲜干爽的被褥……堂兄说，担心我们从城里来，住不惯乡村的土炕，就让儿媳回了娘家，儿子住到了村办企业的厂房。还说，村里条件有限，不知我们回来，要不可以先添置一些脸盆、毛巾等日用品的。

躺在宽大舒适的木床上，我久久不能入睡。脑子里叠印的是小时候第一次见面的堂兄和现在的堂兄的模样：几十年岁月的磨洗，堂兄已经不是小时候那瘦瘦高高、傲气十足的男孩子了，他显得那样的稳重和成熟。但从他身上，我却分明感受到了那从小至今一直保持着的极其细腻的心思：马河边帮我掏蛤蜊，知道山西人没有见过；现在想办法准备住处，担心我们不习惯受委屈。这些看起来似乎微不足道的小事，却都是生活在至今仍然贫瘠的土地上的农村人的倾力而为呀！

今年3月，六叔身体不好，我决定再回一趟老家。堂兄听说后，连续几天打来电话，每次都强调着同样的内容：他的房子太旧了，刚刚拆掉，回去怕我们没地方住；要不别回去了，等秋后新房修好，就有宽敞的住处了；六叔是老毛病了，他们兄弟几个会操心的。

我没有听堂兄的话。父亲和二叔都已过世，六叔是父辈中唯一的亲人了，哪能因为住处不合适就放弃探望呢？

到老家见过六叔，心里稍感踏实。晚饭后，我来到堂兄家。果然，以前的三间旧房不见了，原址上有不少泥匠在照得通明的灯光下忙碌地修盖新房。见我到来，正在和泥的堂兄忙把我带到旁边的厨房里。

望着灯光下的堂兄，我明显感到，和前些年相比，他黑了，瘦了，腰板也似乎有些驼了。问到家里的生活状况，堂兄不住地摇头，他声音低沉地告诉我：村里大部分土地被工厂征用了，每户留下极少的一点，只够种些口粮和蔬菜。失去了土地的农民，依靠工厂给的一点补偿根本没法生活。年轻人没活干，都到外地打工去了。我这才发现两个侄子没有在家。堂兄说，大侄子在县城开了家小饭店；老二刚成家，在邻村帮人养羊。我问："没有钱你用什么盖房呀？"堂兄苦笑着说："这些年我一直在镇里的砖瓦厂做饭，虽然早起晚睡，每月下来也能有400元的收入。"我吃惊了，在城市里，400元钱算什么呀！两三个人下一次饭店，就可能全部花掉。可是堂兄却凭着年近花甲的身体，没日没夜地干着，用这血汗换来的400元钱养活着一家人的同时，还要节衣缩食地积攒下来盖房……

沉默中，我的心忽然动了一下：回老家前，堂兄反复地打电话，是否想跟我借钱，又不便开口呢？想到这里，我急忙问："你盖房的钱不够，是吗？为什么打电话时不讲呢？"堂兄见问，猛然间显得那样的局促不安，半天才轻轻叹了口气，缓缓地说：“知道你回来，本想让你带些的；又担心你们城里人花销大，受难为，才没有讲……”堂兄的话让我无语。我不知道该向他说些什么，埋怨他对我的外气吗？他在困顿的生活中挣扎了多半辈子，始终没有换来家庭的富裕。但我知道，他同小时候一样，一直保持着一种傲气和傲骨。向人张口借贷，即使是亲人，也需要极大的勇气啊！埋怨自己的粗心吗？几十年来，和堂兄不多的几次见面，都是他在关心和帮助我呀！哪里能想到他也有难以迈过去的坎呢？

从老家回来，我做的第一件事就是给堂兄寄钱。几天后，他来了电话：“钱收到了，房子也快完工了。你们再回来还是住我这里！”

2009年7月28日

张必锟先生

多年从事教研工作，接触过不少有学识的品德高尚的人，他们让我敬重，令我仰慕。张必锟先生就是其中之一。

1997年冬天，到南昌参加高中新课程培训会，报到时已经半夜，匆匆办理完手续后，就回房间休息了。第二天早晨，朦胧中听到走廊里有人说话，其中一个的声音有些苍老，他在慢悠悠地讲："昨天晚上可能因为换了地方，倒背了两遍《孔雀东南飞》还无法入睡。"我一下子清醒了，这是个什么样的人呢？好厚实的功底！

早餐时，见到人教社的顾振彪老师，他和一位个头不高，面庞清瘦，眼睛不大却十分有神的老者坐在一起。和顾老师打过招呼后，他指着老者刚要介绍，老先生笑眯眯地开口了："在下——张必锟。"声音苍老，有点熟悉。我断定，他正是夜里背诵古诗的人。见我致意问好，张先生忙着站起来，从口袋里掏出一张名片递给我。那几年，名片使用非常普遍，参加会议，出差外地，相互认识靠的常常是名片。坊间曾流传过一则笑话：某中央领导到山西运城考察，一位衣着光鲜却十分土气的中年男子递上一张名片，上写："中共中央国务院，山西运城万荣县，地方国营水泥厂，支部书记加厂长。"口气大得惊人！笑话的真实程度如何，不得而知，但在名片上标注各种头衔却是事实。张先生是人教社的资深编辑，是一位在中学语文界受人崇拜的名人，但他的名片却出乎意料的简单，没有单位，没有职衔，雪白的卡片上，只有简单的"五溪布衣张必锟"几个字，后面是家庭电话号码。这真是一张少见的有意思的名片！

张先生不仅编写教材，也常常在教师培训会上或到学校上课。他的课我听过两次，一次在南昌，一次在太原。他在南昌讲的是陶渊明的《五柳先生传》。课前他先唱了一曲江西民歌，大概是为了消除师生间的隔膜吧！因为当他那低沉而有韵味的歌声响起时，学生的表情活跃起来了。早知道张先生倡导诵读教学，这节课就很好地体现了这一特点。他首先吟诵课文，然后让学生模仿他的声调朗读，边读边看注释，不懂的词句可以相互研讨，无法解决的，他才巧妙地点拨。最后是不同形式的课文诵读。这样，用了不到40分钟，学生不仅理解了内容，而且都能熟练背诵了。剩下的5分钟，可以说是张先生的精彩"表演"。他问学生南昌著名的古迹是什么？王勃的《滕王阁序》会背否？在学生羞涩地摇头之后，张先生倒背双手，轻轻踱步，抑扬顿挫地背了起来。学生先是好奇，进而是佩服，再后来完全为张先生声情并茂的背诵所倾倒。下课铃声响起的同时，背诵结束，教室里也响起了经久不息的掌声。课后，我问学生感受，他们说，当务之急是做两件事：一是再度登临滕王阁，结合实景体会王勃文句的意境，二是找来《滕王阁序》反复朗读，达到流畅记诵。

在太原讲课是1999年，高二老师全员培训。会场共三个，张先生准备了三节课转着讲。结果，他到哪个会场讲，哪里就人满为患。当时正逢数伏天，会场也没有装空调，但大汗淋漓的老师们却听得津津有味。给我印象最为深刻的是张先生课后的表白："我没有多大的本事，就是从小注意了背诵。比如李白的诗歌，最为著名的有二百多首吧，我只记住了一百多首；杜甫的诗歌，著名的四百多首，我也只会背诵三百多首……"可是，我想说，他一定也背诵了很多的文言散文，不然，怎么能讲解《五柳先生传》时不带课本，随口即能吟诵《滕王阁序》呢？至于古诗，除了他讲的李白和杜甫之外，肯定会背诵的还有很多，要不怎么能倒背《孔雀东南飞》呢？

接触多了，我感到张先生又是一位非常善良和热情的人。有一次，和先生闲聊，他说很喜欢一位当代作家，说其作品风格极具个性，有味道，有内涵。而我，当时刚刚读过这位作家的一部长篇，对其讽刺现实所使用的手法有点不屑，说话也就难免显得偏激。先生听后，看了看我，欲言又止的样子，终于什么也没有说。以后，当我再度涉猎这位作家更多的作品时，才明白其真正的艺术价值，也明白了先生的看法是对的。由此，也深深地意识到自己当时的褊狭和无知。我想，凭先生的才学和鉴赏力，凭他对那位作家大量作品的阅读和认识，他肯定会有充足的理由说服我，但他当时却保持了沉默。这，一方面是顾及我的面子，更多地则体现了他善良、宽容的品德。

2000年夏天，我到大庆讲课，意外地见到了张先生。他一看到我，就从口袋里掏东西，然后把握着的手伸过来，只说了一个字："给！"我莫名其妙地接过他递来的小盒子，打开来，里面是来自不同国家和地区的硬币，大小不等，形状不一。见我满脸狐疑，张先生笑眯眯地说："我预先知道了你会来，就想让你捎给孩子。"我这才记起，张先生到太原讲学时，曾到过我家。他和我孩子谈话时，似乎问起过他的爱好。可是，孩子一句随意的话，他怎么就记住了呢？而且他的事情是那么繁杂，交往的人又是那样多！这以后，虽然见面有限，我的孩子也已经完成学业，参加了工作，但张先生对他的这一小时候的爱好仍然念念不忘，为他收集硬币的热情也一直没减。前几年，他会通过邮局寄来，当然是很巧妙地装在深海鱼油的小瓶子里。后来，他一年年老迈，腿脚也不大好，不能到邮局了，却还在积攒。只要通电话，他就会告我，又有了几枚外国硬币。并嘱咐我，到北京时一定找他，可以顺便把硬币带回。

今年春天，张先生得病住院。打电话问候，才知他长时间在停了暖气的房子里看英文小说原著，忘记了散步和保暖，引发了急性支气管炎。问他看的什么书，回答:《简·爱》。由此，我又加深了对先生的了解。原来，他的英文功底也是如此的深!

据我所知，张先生这样一个人，著述却不多，因为他的精力多年来一直用在教材的编写上。别人写他的文章也不多，见过的只有人教社张厚感先生的一篇《师兄张必锟》，发表在1999年的《人民论坛》第5期上。真希望有人好好写写他，让更多的年轻后学了解他，学习他。因为，像他这样的人毕竟不多了。

2011年6月6日

酷爱读书的张必锟先生

86岁的张必锟先生最快乐的事情就是读书。

自然，读书是他一生的习惯。那年来太原讲学，他说："李白的诗歌流传下来的大约有三百多首，我仅仅能背下二百来首；杜甫的诗歌流传下来的该是四百多首，我也只能记住三百多首……"虽然很是谦虚，全场老师却情不自禁地发出了一声长长的惊叹！由此，也可以看出他的阅读积淀是如何的深厚。

但是，以前的读书有的是工作之需，有的是工作之余，唯独如今，卸去了一切工作和约请，剩下的就是自由畅快的阅读了。

因了十多年的交往，每年总会和张先生通几次电话，他说得最多的就是读书。前年春天，得知他又犯了支气管炎的毛病，住院治疗了一段时间。问原因，他缓缓地说："看书时间长了，忘记添加衣服。"又问在哪里看书？回答：有时在家里，有时在小区的院里。难怪！北京冬季供暖，三月初停止，但直到五月天气才稳定下来。中间的两个月最难熬，晴好的日子不多，往往寒风凛冽，雨雪不断，灰霾遍野。林斤澜的散文《春风》有过描述，与江南的“暮春三月，江南草长，杂花生树，群莺乱飞”相比，北京的春风有北国山民的阳刚之气。既然“阳刚”，必定不柔和，不温煦，不暖和，像张先生这样的年龄和身体哪里受得了！

张先生喜欢读小说。读外国小说往往喜欢读英文原版，他的那次犯病就是在读原版的《简·爱》。他认为，虽然读译本简单省力，但总不如看原版有味道，有韵味。接着，他又开始读《格列佛游记》。张先生说，这本书是18世纪的原版英文，所以阅读起来比较费力，特别是第四部写游智马国的内容，因为有很多当时文化习俗方面的内容，必须有相应的译本进行对照，才能看明白。张先生住在朝阳区的一幢二十多层的楼上，大概嫌家里局促，天气晴好的日子他喜欢坐在小区的院子里读书。他就那样在阳光里，默默地坐着，静静地读着，让心深深地沉在书中。偶尔有年轻人经过，看到一位读书的老人，会好奇地走过来，问：“您在读什么书？这么专心?”待到弄明白是外国小说，而且是英文原版后，大大地吃惊了，“啊呀！了不起，我们都看不懂!”

去年，莫言获得诺贝尔文学奖，不久，即是张先生的生日。外孙知道姥爷喜欢读书，就买了一套《莫言全集》作为礼物送给他。这套书共18本，春节时，他已经读了15本。短点的，平均两天就能读一本。他说，莫言虽然文化不高，但很会讲故事。这种本领来源于小时候在书场听艺人说书，听了之后又绘声绘色地说给别人。他的母亲没有文化，但发现儿子这方面的天赋后，非常支持他。由此，成就了一位世界著名的文学家。张先生读小说，不像一般人那样，仅仅是读故事，看热闹，他能从中发现很多。他说，莫言小说的语言凝练、隽永，很多都化用了古代诗词的词语和句子，甚至还有毛泽东诗词的影子。比如毛泽东的《七律·吊罗荣桓同志》和《贺新郎·读史》等。试想，如果不熟悉这些诗词，哪里能够读出这么多内容！正因为他在阅读中联系到了积累，联想到了其他作品，感受到了其语言和内容的妙处，所以，张先生读书的乐趣比之于一般人会多得多。

张先生从事语文教育工作几十年，又长期在出版社兼职编写教材，他的读书又往往具有教师和编辑的审视的眼光。他认为，莫言的小说虽然好读，但有不少语言运用不规范的地方，如果选入教材，必须修改。他也从现行教材中发现了不少问题，比如《木兰诗》中“策勋十二转”的“转”字注释有误；还有一些外国诗歌，选的译本不好，甚至有翻译错误的地方。谈到这些，张先生平和的态度变得有些严肃：“你们不懂，可以找外语组的编辑帮忙呀，怎么这样固执已见呢？教材编写不简单，要对学生负责呀！”

张先生的阅读是入迷的，他的犯病就因为忘记了添衣。写到这里，还有一个细节想谈谈。每年冬天，我会给朋友们寄点山西的红枣，张先生自然也有一份。以前是邮局寄，张先生收到总会给我来个电话。去年改成了快递。三天后，收到包裹的陆续来了电话或短信，只有张先生没有消息。正在担心，他女儿爱平发来短信，说张先生读莫言小说，读得舍不得放下了。看到包裹，嘴里会念叨着该给你个电话，但吃完饭，就又径直走进他的屋子，翻开了书……

2013年4月14日

女孩小爱

春节时，女孩小爱7个月了。爷爷奶奶来看她，感觉她比两个月前大了，长本事了。

把小爱放到床上，她会迅速地翻身，并很快抽出身下的胳膊，接着就扭回头看大人，眼睛笑得弯弯的，满脸得意的样子。原来，小爱会翻身了！但毕竟她脖子还有些软，仰头时间长了，就有些撑不住圆圆的脑袋。她先是把脑袋偏到左边，然后再摆向右边，这样几次后，就脸朝下趴那儿了。担心她捂住鼻子，近前细看，她却又仰起了头，满脸还是笑笑的。

妈妈说小爱很少哭。每个月去社区注射预防针，从医生扎针、推药直到拔出针管，小爱最多也只是轻轻哼一声，让很多大人都连连赞叹。小爱白天是要睡觉的，她睡了，妈妈就轻轻地关上卧室门，到客厅或厨房干活去了。小爱醒的时候，身边没有人，也不会哭闹，只“嗯嗯”地轻声叫，细心的妈妈听到动静，会忙忙地走进来。床上的小爱很多时候已经偏离了睡觉的地方，有时候枕头会垫在腰下，有时候身子又蹭到了床边。她仰着身子躺在那里，两只小手在不停地动着，柔柔的手指像戏剧演员似的，会组合出不同的花样。看到妈妈，她眼圈和鼻子都有点发红，但脸上却仍然挂着甜甜的笑。

奶奶在小区门口买了个喜羊羊与灰太郎图案的气球，一进门，小爱那黑亮亮的眼睛就盯上了。让她拉住气球的绳子，她就拖来拽去让气球满屋子地飘动。她还会坐在床上，把气球揪到怀里，用手“啪啪”地拍着玩。一不留神脱了手，气球就悠悠地升起来，慢慢地飘到了屋顶，拴气球的红色塑料绳子就垂直地在空中荡着。小爱的眼睛也会跟着气球移动着，气球不动了，她还会静静地望上一阵子。大人只要把她抱到绳子旁边，她就会伸出小手抓绳子，然后又是一阵拖着拽着地玩。妈妈把气球绑到了小爱的童车上，飘动的气球的高度相当于抱起来的小爱的高度，妈妈抱着她，让她的头去撞气球，每撞一次，她就闭一下眼睛，该是有点害怕又觉得刺激好玩吧?

有一天，爸爸正抱着小爱，她忽然连续几次地叫起了“爸爸”，嗓音轻轻的，细细的，而且发音还相当正确：第一个“爸”字是去声，第二个则是轻声。说她是无意识的吧，却只有爸爸抱着她才这样叫。年轻的爸爸喜不自胜，急忙在博客上写了两句话：“今天女儿会叫爸爸了，好幸福!”又过了几天，小爱躺在沙发上玩，又喊出了“爸爸抱”三个字，清晰、响亮，让一家人高兴了好久。

小爱在妈妈的教育下，学会了跟人再见。爷爷奶奶出门，妈妈让她“拜拜”，她就会举起右手不停地挥舞。这样连续几次之后，她的兴趣更大了，只要听到妈妈说“小爱，和爷爷奶奶拜拜”，她就不止是挥手，脚也会不停地乱蹬，嘴里还兴奋地咿咿呀呀地喊着。有天夜里，她已经脱掉棉衣躺到床上准备睡了，一听到爷爷奶奶出门，又猛然兴奋起来，用只穿了件花秋衣的小胳膊在空中抡了两圈，小脚把床也擂得咚咚地响。

爷爷奶奶要回去了，小爱一如往常地嘴里喊叫着，手舞足蹈着。妈妈抱着她把爷爷奶奶送到电梯口，电梯门关上了，爷爷的眼睛湿润了，电梯外的小爱却还在兴奋着，喊叫着。7个月的小爱不会明白，这次“拜拜”了，就又会很久看不到爷爷奶奶了。再见的时候，她该明白“拜拜”不会是让人高兴的事情了吧？

2012年2月5日

学走路的女孩

13个月零10天，女孩终于会走路了，虽然走起来还有点东倒西歪，晃晃悠悠。

6月底，女孩1岁了，爷爷奶奶去看她。奶奶扶着她坐在地台上，她左手抱着一瓶胡萝卜泥，右手从身旁的袋子里掏出一个大桃子，忽然就不管不顾地站起来向前迈开了步。幸亏奶奶忙忙地扶住了她，否则，肯定会脸朝下重重地摔到地上。

按女孩妈妈的说法，女孩从有了走路的意识到终于能独自行走，足足用了两个多月。这期间，她不再想坐小推车，即使想方设法放进去，也会不情愿地哼哼唧唧，并伴以扭身子，拍护栏；也不愿让人抱，总是用手推着大人往地下撑。虽然买了学步带，可能觉得往上提的滋味不好受，她也不乐意用。这样，妈妈只好在大伏天里猫着腰扶着她练走路。其间，汗流浃背，腰酸背痛，那一份劳累，堪比一个重体力的农民工！

爷爷奶奶收到女孩爸爸发的视频，高兴得一天里前前后后看了几十遍。看小小的人儿，穿一身红白条小兔子图案T恤，一双嘎嘎作响的学步鞋，蹒跚地走在小区的广场上，那一方天地似乎都成了她自己的。她兴味十足地走着，显得那么随意和自在，似乎没有什么目标，向左走几步，忽然又折向了右边；正往前笑眯眯地走着，猛地却返回了原路。面前的台阶她是不管的，仍然迈着走平地的“嘎嘎”响的有点摇晃的步子走，大概觉得身后的爸爸、拍视频的妈妈不会让她摔到台阶下面吧？

女孩的下蹲动作很好玩，须辅助以轻轻的跳跃。你看，女孩走着走着，眼前出现了一片绿油油的草坪，她忽然停住，跳跃了一下蹲在草坪前。黑黑亮亮的眼睛盯着小草看了一会儿，接着伸出胖胖的小手，轻轻地捋那嫩嫩绿绿的细长的草叶。那神态，很像是一种欣赏呢！天知道，此刻这小小的人儿心里究竟想的是什么呢？

在草坪边待了片刻，女孩又站起来向右转了。来到一块圆形的空地，女孩第二次下蹲了。姿势几乎和刚才一样——仍然辅之以轻轻的跳跃。正奇怪她下蹲的理由，发现她用小手在捡地上的一截树枝——该是树枝吧？褐色的，又细又短。女孩刚刚把树枝捡起来，爸爸出现在了镜头里，爸爸怕树枝脏，从女孩手里夺出，扔到了稍远一点的地方。女孩轻轻地“哼”了一声，表示不满；并向扔到远处的树枝望了一下。那眼神，像留恋，似不舍，看得爷爷奶奶心都软了。

是啊！在孩子的眼里，一草一木，所有不起眼的小小的物件，都是有生命的，会成为他们的玩伴呢！比如这截小小的树枝，在大人眼里，也就是垃圾，不久，它会被清洁工扫走。可是，如果孩子捡到，就会端详半天，舞弄一阵子。就这样玩着，琢磨着，孩子们那想象的世界里会越来越辽阔，越来越丰富呢！

女孩似乎走累了。她扬起小脸望着前面，直直地冲着镜头——实际上她眼里看的是妈妈——走来了。双手抱了一下肚子，抿了一下嘴唇，发出了一声“嗯”。这一连串动作结束后，视频结束了。不用问，此刻的女孩一定扑到妈妈怀里了。

2012年9月5日

小爱午休

奶奶来了，小爱很高兴，她是把奶奶当成她的玩伴了。这不，做饭时，她嚷着：“爷爷去做饭，奶奶陪我玩。”晚饭后，她要让奶奶和她过家家——无非是拿几把大勺子，在空火锅里一个劲地捞，嘴里喊着：这是年糕；这一勺是拉面；这呀，是肉肉……吃饱喝足之后，她当了司机，嘴里“嘀嘀嘀”地鸣着笛，载着爷爷奶奶上街了，一会儿转一个地方，什么自然博物馆呀，动物园呀，翻翻书呀……反正都是她去过的地方。

午饭后，妈妈催她回家午休，她不愿意，说：我就在这里陪奶奶睡觉。妈妈说：你新鲜得只想玩，自己不睡，奶奶也歇不成。她就开始表态了：妈妈放心，我肯定会睡的，我现在就瞌睡了呀！看她那认真的样子，妈妈也不能硬拉她走，只好留下她，走了。

开始，小爱也像睡觉的样子，先是提醒奶奶，在床单上铺一条有着米老鼠图案的单子——这是去年奶奶给她买的。接着，脱鞋，爬上床，揪过粉红月季花图案的被子盖上，在靠墙的枕头上躺下，接着招招手，让奶奶也挨着她躺下。

“奶奶，你给我讲一个故事我就睡觉。”小爱提要求了。“好吧！”奶奶答应了，“你想听什么？”小爱想了想，“就讲一个哆啦A梦吧。”奶奶知道小爱喜欢哆啦A梦，也跟着小爱看过几段故事，但却真没有记住那些情节。没办法，编吧，毕竟大概知道里面几个人物的性格。

奶奶开始编了：

又高又大的胖虎，常常喜欢欺负人。有一次，他抢走了大雄的书包，扔到地上。书包里的课本呀，文具盒呀，散了一地。大雄非常生气，却不敢和他吵架，他实在害怕胖虎那只圆乎乎的大大的拳头，只好自己默默地把书包捡起来，收拾好，很委屈地回家了。哆啦A梦知道了，就提出来让大雄和胖虎比赛摔跤。胖虎高兴极了，他觉得自己这样高大，浑身都是力气，摔倒大雄当然不会有问题。大雄却非常非常地害怕，毕竟他那么瘦瘦小小的，哪里是胖虎的对手呀！哆啦A梦看他愁眉苦脸的样子，走到他跟前，在他耳朵边悄悄说了几句话。大雄听了，一下子高兴起来。为什么呢？且听奶奶说：胖虎和大雄的摔跤比赛开始了。胖虎还像以前那样，满不在乎地挥了挥他的胖拳头，然后双手掐腰直挺挺地站在地上，他在等着大雄向他进攻时，再出手。他觉得，无论如何，大雄都会倒在他的拳头之下。只见大雄“嗖嗖”几步冲到胖虎面前，正当胖虎的拳头往下落时，大雄闪开了，却回头伸手抓了胖虎的胳肢窝一下，胖虎一下子痒痒得没有了力气。这时，大雄用他的小脑袋在胖虎的背上轻轻顶了一下，胖虎就一头栽在地上，摔了个嘴啃地。结果呢，裁判哆啦A梦宣布：大雄赢了！

“好啊！奶奶，以后胖虎就不会欺负大雄了吧？”“是啊，不管谁都不应该欺负人的。”“大雄怎么就赢了？是哆啦A梦给他想了办法的吗？”“对呀！你闭上眼睛，睡吧。”“可是，奶奶，我还想听一个故事。你就讲一个走路的故事吧！”

走路？这样一个题目！奶奶想想，哪天不走路？能有什么故事呢？哦，有的，小时候走路的故事现在还清清楚楚地记得。

奶奶小学还没毕业，也是过年的时候，老爷爷让奶奶去很远很远的地方看老姨姨。太阳还没有出来，奶奶就提着个竹篮子出门了。篮子里满满的都是烧饼，是要送给老姨姨的。奶奶担心走慢了，天黑之前到不了，就迈开腿快快地走路。走啊走，走啊走，跨过沁河桥，绕过下伏村，翻过王家岭，走到一条山沟时，奶奶出汗了，有些累了，也渴了。怎么办？可是，这里却没有人家，到哪里喝水呢？对了，奶奶看到一条小溪，水浅浅的，清清亮亮的，虽然是冬天，却没有结冰，似乎还有点热气在飘呢！奶奶蹲下来，放下篮子，双手捧起溪水，喝了一口。真好喝，还有些甜呢！奶奶想起，大人们说王家岭背后的山沟里有一眼泉水，叫牛角水，一年四季都是热的，这个溪水肯定就是泉水流下来的。喝了好几口，奶奶不渴了，就继续走路。走啊走，中午的时候，走到了县城里，奶奶饿了，想吃饭了。奶奶出门时，老爷爷给了一元钱，让奶奶路上买饭吃，奶奶也很想吃县城里十字街口的氽汤面，那是大大的一碗面条，就是小爱喜欢的那种长长的细细的面条。还有切成片的散发着香气的肉肉和丸子，绿绿的菜叶子，才三毛五分钱。奶奶想着那好吃的面条，口水都流下来了。

听到这里，小爱眼睛亮亮的，说："奶奶，我也喜欢吃。"

可是，奶奶终于没有吃。

"为什么呢？"小爱问。

"奶奶舍不得花钱呀，那三毛五分钱能买好几本小人书呢！"不过，奶奶也没饿着，竹篮子里多带了两个烧饼，奶奶就一边走路一边啃烧饼，把它当成午饭了。这样，走啊走啊，最后，太阳快下山的时候，奶奶就走到老姨姨家了。

走路的故事讲完，奶奶看看小爱，怎么还那么清醒？看来，故事不能催眠。

奶奶说："小爱，你喜欢孙悟空吗？"

"喜欢。"

"喜欢哆啦A梦吗？"

"喜欢。"

“喜欢蓝色小考拉吗？”

“都喜欢的。可是，奶奶，我怎么就能和他们一起玩呢？”

奶奶一听，有办法了：“那你就闭上眼睛睡觉呀，睡着了他们就到梦里来了。”

“是吗？那我可要睡了。可是，他们什么时候才能来呢？”

奶奶说：“我数数，数到500，就来了。”

“好吧。”小爱圆圆的眼睛终于闭上了。

奶奶从1开始，1，2，3……数到300了，小爱不动，眼睛仍然在眨巴，奶奶却迷糊了，数着数着，不数了。小爱说：“奶奶，你怎么不数了？”嗨，再数：301，302，303……数到400了，奶奶想：多麻烦呀，干脆仍然数1、2、3，到500再报整数吧，可是小爱又说话了，“奶奶，你怎么又从头数上了？”好吧，再如实来数。401，402……500！小爱眼睛突然睁开了，大声喊起来：“他们在哪里？怎么500了还不来？”

她可不说，她为什么不睡觉呀？

奶奶实在没辙了：起床吧！

2015年2月22日　正月初四

父女俩，“一样样”

女孩小爱一岁半了。

爸爸工作很忙，每天早出晚归，甚至常常搭上星期天。整整一个白天，也只有妈妈一人陪伴在小爱身边。特别是冬天，大雪飞扬，寒风呼啸，出门自然很少；偶尔出去，也要给小爱穿裹很多衣服。看到女儿走路双腿打不了弯，蹒跚摇摆的样子，像极了企鹅，妈妈想想，就多和孩子在家里吧。小爱很会玩，打开电子琴按钮，随着音乐左转转，右转转，转晕了，索性嘻嘻哈哈地倒在地板上。地板很光滑，她就趁势前爬几下，后退几下，再翻几个跟头。玩腻了，就朝着妈妈要“笔笔”——一种长长、粗粗的环保蜡笔，趴在地台上画画。先画一个大大的圆，嘴里念叨“大”，再画一个小的圆，又喊着“小”。随手在圆里点两下，像眼睛，就叫着“猴，猴”。小爱喜欢猴，该是看了《西游记》连环画的缘故。爸爸妈妈给她读《西游记》的故事时，只要那双手挥舞金箍棒的孙悟空出现，她就马上眉飞色舞的，大概是佩服这猴子能腾云驾雾，能斩杀魔怪的本领吧？妈妈如果有时间，女儿会把“笔笔”给了妈妈，让妈妈画。妈妈知道女儿喜欢“猴”，就大大小小连续给她画几个：圆圆的脑袋，圆圆的眼睛，圆圆的耳朵。女儿高兴起来了，小手一个个指点着，嘴里大声喊着“一样样，一样样！”

小爱一般不看电视，偶尔一次看了电影《菊次郎的夏天》，她就喜欢上了。在电影那简单明快、清新自然、让人听来舒心愉悦的主题曲中，她站在屏幕前一动不动地从头看到尾。不懂得累，也不愿意坐下。爸爸知道她喜欢，就把电影拷贝后，放到了电脑上。她由此明白，电脑能随时打开，她能随时看到想看的电影啦！不过，爸爸妈妈不会让女儿多看，看多了对眼睛不好。小爱还是很乖的，一般不会让妈妈开电脑。所有的玩具都玩腻了，才会指着电脑要“看娃娃”。妈妈开始不理她，闹得厉害了，就会说一句：“等爸爸回来给你开。”女儿定定地看看妈妈，不吭声，转身玩别的去了。天色暗下来的时候，小爱不时张望一下门口，虽然不说话，那神情很像是在等候爸爸。一听到钥匙孔响，就动也不动地张望门口，爸爸身影出现的一刹那，她会突然高声喊：“爸爸，看娃娃！看娃娃！”

爷爷奶奶知道了小爱的表现，不约而同地想起小爱的爸爸小时候。原来，这父女俩才是“一样样”啊！

爸爸两岁时送回了村里，由奶奶照顾。爸爸的爸爸和妈妈每两个月回去看他一次。那年秋天，大人们带着爸爸去田里收玉米。田里泥土松软，有大大小小的田埂，很不好走。爸爸走不动了，就喊着让大人背他走，爷爷说："等到了好地，再背吧。"爸爸不吭声了，拉着奶奶，吃力地迈着小腿往前走。刚刚走到平坦的大路上，爸爸突然冲着爷爷喊："爸爸，这是好地吧？"爷爷没有回过神来，答道："是啊，这是好地。""那，背吧。"原来，他心里一直记着呢！

小爱看《菊次郎的夏天》，看到三年级小学生正男历尽千辛万苦，终于来到了他思念的妈妈的门口。这时候，屋门打开，美丽的妈妈出现了。但妈妈的身边有一个男人，而且手里还牵着一个小女孩。原来他的妈妈已经嫁了人，成了别人的妈妈。正男知道妈妈抛弃他了，非常伤心地哭了。这时候，小爱的眼泪也流出来了。原来年纪小小的孩子，竟然有这样强烈的同情心！

奶奶跟小爱的爸爸讲，这一点也与你小时候一样样啊！

小爱的爸爸还不会说话时，暑假里，跟着妈妈来到太原的大舅家，恰好见到了在外地工厂上班的表姐。爸爸看到表姐的右手缠满了纱布，还用一条绷带吊在脖子上。他不明白表姐在工厂当车工，操作机器时不留神被绞断了手指头，刚刚做了手术，但却知道表姐肯定受了重伤，伤口一定是很疼很疼的。所以，他脸上先是吃惊的表情，然后像是同情，又像是害怕地念叨着："跌，跌……破了……”念叨的同时，双手伸出，做出往地上摔的样子。这情形，与如今的小爱也非常的相像！

当然，小爱看《菊次郎的夏天》，最喜欢的还是结尾。在回程的路上，菊次郎跟正男在一个乡下小镇里，在夏季郁郁葱葱的绿色里，他们恣意放纵地玩耍着，快乐着。犹如一大一小两个孩子。而正男受伤的心，也在不知不觉中被抚平。他背着书包，在主题曲欢快的旋律中，蹦蹦跳跳地渐渐远去。这时候，小爱笑了，大大的眼睛眯成了两个弯弯的月牙，是舒心，还是惬意，应该都有吧。这一点，与她的爸爸仍然是“一样样”……

2013年5月25日

女孩与面具

女孩一直很怕面具，以至于不要脸谱式的玩具，不看演员涂了油彩的戏剧，甚至连妈妈贴面膜她也害怕。

妈妈贴的面膜，虽然很薄，与肤色很接近，但是女孩第一次见到，还真正是吓坏了。她一边往奶奶跟前走，一边扭头看妈妈，边哭边嚷嚷："妈妈不要！妈妈不是妈妈啦！"尽管大人们一个劲儿解释：这是面膜，妈妈贴一会儿就揭掉了。她还是哭，还是不要妈妈，即使忍不住看妈妈一眼，也是慌慌的、怯怯的样子。后来长大一些，妈妈再贴后，哄着让她揭下来，她才似乎知道面膜原来就是一张薄薄的膜，并不太可怕。面膜后面的妈妈仍然还是妈妈。

春节期间，全家人一起去海底捞饭店吃火锅。女孩坐在宝宝椅上，看着各种各样的美食，兴奋得边吃边哼哼唧唧地唱歌，什么《小燕子》呀，《两只老虎》呀，尽管她唱的歌听不清歌词，调子也离正确的有些距离，却还是那样悠然自得地唱个没完。忽然大厅中间有音乐声响起，女孩眼睛就往那边瞅，就有点坐不住，急急忙忙扒拉了几口，喊起来："我吃好了！我要下去！"爷爷忙跟了她往大厅走。女孩走得很快，要不是来来往往的食客堵塞了通道，她肯定会跑起来。女孩来到大厅中央，抬头看了一眼，也就那么一眼，猛然扭头就往外走，走得比来时更快，就像一条游动的鱼，在人缝里钻啊钻的，一会儿就走到了电梯口。爷爷怕她走失，边喊边跟着她跑，好容易才拉住了她。只听她嘴里喊着："面具！我怕！"那声音，绝对是受了惊吓的声音；那脸色，也变得有些发白。爷爷抱了她，再看看厅里，才知道有化了妆的演员在表演川剧。应该是变脸艺术中的"扯脸"吧？你看他的头往后一甩，手在脸上轻轻一抹，就变成了另一副模样。不过，无论哪一副，都颜色极重，红脸、黑脸、花脸，还有大白脸，难怪吓坏了本来就怕面具的女孩。

今年夏天，女孩回到太原的爷爷奶奶家。爸爸妈妈听说平遥古城表演的大型实景剧很值得看，剧名叫《又见平遥》。上网查查，嗬！原来是著名导演王潮歌的作品。全剧场面宏大，演员众多，通过"选妻""镖师洗浴""灵魂回家""面秀"等片段，讲述了一个关于血脉传承、生生不息的故事，凸显了平遥人的道德传统，以及因这种传统而引发的悲壮情怀。而且，在艺术设计上，与以往实景剧系列（西安临潼的《长恨歌》、桂林漓江的《印象刘三姐》等）不同，《又见平遥》突破了原来利用山水实景的布景，把场地挪到了室内，并把古城的元素和演出有机地融合在了一起。演出时间90分钟，观众可以步行穿过几个不同形态的主题空间，了解过往的平遥人的生活片段：清末平遥城里的镖局、赵家大院、街市、南门广场等，从纷繁的碎片中感受平遥古老的历史与文化。

出门之前，奶奶就告诉女孩：节目有些像演戏，那些人也戴面具的，你怕吗？可此时的女孩正沉浸在即将出门的喜悦中，哪里顾上想那么多；而且，4岁的她，也根本不会去想。

结果呢？不出奶奶预料，面对这样一部让大人们沉浸其中，被人物命运和曲折故事深深震撼的表演，女孩又一次被吓坏了！她不习惯那高亢的音乐，不喜欢那暗暗的环境，更害怕那些化妆成灰色的魂灵、浑身黑衣的镖师和涂抹了重重的油彩的女人。她开始还低声哭泣，见大人们不大理她，竟然放声大哭。没办法，同去的伯父只好放弃观看，把她带出了剧场。

女孩以上的种种表现，说简单点，是因为儿童年幼胆小，害怕变形和怪异的东西，如果细细想，那奇特的面具、那灰白色的面膜、那涂了油彩的各式脸谱，确实是极其夸张地遮蔽了本真的，是虚的，不真实的。这样看来，儿童们天生就具有求真务实，不虚饰、不矫情的特点。不必费力探求他们的内心世界，仅仅从眼睛看，那黑黑亮亮的眸子里，真真切切地汪满了一片纯洁和天真，也着实令人感动呢！由此又想到：如果我们大人能给他们创造一个没有虚伪的未来世界，让他们的天性得到保持，该是多么美好的事情啊！

2015年8月30日　星期日

悔

悔，是一种很复杂的情绪，词典中用“懊恼”解释，《说文解字》释为：“悔，恨也。”我以为，这些说法都失之于笼统，没有把悔的内涵真正地揭示出来。常听人们后悔至极时说：“肠子都悔青了”，但毕竟是一种形容，后悔时肠子是否真的变成青色，谁也没见过。“早知今日，悔不当初”，可是，“当初”是过去时，哪里能回转得了啊！悔愧难当时，行动上会有“涕泗交流”“捶胸顿足”之举。这，也只是外在的一种表现，至于悔愧者心中那份痛苦，也只有他自己才会有刻骨铭心的体会。可以说，悔，不是一个好字眼，不是一种好情绪。但人生中要绕过它，真难！

第一次与悔邂逅，是我在村里读小学的时候，那年我刚刚11岁。

秋天的一个周末，母亲病了，发着高烧，软软地躺在炕上，村里医生诊断为急性肺炎，可是卫生所里却买不到消炎的青霉素针剂。父亲想亲自到镇上买，却又放心不下病中的母亲；两个哥哥和姐姐在外地上学，妹妹年幼，也只有我能够帮帮他。出门时，父亲又嘱咐我，除了买药，还要到皮匠铺拿回熟好的小羊皮，再到供销社买2斤皮胶，他干活要用。

村子离镇上8里远，我在赶庙会时和母亲去过几次，路自然是认得的。我离开村子时，是午后，急急地赶到镇上，已经是半下午时光。镇子很古老，窄窄的街道南北延伸着。我先到最熟悉的供销社买了皮胶，又从最南边的皮匠铺拿了羊皮，待问了几个路人，好容易在北边的一条小巷里找到镇卫生所时，太阳已经快落山了。最糟糕的是，卫生所的木板门紧紧闭着，上面挂着一把黄亮亮的大锁。工作人员下班了！问附近的人，说工作人员住的很远，你一个小姑娘家哪里能找得到；即使找到了，人家也不一定回来卖药。看着渐渐西沉的太阳，想着还有8里山路要走，我只好往回返。一路上，心，一直被愧悔的情绪笼罩着：如果先去买药多好！供销社关门迟，皮匠铺就在皮匠自己家里，迟一点去都没问题。可是由于自己粗心，最重要的事情却没有办成。想到母亲的病，没有药会更加严重，眼泪不由自主地流了出来。

到家时，已是掌灯时分。听到我进门，父亲高兴地迎了过来。待我惭愧地讲述了原委后，父亲只是重重地长叹了一声。这一夜，我和父亲轮流着守候在持续高烧的母亲旁边。在沉沉的黑夜里，我第一次长久地被愧悔折磨，第一次长久地失去了睡意。

第二天，还是父亲起大早到了镇上买了药，母亲的病情才得以好转。

与母亲有关的愧悔还有一次，发生在母亲辞世的那一天。如果说幼时的愧悔还能弥补的话，而这一次，却只能在心里永远地遗憾了。2002年8月26日，我到老家所在的县城开会。同行的领导知道我母亲已经病了几个月，让我先回家看看。见到母亲，她已经昏睡不醒，只靠输液维持。我真想留下来守候她，我知道，她的大去之日已经不远。但是，暑假刚刚结束，新学期工作还没有安排好，我需要先回单位几天。所以我仅仅在家待了半天，就离开了。临走，我俯在母亲耳旁说："妈，等着我，很快我就会回来的。"这时的母亲已经不像3个月前，那次，我是在她昏迷3天后到家的，我走到床前轻轻喊了一声，她竟然答应了。在场的所有人都惊奇了，怎么别人叫了几天母亲都不吭声，我一回来她就醒过来了呢？可是这次，她却一直在昏睡，没有一点点反应。我含着泪上路了，只是在心里默默地长久地念叨：妈妈，一定要等我回来！

到家已经晚上8点多了，怀着沉沉的一颗对母亲思念的心，我又坐到了电脑旁，我要赶紧处理完手头的事情，争取早一点回去，哪怕仅仅一天也好！可是，我的希望落空了。当天夜里11点时分，妹妹的电话来了，母亲去世了！半天，只有半天时间，我没能守在母亲身边！后来妹妹说，母亲一直昏迷了很多天，大概就是想等你回来，你回来了，她也就放心地走了。是啊，母亲是等到我了，可是，在她只有半天时间就要辞世的时刻，我却狠心地离开了。我甚至相信，母亲离开时心里是清楚的，也是十分痛苦的，为她一生唯一在外地的最想念的女儿没有守候她到最后……

每每想到母亲，重温愧悔之情，自然就会想到自己走过的几十年的岁月。清点起来，值得愧悔的事情还真的很多，比如，当儿子刚刚满月的时候，我给他剪指甲，由于指头细小，指甲透明，一下没有看清，竟然剪破了他红润的嫩嫩的手指。看着孩子的指尖先是发白，接着殷红的血珠渗出，我的心啊，除了愧悔，更多的是无法言说的心疼！

与同事和朋友的交往也不例外，比如率性地做事，无意间伤害了别人，待事后明白过来，难过加愧悔让自己心痛欲裂，几不欲生。俗话说：不知者不怪罪。但那是对方的事，如果人家被你伤害得很重，不仅怪罪你，并且坚决地永远地不原谅你，你又当如何呢？虽然朋友的多寡并不能说明一个人品德的高下，可是，冲撞和冒犯了别人总不是一件好事吧！有时我也会想，愧悔也许是剂良药，能让人时时警醒，提醒自己不要再犯以前的错误。但是，谁又愿意常常沉浸在愧悔的情绪之中呢？“嫦娥应悔偷灵药，碧海青天夜夜心。”这是诗人的猜测，联想那古老的故事，嫦娥偷吃了灵药，虽然使生命得到了永恒，但她除了失去心爱的丈夫和美好的家庭之外，留下的只有千古寂寞中的愧悔之情。这绵绵遗恨，大概也只有皎洁的明月和无垠的长天能够理解她了。

2011年10月23日

有些路只能自己走

儿子两岁时被送到乡下，由奶奶照管。他在经历了多日的不适应和哭闹之后，渐渐平静下来。他不大喜欢和村里的孩子们玩，却常常静静地坐在村口，伸长脖子往远远的西边瞅，那里，白云飘浮的蔚蓝的天幕下，有望不到边际的大片的农田，有一直延伸到山脚的弯弯曲曲的小路，山的那边有一个小小的火车站。此刻，在他幼小的心里会想些什么呢？我揣测，他肯定会想：妈妈是从门口这条小路往前走啊走，走到山那边的火车站了。回来时也会走这条路。说不定，看着看着，她就会出现呢。他还会想：妈妈为什么总不带我到她工作的城里去呢？我记得，那里有宽宽的马路，高高的楼房，大大小小的商店，还可以买到好看的花纸包着的水果糖。那种味道肯定比奶奶从村里小卖部买的好多了。

上小学时，我把他接到了城里。尽管每天在一起，他还是有空就黏在我身边，躲也躲不开，推也推不走。有天傍晚，他放学后和小伙伴钻到墙洞里玩，忘记了回家。我到学校，找同学，都说没有看见。望着黑黑的天空，昏黄的路灯，我急得一筹莫展。正在这时，他回来了。看到他灰头土脸的样子，我气不打一处来，吓唬他说："你这么贪玩，干脆不要回来啦！"他吓得睁着惊恐的眼睛，大声喊着："我不走，哪有妈妈不要儿子的！"晚上，他正在自己房间里写作业，会突然跑到我身边说："妈妈坐我身边备课好吗？有你在，我心里踏实。"我无奈，只好接受他的要求。无数个静静的夜晚，我就这样陪伴着他，直到他上大学的时候。

大学四年，他是在武汉度过的。虽然已经长成了小伙子，但每逢假期，他总是急急忙忙往家赶，即使20个小时的车程买不到卧铺甚或没有座位，只能泡两碗方便面将就，也心甘情愿。记得他曾十分认真地问我："妈，你知道我什么时候最高兴吗？"我猜说是有炖排骨的时候（他最爱吃），他摇头；我又说，是得到一枚外币吧（他曾认真地收集过多年）？他急了，埋怨我不理解他，随后，一字一顿地说："是每次回家的路上啊！"

儿子博士毕业，工作了。看到他忙碌得早出晚归，有时甚至彻夜不眠，我们能做的除了问问之外就只剩下了心疼。见面和通电话时，听他谈工作，谈对未来的设计，有喜悦，有欣慰，更多的却是担心：他给自己定了这么高的标准，需要耗费多大的心力啊！但是，我们清楚，在他事业的道路上，我们已经帮不了他，他也不可能再依赖我们，今后的道路，他只能靠自己一步一步地往前走。

十多年前，我病了，是那种听起来很让人害怕的一种病。我至今不明白得病的原因，是工作的劳碌吗？是父亲突然辞世的极度伤心吗？我想不出，但病却是真实的。

当我从手术的麻醉中苏醒过来时，眼前晃动着憧憧人影。定神细看，有家人、朋友、同事，还有单位的领导们。他们的神情严肃而充满关切，使我觉察到了病情的严重。在忍受着伤口胀痛的长长的夜晚，我想了很久。我想，我该如何面对这突如其来的灾病？虽然医生说3年之内如果能积极配合治疗，应该没有生命危险，但是，在漫长的治疗过程中要经受多少身心方面的痛苦啊，亲人们也会因我而承受多大的心灵折磨呀，还有，倘若治疗没有效果呢？我害怕起来，但我知道，害怕根本不解决问题；我有些后悔，却无论如何找不到后悔的理由；我开始流泪，伤心，可是却清楚地知道，事到临头这些都不可能祛除顽固的病症。我唯一能做的，就是听医生的。

不久，我开始接受化疗，每个月，人都如同死过一次。虽然仅仅输两天液，但却需要忍受整整一周的痛苦。我原本想，平时工作太忙、太累，现在病了，坏事变成了好事，我终于有时间了，可以安安心心地读书了。但是，不行，再经典的作品也无法抵抗那种翻肠搅腹的无法言说的痛苦。在医院里，我亲眼看到一些病人因为无法忍受而自动放弃了治疗。每每痛苦之时，亲人们在旁边急得手足无措，有时甚至掉泪，却无法为我消减痛楚；精心做好的饭菜端过来又端走，因为我不仅不能吃，甚至不能看，也不能闻。但是，为了自己，为了家人，也为了我热爱的正全身心投入的工作，我必须坚持。这条路，没有人能代替我走。

终于，我熬过了艰难的三年，在和病魔激烈的抗争中，我赢了。到如今，十多年过去了。我健康地走过来了。

我常常想，在人生的道路上，有亲人和朋友的关爱是幸福的。但更多的时候，特别是自己面临重大抉择甚或坎坷、挫折的时候，选择怎样的人生，怎样的道路，权利还是在自己的手中。正像龙应台在她的散文《山路》中说的："有些事，只能一个人做。有些关，只能一个人过。有些路啊，只能一个人走。"

2010年1月21日

惦　记

幸福原本应该是多种多样的。认真想想，其实惦记也是一种幸福呢！惦记着亲人、朋友、脾性相投的同事，甚或交往不多却在心中留下了极好印象的人，是一种幸福；反过来也不例外。从某种程度上讲，当得知自己被人惦记，亦即关心的时候，那种幸福更是无法言说的呢！

十多年前，每逢秋叶飘零之时，就会惦记远离儿女一直固守在老家小院里的父母：夏天就邮寄回去的冬衣他们该拿出来穿上了吧？那老屋中的炭火炉子烧着了没有？菜窖里是否已经储备好了过冬的蔬菜……逢年过节就又是一种惦记：父母肯定又想念出门在外的子女了！尽管他们来信总说："你们忙就先顾工作吧，我们会照料自己。"但是我却明白，为人父母的，哪个不是盼望着儿女绕膝，全家人融融泄泄地欢聚一堂啊！平日里，偶尔得到了父母喜欢的东西，就想着是等自己回去探望时带呢，还是赶快到邮局寄呢？这后一种惦记，在几十年的岁月里，已经形成了习惯，以至父母辞世多年仍然改不了这种思维定势。每每从茫然中清醒过来，意识到再好的东西父母也不能享受了，他们再也不需要儿女们惦记了，心里猛然间充满了酸楚，继之是长久的失落感和沉重感……

后来，这种惦记就用在了儿子身上。他的大学生活是在千里之外的南方城市度过的。得知他不适应那里辣辣的饭菜，不适应夏天如同火炉、冬日阴冷潮湿的环境，心里那种揪心般的惦记，慢慢又发展成了心疼和后悔。尽管这种情绪从来不敢当着儿子流露，但在沉思默想中，遗憾是免不了的：北方大学那么多，当初真不该让他跑到南边去！儿子工作了，就又惦记上了他的身体。他从小患过慢性支气管炎，每每劳累或感冒就会由咳嗽发展成哮喘。面对沉重的工作压力和经常性的加班，他的体质能承受得了吗？前几年，儿子成家了，身边有了一个对他关怀备至的人，我对他的惦记自然少了一些。也因为，他已经到了而立之年，该是一个顶天立地的男子汉了。

当然，除了惦记亲人，也惦记常常联系的同学和好友。比如，有人生病了，在看望、问候的同时，又会在心里送上默默的祝福；得知有人出远门了，就会在电话中叮嘱他（或她）节劳和保重；还有那被岁月的风尘掩埋再也不得相见的人，惦记的情怀久而久之就会沉淀到心底，酝酿成清晰而充满欢乐的梦境。梦醒时分，无奈的叹息还会引来数行清泪。

在惦记着别人的同时，我也常常享受着被人惦记的幸福。出差在外，和家里的联系就是短信。先生发来的短信就如同他极为严谨的外表：多喝水；没事早点休息；天气不好，注意别感冒。语气听来总是淡淡的，但我能体会到，那其中蕴蓄着浓浓的关怀和温馨。我有熬夜的习惯，在静静的夜晚，没有任何俗事干扰，读书、写作就成了愉悦心灵的美餐。我会在其中久久地徜徉，流连忘返。但是，儿媳住在家中的那段时间，我的这种习惯有了些许的改变。她往往会在午夜时分，缓缓地推开我的房门，用手指指墙上的挂钟，低声说："您该休息啦！"虽然她的语气、动作都是轻轻的，慢慢的，但我却心甘情愿地服从了她的管束。因为，这管束让你体会到了儿女的孝顺之心和惦记着大人的真情。

曾经写过一篇《体验感动》的短文，描述了同事对自己的关怀：有时还没有到单位，他们已经给我的杯子里注满了热水；有时，我正提着一包资料，他们会不由分说地从我手里抢走，搬放到合适的地方；有时，我身体不适，他们会忧心忡忡地反复询问……这，是关心，也是惦记。我知道，他们心中有我。

一些好友平日难得见面。每逢年节时分，短信中一句加了叹号的"保重"，竟会让人百感交集，为之动容。因为我明白，这看似朴实、简短的文字比那些洋洋洒洒、辞藻华丽的群发内容的分量明显要重！除了短信，还有网络邮件。同样，好友的问候也会是三言两语。本色、自然，不矫情、不藻饰，但传递的却是一片发自内心的真实！

喜欢被人惦记，更应该有惦记的人。因为这是一份真情，也是为人应该有的真性情。

2010年11月11日

“认真”是一种品质

去内蒙古出差，买了当地特产——风干牛肉。到北京打开包装，几个大人尝尝，香，但是干，硬。孙女小爱看我们嚼，嘴唇动了一下，马上跑过来，伸手要拿，我说：“太硬，你咬不动。”她不管不顾，掰开一个就咬，片刻，直盯盯地看着我，一字一板地说：“咬动。”那大大的水灵灵的眼睛里，满满的都是认真。

孩子的认真触动了我。由此，想起了接触过的一些做事非常认真的人。

先说曹师傅。

曹师傅是木匠，在忻州工作时，他曾经给我们家做过两次家具。那时候，还不时髦买商品房，单位给分配了房子后，都喜欢买了木料，请木匠师傅打家具，工钱是计件给，比如，一个大衣柜80元，写字台60元，至于床头柜嘛，可能只有25元。当然，确切的数字是多少，我已经记不清楚了。这样，手工精细的师傅就吃亏了，而曹师傅就是当时忻州一带手工最精细的人。

曹师傅五十来岁，是忻州市东楼乡后郝村人。他出门干活不带徒弟，两个儿子跟着，是父子兵。父子三人都很儒雅，说话轻声慢气，斯斯文文。第一次做家具，我们是搭文联主席杨茂林的便车，人家做完之后，我们用不多的木料，做了几件。第二次是1991年，做得比较多，主要的有两组，一组是书房用的，一组放在卧室。那时候，很多木匠开卯榫，都是单的，即在两块相接的材料部位，一边挖一条凹槽，一边削成尖或扁的条状，再黏结在一起。只有曹师傅做的家具，要开双卯榫。这样，他做一件家具所费用的时间自然比一般人多；当然，也会结实得多。不仅如此，他的家具除了样式美观之外，外表也与众不同，即基本看不到钉子眼，为什么？所有家具的面板都靠胶粘合。偶尔，我会到他们做活的地方看看，如果听不到工具响，肯定是站在粘合面板上。第一次，看到父子三人静静地站在家具上，我很奇怪，也觉得好玩，知道原因后，我曾建议他们使用别的重物，这样不就解放了人工吗？曹师傅说不然，人工的压力有弹性，家具粘合程度要高得多。他的这些道理，我到现在也不大明白，但他做的家具却一直陪伴着我们，二十多年过去了，没有丝毫的损坏。倒不是我们使用细心，而是因了曹师傅扎扎实实的工艺。

我清楚地记得，曹师傅给我们做这两组家具，整整用了24天时间，但是，按照当时的工价，他们仅仅拿到600多元钱！为了感谢他们的诚心和认真，我们多给了200元。当然，曹师傅说什么也不愿意收，着实让我们费了很多口舌解释。

来到太原，房子大了，书也越来越多，曹师傅两次做的6个书柜也装不下了，只好在一面墙壁上又做了4个。不用内行人看，这4个书柜的工艺远远赶不上曹师傅的，门板高低不一致，使用了没几年，油漆也开始剥落。而曹师傅的那几个，仍然光亮如新，结结实实地站在那里。闲暇之时，看窗外斜阳投射在挺挺站立的豆青色的书柜上，亮亮的，柔柔的，心里会一下子充满了舒坦和惬意。

胡医生是一家区级医院的科主任，主治医师，这几年认识的。

年纪大了，身体免不了出毛病。夜里看急诊，遇到了胡医生。这天，他本来不上夜班，另一位医生年轻，拿不准处置办法，给他打了电话。很快，他来了，细细问了症状和原因后，立即采取了措施。接下来，他就一直留在了病房，直到黎明。后来，接触多了，知道他对所有的患者都一样。在医院，我不止一次听病人和家属说到他：经常挨个叮嘱病人注意事项，提醒护士合理照顾病人。在他的带领下，这个科的所有医生对病人都十分关心。而且，他们从来不收取任何病人的红包！病人们还说，偌大的省会城市，名气大的医院多了，但转来转去，最后就转到了这里。说到底，病人就是相信胡医生，相信他带领的这个医护团队。这话，很对。

后来熟悉了，有时间也会和胡医生随便聊聊。说到现在经常被媒体炒得沸沸扬扬的医患关系，他认为主要的问题还是在医生这里。人家得病了，不得已才来到医院，医生就要多替病人着想，认真研究他的病情，才能找到合理的治疗方案。如果板着面孔，敷衍草率，病人花了钱，治不了病，人家自然会对你有意见。他还说："这几年，常常失眠，半夜里就在想这些病人的病，反反复复设计治疗方案。也常常不断地思考和纠结，究竟用哪一种方案效果更好？"他说这话时，神情很严肃。我知道，他说的是真心话。因为几年过去，他的头发白了不少；人，消瘦了许多。

还有，二十多年前的同事——忻州师范的王育民老师。他与一般老师不同，上课从来不带教案，但教学效果非常好。开始，同事们佩服他，认为他这个南方名牌大学毕业的人，因了功底深厚，根本不需要写教案。偶然一次，我到他家里，看到他写字台上的教学笔记，厚厚的一大本，有相关资料收集，有课文内容分析，有各种教学设想，还有非常详尽的教后记录和思考……字，也写得非常认真和工整。我有些吃惊地说："还以为王老师不写教案呢，原来您下了大工夫！"他爱人苏老师告诉我，王老师不仅认真写教学笔记，课前还要把关键内容背下来。

……

几十年中，接触过的做事认真的人很多，比如我多次在文章中提到的张必锟先生、王栋生老师，以及工作中碰到的一些同事和年轻教师。

我常常想，一个人做事的认真，不仅仅是一种对事物的态度，说到底，它就是人的一种品质，一种精神，正如高尔斯华绥在他的小说中描写的鞋匠那样。

2014年8月26日

缘

我不迷信，但经过了几十年的岁月，仍然解不开那个传递坏消息的梦：

我看到了分别一年的素云。但奇怪的是，她头发凌乱，平日笑意盎然的脸上满是凄楚，含泪的双眼无辜地定定地望着我，不说也不动。我急切地想和她搭话，却突然从梦中醒来——这是1976年7月28日的凌晨。

素云是我大学时的同组同学，三年多的学习生活，我们始终是最要好的朋友。她不是山西人，老家在唐山，随了在太原市警备区工作的姐姐来山西读书。

她勤奋好学，为人真诚，白皙的皮肤，细瘦高挑的个头。她爱笑，笑起来，长长的眼睛就会眯成一条缝，像一弯细细的妩媚的月亮。至今我还保留有一张同组三位女生纵情欢笑的照片。那年，全班到霍州乡下采访，为一位牺牲在手术台上的大夫石兰峰写故事。采访结束后，我们相约着登上了高高的霍山。季节已是暮春，苍松翠柏掩映的山坡上还开满了五颜六色的鲜花：白白紫紫的丁香，红艳艳的山丹花和野玫瑰，还有那花朵小小的粉嫩的山桃花……年轻的我们喊着，唱着，闹着，边跋涉边摘花，并在夕阳的柔光中留下了那张青春勃发的合影。如今，素云烂漫的笑容已经永远地凝固在了照片上；对她的思念，经过岁月的磨洗，积淀在了心底，成了今生难以忘却的记忆。

素云的父亲去世早，六个兄妹中，她是最受全家喜欢的小女儿。她曾告诉我：大哥是唐山地委分管农业的干部，有一个十分幸福的家庭。大嫂做事干练，在派出所当所长；三个聪明可爱的侄子正在上学。她说，她和三哥最谈得来。在太原上学，三哥常常给她买这买那地寄过来。她说，哥哥姐姐们都很孝顺，争着让母亲和他们一起生活，但母亲不愿意，说："我将来就和小女儿在一起。"

后来，事情的发展就像为她的这些话续写了故事：她很能干的大嫂和可爱的侄儿侄女在地震中一起遇难；她和母亲虽然遇难地点不同——母亲在家里，她在银行的值班室——但却共同安葬在了城外的树林里；三哥地震那晚从家里逃出后，第一时间赶到了她的值班室，当时她已经被压在楼板下，但看到哥哥时还能说话，她挣扎着喊叫："哥，快点！"然而，无情的余震使房屋彻底垮塌，她最终被埋在了厚厚的废墟中……

大学期间，有个同组男生经常约她一起学习。我多次见他们在教室或校园里交流读书心得，讨论文章写作，有时还会争得面红耳赤。素云常常兴奋地告我：他的视野非常开阔，看问题的角度新颖独特，让人佩服。但到了二年级时，他们突然不来往了。不久，这位男生也转到别的小组去了。问素云，她说：本来在一起好好的，可他突然提出要和我“交朋友”（当时对恋爱关系的一种通行的说法），我哪里有这种心理准备呢？我说：那你就和人家处处看，说不定慢慢会有感觉呢！她摇摇头：不可能的，我毕业后要回唐山。我知道，她说的是真的。单纯善良的她，本来是把这位男同学当师长的，可是突然要改变成另外一种关系，她想不通，也接受不了。再者，她的大哥早就考虑着让她回唐山工作了。素云担心，和他继续在一起吧，避不开他提的问题；坚决拒绝吧，又说不出绝情的话。如果迟疑不决地继续相处下去，最终达不到男同学希望的结果，将会更深地伤害对方。所以，她只能想方设法地躲着他。不想，男同学自尊心太强，怕在一个组里天天见面，双方都难堪，就主动提出到别的小组了。在我的印象中，一直到毕业，他们再也没有来往过。

事隔十多年，当我辗转调到太原后，见到了那位男同学。他在省社科院工作，很早就成了研究员。他的研究方向不是中文，也不在文科，而是中草药提炼的化妆品。当年是素云赞美他，现在同学们都打心里佩服他。我们在他面前，似乎形成了默契，从来不提素云。有一次，问到他儿子的姓名，正谈笑风生的他，忽然沉默了。半天才缓缓地说："叫震。"当时的我，不明白为什么他的情绪会产生如此大的变化，还在寻思：孩子的姓名又不是隐私，他怎么至于如此呢？事后琢磨半天，突然找到了答案：他没有忘记素云，在心灵的深处，他一直在怀念她。也可能他在后悔，如果当时不要那样急迫地过早地表达，可能素云会接纳他；如果那时不要激烈地选择离开，是不是会有新的转机呢？如果素云选择了他，就会留在太原，就会避免地震带来的灾祸……可是，一切都无法挽回了，就让记忆和怀念转到下一代的姓名上，经常叫着，叫着，也算是一种永恒的纪念吧？当然，这些都是我的揣测，但他表情的突然变化，他语调的迟缓深沉，却不能不引起我对他心理活动的猜想。

后来，正当这位同学的事业如日中天时（他辞职办起了日用化学品厂），由于过度劳累，他突发脑出血去世了。这一年是1996年，离素云遇难的时间整整过去了20年。

如今，我与素云早已是阴阳相隔，但因为有一份同学加好友的情缘，她一直生活在我的记忆里。多少次梦中相见，急迫地问她地震的事，她都笑言：我好好的，当时是讹传。梦醒时分，满心的喜悦就在泪水中变成了长久的叹息。而那位男同学，在思念了素云整整20年之后，也到了素云魂魄存在的世界。在那里，他们应该见面了吧？就凭着曾经的缘分。我想。

2010年10月6日

附：

前段看冯小刚执导的电影《唐山大地震》，泪水从开始流到结束。为故事中人物的命运，也为真实场景的再现，使我想起了素云。和朋友谈起感受，我说：34年了，我该去看看素云了，到唐山地震纪念碑前，到唐山郊外的小树林里。我会告诉她这么多年我一直在想她，还会告诉她那位男同学后来的故事。

郭爱军

忻州师范的学生胡献忠来家，说郭爱军出车祸没了。我伤心了很久，悲叹他的不幸离世，更担心他多年患病的妻子。

郭爱军是我忻州师范的学生，1987年毕业。他话语不多，成绩平平，上课总是微笑地听讲，不发问，不调皮，因此五十多个同学中，他几乎是我最迟认识和记住的一个。只是在毕业前夕我才对他印象深了起来，因为他恋爱了，对方是同班同学侯文华。我知道，文华从小就生活在一个父母不和的家庭中，她曾在作文中说："打我记事起，就没见过爸爸妈妈说过话，甚至吃饭都是分锅分灶。由于父母感情不好，我们几个孩子似乎也失去了应有的溺爱和保护。"我祝福他们，真心希望爱军能够对文华好，把她在父母那里失去的一份温暖补回来。

他们婚后在定襄县城教书。爱军果然对文华很好，这种好，相比于一般夫妻间的关怀体贴又多了几许沉重。因为好日子不长，文华的视力突然严重下降，省内医院查不出结果，爱军带她去了北京。几经周折，查出是脑瘤所致。医生说，后果不仅仅是视力下降直至失明，肿瘤很可能迅速恶化，危及生命。爱军没有迟疑，立即决定给文华做手术，尽管他们的家庭几乎没有一点积蓄。最终，手术成功了，外债却欠下十多万！我不知道他如何还清了这笔沉重的债务，因为再次见面已经是1999年的夏天。谈到当年的债务，他只淡淡笑笑，轻轻说了声："您放心，已经还了。"

这次见面是我有事找他。当时，正是"两省一市"（天津、江西和山西）搞高中课程改革实验，暑假期间，人民教育出版社来了四位专家培训教师。礼节的需要，教育厅要求各学科给专家们送份礼品，但规定一个学科不得超过200元。为了这价格低廉又能拿得出手的"礼品"，我真是绞尽了脑汁。思考再三，最终想到了定襄的石砚。这里的石砚用的是五台山的砚台原料，加工细致，价格很低，如果能买几个送专家，还真是物美价廉。由此也就想到了已经调到县教育局的郭爱军。我马上打电话给他，原本仅仅是咨询，合适的话，让参加培训的定襄老师顺便带来，但爱军说："我来办吧，恰好有事去太原，我带给您好啦！"会议之前，一个炎热的日子，爱军送来了四个沉甸甸的大砚台，是用编织袋背来的！这些砚台由黑亮亮的石头雕琢而成，形状是一头憨态可掬、朴拙可爱的卧牛。我自然欣喜异常，只是奇怪，200元能买到这么多精致的砚台吗？爱军说，他找了朋友，价格讲下来了。我只能听信他的，至于是不是他贴了很多钱，可能今生我也不得而知了。我只知道，人教社的老师后来对人说，山西的张老师不简单，能用很少的钱给我们买那么精致的礼品！

2005年春，我到定襄听课，爱军知道后，急忙叫了文华来看我，只是我们还要赶到忻州，见面时间很短。分别时，文华紧紧拉着我的手，一直在流眼泪。我明白，十多年没见，她很想和我好好聊聊。我告诉她：有机会我还会来，也希望他们夫妇一起来太原。

7年过去，我再也没有见到爱军，也没有等到他们夫妇一起来，听到的却是爱军遇难的消息。献忠说，爱军是帮助别人而出事的。同事的妻子患重病，要去北京治疗，知道爱军前些年给文华看病认识几个大夫，就找了他。爱军二话不说，答应了。因为患者病情危急，县医院用了救护车，还有医生、护士跟随。没有想到的是，一行六人在八达岭高速公路被大卡车挤压，全部遇难……

伤痛之余，我想，爱军是一个极其普通的人，在他短短的一生中，事业上并没有突出的成就，但是，他实实在在是一个善良的人，为了经济拮据的家庭，为了生病的妻子，他吃苦受累毫无怨言。他也是一个乐于帮助别人的人，暑天里帮我买砚台、送砚台，贴了人情、力气，甚至很可能还有对他来说不易挣到的钱；

最终还因为帮助同事而搭上了年轻的生命。我曾在一个知名网站看到这样一句话："雪崩时，没有一片雪花觉得自己有责任。"反过来想，要想推动社会前进，即使一片雪花也会产生力量，如果我们都是那片雪花，都成了爱军这样的人……

2012年11月30日

第二辑　读书读人

文如其人

——读吴非《致青年教师》

就像以前得到《不跪着教书》《前方是什么》（这两本书也是吴非先生的作品）一样，阅读《致青年教师》一书，我几乎也是一口气读完的。在忙碌工作的间隙，在万籁俱寂的夜晚，读着它，就像是在听吴非先生讲一个个有趣又令人百转千回反复咀嚼的小故事。掩卷深思，那语重心长的话语，不仅仅抒写了他几十年的教育心得，也不仅仅是在向教育同行倾诉心曲，而是更真切地传达出了他对中国教育的一腔热爱和理想啊！

吴非先生在书中说：不能疏忽教育细节。因为“成功的教师在工作中未必刻意关注教育细节，只是他的学养决定了他在每个细节上都能体现出对人的尊重”。在与他的交往中，我深切地感受到，他是以自己的行动给这段话作了生动的诠释的。有一次他来山西讲课，他的一位年过七旬的老朋友很想来看他。因为他白天忙碌，所以我就安排了一个晚饭相聚的地点，让他们见面，不想遭到了他的批评。他说我不懂，不能让老年人夜里在外面走，一旦出了意外怎么办？当时我真的感到有点委屈，偌大的城市会有什么事呢？过后想想，他的担心是对的，虽然晚饭地点不远，马路上灯光明亮，但对老年人来说，行走就不容易了。正是这样一个看似平常的细节，彰显出他多年形成的关怀、尊重他人的学养和习惯。

在他的鼓励下，我把一篇搁置了十多年的文章重写后让他指正。不久，他用商量的语气给我写了一封信："我学校的老师想把你的文章打印给学生，让学生学习如何在文章中写细节。你愿意吗？"原来就是一篇习作，只想让他指点和修改的，他却要用来让学生学习细节描写。当时的我除了感动还能说什么呢？我知道，他和我商量的早已超出了文章中"细节"的范畴，他又是在以行动上的细节来诠释他对人的尊重啊！

如同他对细节的重视一样，他对孩子的爱也令人感动。

他在《让我们回到童年》中强调，要"启发学生始终用儿童的眼睛去发现世界"，因为"做过梦的孩子是幸福的，珍惜梦想的孩子也会永远幸福。人如果过于现实了，也就很容易走向猥琐"。他认为，"我们在成长中失去了许多宝贵的东西。那些像梦一样的诗，像诗一样的梦永远不再回来了，可是它还留在孩子的眼睛里，孩子们就坐在你的面前……"他在文章最后深情地说："爱所有的孩子。"

在山西讲学时，有一次从外地回太原途中，司机口渴，将车停在了路边的瓜棚旁。当大家的眼光都盯在香气四溢的甜瓜上时，吴非先生却走向了和父母一道守候在瓜棚边写作业的小姑娘。他要过孩子的作业本翻翻，看似无心地问了几句，然后回到了车上，久久没有说话。直到读了他就此事写的文章《父母的血汗孩子的眼泪》之后，我才明白他当时的心情有多么沉重：他担心孩子在路边车来人往的不安全；他担心作业中有识别假币的内容，会让孩子失却了天真。他在文章中不无沉重地说："从北方回来好多天了，我还在想着那个跟着爸爸妈妈在公路边卖瓜的小姑娘。在她那个年龄，应当让她读许多美好的书，让她爱小动物，爱好听的故事，让她爱诗，爱色彩，爱做梦，让心里塞满真善美的东西……可是成人世界对充满童稚的小学生做了些什么？"

他喜欢收集图片，那些制作成PPS的图片中很大一部分是有关孩子的：中国的、外国的，幸福的、贫困的，甚或正生活在灾难中的。他往往会给这些照片一个如同他文章题目一样的名称——"爱所有的孩子"。虽然没有任何文字描述，但欣赏者都能从中读懂其中的意味。就像他在博客上转载山姆·麦克布雷尼著的童话《猜猜我有多爱你》一样，他是在让形象教育人，让形象传达爱意，让形象在呼喊：每一个人都应该爱世界上所有的孩子！

《致青年教师》是由一篇篇的短文组成的，也是吴非先生在左眼几近失明的状况下完成的。可以想象，在书稿写作和整理的过程中，他付出了多大的艰辛！但我想，在看到那么多读者对书的热爱的时候，他该是喜悦的。因为他的充满爱心的教育思想，他的广博的胸襟，他的对常识的尊重，以及对理想的不懈追求的精神，正在广泛地传播；我还想，他该欣慰的，因为他像老农一样辛勤撒播的善良的种子，正在生根、发芽，不久就会破土而出，并茁壮地成长！

2010年11月7日

细节，体现了胸怀
——读吴非《课堂上究竟发生了什么》

吴非（王栋生）老师的《课堂上究竟发生了什么》今年6月出版。这是他继《不跪着教书》《前方是什么》和《致青年教师》之后的又一本教育笔记。一本本、一篇篇细细读来，有一个深刻体会：王老师是一位十分注重细节的人。这本新书，他更是把对细节的关注集中到了课堂之上。

以自己几十年教育工作的经历，我想，大部分人课后考虑的不外乎两点：一是教学任务完成得如何，二是学生课堂上表现怎样。这后一点，集中在学生注意力是否集中，能否按照教师的引导积极思考和发言，课堂作业是否能完成。因为有不少老师感叹：下大力气好好准备了一节课，学生一点也不配合。可是，王老师的想法却不一样。他在《应该想到可能会发生什么》中是这样说的：

当你走进教室时，这五十多个已经十六七岁的人在看着你，也许每个人都很平静，但是，作为一名善于了解学生的老师，他看到的是那平静外表下的内心活动，可能有两三个人昨晚在家里有过不愉快，眼神在说话；有人数学作业没做完，很希望能有半个小时补起来；有两三个人为昨天的测验成绩感到巨大压力，沮丧的表情说明了一切；有个人今天该上医院的，但他又来了，他突然的咳嗽会让同桌不安；有个人上体育课受伤了，回答问题时别让他站起来；某男生眼角一直在瞄某女生，他们之间的事没解决好；坐在左边最后的那位大概准备得很好，他今天神采奕奕，也许很想获得一个展示的机会……

面对学生，他能想得这样多，这样细，包括全班学生已经有的或可能有的状况，无论是心理方面、身体方面，学习方面、甚或情感方面的。这些想法，似乎与教学没有关系，且都是非常不起眼的细节，有的人甚至会觉得过于琐屑，甚至是多此一举。但是能够这样深入学生内心，关注学生方方面面的老师，确实是一位真正了解学生的人，对学生有着一腔爱意的人，把学生当作了“人”的人。试想，一个真正走进学生内心的老师，一个设身处地从学生学习现状出发，精心设计每节课的老师，怎能不被学生喜爱和欢迎？

正因为如此，王老师成了学生崇拜和学习的榜样。学生到处宣传他的观点，在饭桌上和家长谈得最多的也是他，有些学生甚至模仿他的外表，要买和他一样的服装。面对这种情况，一般教师应该是欣喜的，可能还会有些许的得意，但王老师从中又有了想法。他在《水龙头下的漏斗》一文中说，这是他“课堂教学有失误”，并且严肃地指出：

> 如果在这一阶段，学生想到要“像老师”，换个学习环境，他不一定能适应；他为什么没想到成为“自己”呢？他什么都学老师，最终什么也“学”不成。

这里，他是把学生的行为细节上升到了“立人”的高度了！因为，只有做一个精神独立的人，才能真正站立和行走于世间。

王老师关注学生的成长，也体现在他对学生所犯错误的处理上。《我不愿在肮脏的教室里讲述美好》中，他因为学生的不讲卫生而生气，几次提醒都不见效果后，他采取了措施。因为，“当教育无用时，惩罚会令他们记忆深刻”。事后，他对学生说：“你们到这个年龄，仍然没有公共意识，连一间教室都弄成这样，怎么能指望你们这样的人去管理社会？”

这，正是他一直坚持的理念——每节课都与未来有关。

本书的第一篇就是《这节课，与未来有关》，第二段是这样写的：

> 看当今的成年人，凡遭受非议的言行，无不有早年受教育的影子。比如语言习惯、言不及义、言语不当、出言不逊、语言暴力、阿谀奉承、假大空，等等，和早年所受的语文教育未必没有关联。“教育”不一定全来自课堂，但课堂究竟有没有教给学生正确判断，值得反思。

面对以上列举现象，我们往往会用一句话评价——没有教养！但是这个“没有教养”的来源在哪里？一般人不会多想。王老师想到了，他想到了此人早年的经历，早年所受的语文教育。由此，给语文老师提了个醒，自己在课堂上，在与学生的接触中，举手投足都应该是有教养的样子。当然，这个“有教养”不是做样子，倘若教师没有高尚的节操，还要表现出有教养的样子，那只能是“装”，时间长了，肯定会露馅，在学生心目中也不会是一个受尊敬的教师。

想起我经历的一件事：一天早晨，在公园里看到一位老人，他双腿替换着在踢一棵树，一边踢，一边“嗨，嗨”地喊着助力，而这棵只有碗口粗细的小树，就在他左右开弓的踢打中，使劲地摇摆，不住地颤栗。随之，大片的树叶纷纷落下，细嫩的表皮也因严重受创而开裂。我知道，他是在晨练，靠踢树锻炼腿脚，提升体力。但是，为什么要如此糟蹋一棵树呢？为了自己身体健康也不应该损害树木健康吧？如果这棵小树有知觉，经受如此摧残，它该如何疼痛呢！

每年的12月13日上午10时，为悼念在南京大屠杀中的死难同胞，南京要鸣放警报。在警报声中，作为语文老师，王老师款款深情地给学生讲了很多：要养成文明礼貌的习惯，要有尊重人的意识，要做胸怀磊落的人，不要违法乱纪，要学会承认错误并真诚道歉，要懂得名誉比荣誉重要……数一数，有近三十条！这些年，我国一直在大力倡导弘扬优秀传统文化。王老师在警报声中讲述的，正是传统文化中的精髓。而且是表达得更通俗、更朴素、更切合学生理解和接受的实际。

还有……

无论阅读哪一篇，都会令人想到很多，受益多多，都能使人体会到王老师的胸怀。这是一个将一片赤诚之心奉献给了教育的胸怀，是一个思想者注重从细节里思考国家与教育未来的胸怀，是我们每一个教育工作者应该学习和逐渐养成的胸怀……不说了，还是请读者自己去认真阅读，并欣赏感悟吧。

由于以上谈的是细节，文末再补充两个与王老师相关的细节：

1. 2010年1月6日，王老师因病左眼失明，学生们8日即在南京师大附中贴吧发起活动，为他祈福："诚邀关心王栋生老师的所有人前来为他祈福，让我们用我们的心给王老师带来光明！"

2. 有个外校学生在贴吧上打听："知道老王的联系方式吗？我说的是校领导王××。"马上有学生回复："'老王'是我们称王栋生老师的，其他人不行。"

2015年8月10日

咀嚼“阅读”

常常问自己，哪些书籍是自己喜欢阅读的呢？譬如都是谈美学的书，李泽厚的书，初读觉得有些晦涩，读得多了，领悟深了，才能咀嚼出其中的滋味；叶朗的作品，则像他的名字那样明朗轻盈，阅读自然省劲得多。如果要让我从二者中挑选自己喜欢的，倒是颇费周折呢！我喜欢读小说，有于琐屑的叙写中揭示深刻社会意义的，有凭借风云历史书写得大气磅礴的，喜欢前者的纤巧，也爱后者的宏阔。倘若挑选，仍然是不得要领的。记得上大学时，功课不太紧张，就让大把的时间消磨在了阅览室里。当我一口气阅读了一系列外国小说，如哈代的《还乡》，小仲马的《茶花女》，巴尔扎克的《高老头》《欧也妮·葛朗台》，司汤达的《红与黑》，以及列夫·托尔斯泰的系列作品后，对作家看待社会的眼光以及高超的表达艺术由惊叹到完全地折服了。再看当时一些国内的小说，就如同浓香的咖啡之于白开水一样的感觉。

近年来阅读女性作品，更免不了常常进行比较。

我读张爱玲，她笔下的上海女人似乎活生生地出现在自己眼前，虽然是20世纪初的模样，却有品位，有修养，对人对事都拿捏得极有分寸。也就免不了在想：她怎么有那么细腻的情感和想象力呢？这些生活如同她都经历过似的。

阅读席慕蓉，惊叹于她作为画家和作家的才气，简简单单的生活琐事，在她的笔下就有了神韵，比如她的散文《寒夜》，表现的情感虽然朦胧，但真挚、形象，以至触摸到了人的内心。她写道：

初寒的夜晚，在乡间曲折的道路上，我加速疾驰。

车窗外芒草萋萋一路绵延，车窗内热泪无声地滴落，我只有加速疾驰。

车与人仿佛已成了一体，夹道的树影迎面扑来，我屏息地操纵着方向和速度。左转、右转、上坡、下坡，然后再一个急弯；刹车使轮胎在地面上发出刺耳的摩擦声，路边的灌木丛从车身旁擦刮而过，夜很黑很暗；这些我都不惧怕，我都还可以应付，可是我却无法操纵我的人生。

我甚至无法操纵我今夜的心情。

热切的渴望与冰冷的意志在做着永无休止的争执，这短短的一生里，为什么总是要重复地做着伤害别人和伤害自己的决定呢？

难道真有一个我无法理解和无法抗拒的世界？真有一段我无法形容和无法澄清的章节？真有一座樊笼可以将我牢牢困住？真有一种块垒是怎样也无法消除？

……

生命真正要送给我们的礼物，到底是一种开始，还是一种结束呢？

我们不知道她究竟经历了什么，但是，那种情感波折之时的摹写真正是活灵活现呢！

去年，朋友寄来龙应台的电子书稿《大江大海1949》，接着阅读了她的《目送》《野火集》等，一下子又喜欢上了她，喜欢她看历史、看问题的眼光，喜欢她细腻质朴的艺术感觉，更喜欢她真实、善良、博爱的情怀。因了喜欢，也就多次阅读她的作品，甚至连写文章也在模仿她的风格。去年，我曾写过一篇《有些路只能自己走》，就是从她的文章中得到的启示和灵感。我拿她和席慕蓉比较，也想从中确认一下自己更喜欢哪一个，但仍旧如上述种种，分不出伯仲。有时候想，何必非要分出彼此呢？有更多喜欢的作家和作品，不是很好吗？有的人作品很多，开始阅读还认可，读得多了，似乎从前文就预知了结尾，特别是有些喜欢给中学生写文章的，其作品说教成分大于艺术表现，思想大于形象，甚至成了模式和套路，就让人有点心生厌烦了。我真正地希望她们能像席慕蓉和龙应台那样，用一颗真心去思想，去发现，去表达，以达到真正感染人、启发人的效果呢！但愿我的愿望不会落空。

2011年12月29日

你的书单谁来开

最近几年，在不同场合与老师们聊天，常常会有人提出要求：“请给我开列个书单吧。”此种情况，确实令我为难。喜欢阅读固然是很值得高兴的事，但是，真要给这些老师们一一开列书单，确乎是一件非常不容易的事。

说难，不是说我开列不出一个书单，而是每人的阅读兴趣有差异，你费尽心机搜肠刮肚想方设法设身处地地开出来了，他却不一定喜欢阅读。这样做的结果，对双方来说都是一种浪费。首先，老师们都是成年人，不是孩童，应该有自己的阅读取向。许寿裳曾请鲁迅给他儿子许世瑛列书单，书目如下：

一、计有功（宋人）：《唐诗纪事》（四部丛刊本、又有单行本）

二、辛文房（元人）：《唐才子传》（今有木活字单行本）

三、严可均：《全上古……隋文》（今有石印本，其中零碎不全之文甚多，可不看）

四、丁福保:《全上古……隋诗》(排印本)

五、吴荣光:《历代名人年谱》(可知名人一生中之社会大事，因其书为表格之式也。可惜的是作者所认为历史上的大事者，未必真是“大事”，最好是参考日本三省堂出版之《模范最新世界年表》)

六、胡应麟(明人):《少室山房笔丛》(广雅书局本，亦有石印本)

七、《四库全书简明目录》(其实是现有的较好的书籍之批评，但须注意其批评是“钦定”的)

八、《世说新语》刘义庆(晋人清谈之状)

九、《抱朴子外篇》葛洪(内论及晋末社会状态，有单行本)

十、《唐摭言》五代王定保(唐文人取科名之状态)

十一、《论衡》王充(内可见汉末之风俗迷信等)

十二、《今世说》王晫(明末清初之名士习气)

虽然直到今天，人们仍然认为这个书单最有价值，但是，我估计面对这12本书，很多人会不以为然。是啊，时代不同了，当代有多少中外名家名著，哪能只像民国时期那样，往故纸堆里钻？即使是喜欢读古典书籍的人，上文我已说过，每人阅读取向不同，所选书目也会有差异。我曾在博客上贴过三个书单：有杭州外国语学校学生的假期阅读书目，有2012年度影响教师的100本书，还有英美知名作家最爱的十部小说等。倘若上网搜搜，标记有各类人群阅读的书单会有很多。但是，我估计大部分人不会根据书单所列一本本阅读。一般人的阅读会从两点出发：一是工作的需要，有利于自己专业发展的书必须读；再就是根据自身喜好和兴趣读。按照陈平原教授的说法，前者叫“专业化”读书，后者为“业余性”读书。马科斯·韦伯1919年在德国慕尼黑大学为青年学生作题为《以学术为专业》的讲演，他说：“无论就表面还是本质而言，个人只有通过最彻底的专业化，才有可能具备信心在知识领域取得一些真正完美的成就。”我认为，这里说的“专业化”的书，绝不仅仅是教学参考书，而是指对自己专业发展有好处的书。至于“业余性”的书，就是自由阅读的书，这样的书会让感官舒坦，心情适意。不过，就语文学科来说，这两方面的书会有机结合，发生转化，业余性的阅读会促进专业化的阅读，从而提升自己的专业素养。

无论什么样的书，只要坚持去读，都会有这样或那样的收获。读书这个习惯一旦养成，就会受益无穷。比如，武汉大学教授邓晓芒，在“文化大革命”期间，他能阅读的，只有列宁的哲学书，他坚持读了，慢慢对哲学有了兴趣；在此基础上，他又扩展开来，读了系列西方哲学著作。我读他的文学评论集《灵魂之旅》，感觉他对中国当代14位作家作品的赏析和评论，同一般的文学评论相比，角度很是新颖，原来他是用哲学的眼光切入，依据哲学的观点来分析的。同理，作为一位语文教师，只要把读书当作生活中必不可少的内容，也会打开自己的教学思路，使自己的职业之旅越来越开阔，越来越充满新鲜感和新奇感。

当然，肯不肯读书是一回事，会不会读书又是一回事。有的人读了一辈子书，勤勤恳恳，但收获不大，连一点“书卷气”也显示不出来。为什么？原因很多，最大的可能性是方法不对。会读书的人，大多有明显的“问题意识”，知道自己为什么读书，选择什么样的书来读，从何入手去读，怎样展开阅读，以及如何由此及彼，由表及里，再自由地扩展开来，以至穿越千山万水，达到理想的境界。会这样读书的人，自然不需要别人开列书单，他的书单早就排列好了，需要的仅仅是购书的财力，藏书的空间和大量读书的时间而已。

所以，教师书单的开列，最终依靠的还是自己。

2013年9月28日

美丽的童话，可爱的小王子

朋友发来《小王子》朗读录音，就是法国圣埃克苏佩里写的那本童话。静静地坐着、躺着听，那声音低沉、忧郁，还有些微的忧伤（没有丝毫的造作和张扬），把整个人的心都带到了故事中。比之直接阅读原著，效果又好了几分。突然感觉，读童话比读大人的书更有意味，更能引人深思和遐想呢！

反复聆听之后，又重新翻阅原书，就是那么薄薄的一本，32开大，5万多字，加上插图，仅仅有112页。从头到尾地阅读，用不了两个小时。正如译者周克希所说："整部童话，文字干净，甚至纯净，形式很简洁，甚至简单。"可是，它却完全称得上是一本杰作，因为它用明白如话的语言写出了深刻的哲理和令人感动的韵味。说到底，它是一本写给成年人看的儿童文学作品。

小王子来自B–612号小行星，他走了很久很久，来到了撒哈拉大沙漠。他向"我"讲述他在自己的星球上与一朵玫瑰花发生了点小矛盾，因此才出走，但他后悔了，担心没有坚持着照顾那朵花，会使她发生什么意外。他讲述了在好几个星球上的见闻：第一个是国王，这个国王权力欲很强，尽管星球上只有他一个人，他也没有忘记自己尊贵的地位，他甚至把刚刚造访的小王子当成“臣民”，给其下达各种可笑的命令；第二个是个爱慕虚荣的人，他认为所有的人都应该崇拜他，朝他欢呼，朝他礼拜；第三个是酒鬼，他不停地喝酒是为了忘记羞愧，羞愧地毫无节制地喝酒——多么奇怪的逻辑！第四个是商人，他忙忙碌碌地干着“正事”，计算他的财富——天空的星星，然后把数字填到纸上，锁到抽屉里，认为这样就占有了星星。接着小王子见到的是一位点灯人，他孤寂地生活于一个小小的星球，不受任何人驱使，却很认真地在那里点灯和熄灯，按他自己的话说是“执行规定”。走过了几个星球，小王子只有在这里才觉得不好笑，因为点灯人与上述那些人都不相同，他“关心的不是自己，而是别的事情”。

在另一个较大的行星上，小王子遇到了一个地理学家，在他的指点下，小王子终于来到了地球。地球很大很大，他历经千辛万苦，经过长途跋涉，见到了很多与他的玫瑰花一样的花，还见到了智者狐狸、铁路扳道工、卖精致止渴丸的商人，最后来到了撒哈拉大沙漠，遇到了因飞机故障滞留在这里的“我”。但是他仍然念念不忘他的玫瑰花，最终，在蛇的帮助下，他脱去了沉重的躯壳，回到了他的星球。

以上只是我的简单叙述，我想，只要有点思想的人都该明白，小王子在别的星球上遇到的那些人，除了点灯人，难道不正是生活中我们常常见到的吗？那些有了一点点地位就视权力如命的人，那些好大喜功希望人人向他顶礼膜拜的人，那些忙忙碌碌不择手段钻营挣钱的人，那些满身坏习惯却不知悔改的人……

还有，童话中的“我”6岁时就非常具有想象力，他根据书中“蟒蛇把猎物囫囵吞下，嚼都不嚼。然后它就无法动弹，躺上六个月来消化它们”，画了两幅画：一幅是头尾尖尖肚子高高凸起的蟒蛇，一幅是上图的纵剖面。可是，大人们把他的第一幅画称作草帽，至于第二幅，干脆就不感兴趣，认为他不该画画，应该把心思放在其他功课上。这样，“我”的想象力和画画天才就被大人生生地扼杀了。

所以，我倒觉得这本书也像寓言。

不管它吧，且看下面从书中摘录出来的话：

> 忘记朋友是件令人伤心的事情，并不是人人都有过一个朋友的。
>
> 你知道……一个人感到非常忧伤的时候，他就喜欢看日落……

如果有个人爱上了一朵花儿，好几百万颗星星中间，只有一颗上面长着这朵花儿，那他只要望着这许许多多的星星，就会感到很幸福。

狐狸对小王子说："人们没有时间去了解任何东西，他们总到商店去买现成的东西。但是不存在卖朋友的商店，所以人们也就不会有朋友。"

本质的东西，用眼是看不见的。

对你要好过的朋友，你永远负有责任。

只有孩子知道自己在找什么。他们在一个布娃娃身上花了好些时间，她对他们来说就成了很重要的东西，要是有人夺走他们的布娃娃，他们会哭的……

2014年2月18日

行到水穷处，坐看云起时

《香菱学诗》选自长篇古典名著《红楼梦》第四十八回，1997年进入人教版高中教材第六册，2001年又编入义务教育九年级上册。香菱是个卑微孤苦的女孩子，小时候被人贩子拐卖，辗转到了四大家族之一的薛家，成为呆霸王薛蟠之妾。只因薛蟠外出经商，她才搬进大观园与薛宝钗同住。在大观园这个青春王国里，她受到环境熏染，产生了强烈的写诗愿望，这才有了她拜林黛玉为师的故事。

林黛玉看香菱真心学习写诗，先说写诗不难，"不过是起承转合"，懂得了这一规律后，要先读诗。我们平时爱说一句"学会《唐诗三百首》，不会作诗也会吟"。这里的《唐诗三百首》，是选本，而黛玉给她推荐的第一本诗集则是王维的诗歌全集，黛玉说："你只听我说，你若真心要学，我这里有王摩诘的全集，你且把他的五言律诗读一百首，细心揣摩透熟了。"

下面的故事大家都清楚，香菱按照黛玉的指点，先读王维，再读杜甫，后读李白，果然悟出了写诗的奥妙，终于在梦中写成了一首好诗，加入了大观园青春少年们发起并组织的诗社。且慢，我们这里不谈怎样学诗，只想探究一下，黛玉为什么让她先读王维的诗，而且是五言律诗？在阅读蒋勋《美，看不见的竞争力》一书后，有了明确的答案。当然，还不仅仅于此，更有的是对人生的感悟。

王维的诗流传下来的有四百多首，可以分为两类：一类是边塞诗，一类是田园诗。写边塞诗时，他还年轻，正是春风得意之时，有着豪迈的“偏坐金鞍调白羽，纷纷射杀五单于”（《少年行》其三）的报国理想，因而这些诗歌激情澎湃，雄浑奔放。后期的田园诗，是一种生命经历过繁华之后的清醒，既有一种佛家的彻悟，又有着老庄出世的思想，因而显得韵味悠远，空灵宁静，展示着画一样的意境，因此，苏轼说他“诗中有画”。他的诗之所以有这样的变化，是因了他不同寻常的人生经历。

王维54岁时，经历了“安史之乱”，他没能逃出去，在洛阳被叛军逮捕。但他不想做伪官，就装病逃避，然而终究没有躲过去。后来安禄山失败了，王维也受到牵连，被抓进了监狱，多亏弟弟王缙以自己的官位作保，皇帝才赦免了他的罪过。出狱以后，王维就到了陕西的辋川，开始去写完全山水的田园诗，也就是不沾染一点世俗纤尘的诗句。这样的诗没有雕琢，不工于技巧，表现的是诗人心境的平淡和真正的豁达。这，应该就是黛玉让香菱先读王维的主要原因。

品读王维后期的山水诗，真的很喜欢，如《辛夷坞》：

木末芙蓉花，山中发红萼。
涧户寂无人，纷纷开且落。

如白描画般淡淡的几笔，真实地勾勒出山水中生命的状态：

一株小小的花，静静地开放在山中，不求人的观赏，不慕世间的繁华。她自开自落，平静地甘守孤独，只有一个单纯的目的，就是为着个人生命的完成。这个花，其实就是诗人自己，中年之后的王维，已经摈弃了一切凡世的纷扰，无官无家（他31岁时妻子病逝，再无续娶），与其说是孤独，不如说是恬淡、安适，如果没有经历繁华之后的大彻大悟，就无法写出这样的诗句。还有选入教材的《竹里馆》《鹿柴》《山居秋暝》等，都属于此类。

我尤其喜欢一首五律《终南别业》：

中岁颇好道，晚家南山陲。
兴来每独往，胜事空自知。
行到水穷处，坐看云起时。
偶然值林叟，谈笑无还期。

可以看到，年轻时代追求生命绚烂热烈的王维，中年时转向了“好道”。这个“道”应该不仅仅指佛教，也指老庄。他居住在远离国都，也远离闹市的终南山，高兴的时候就一个人在山里走一走，看看山水万物，听听飞瀑流泉。在这里，除了偶然遇到砍柴的樵夫，与其谈笑之外，空无一人。一千三百多年后的2009年，我去陕西南部，曾乘车穿越终南山。莽莽苍苍的大山，重重叠叠，一眼望不到边，长长的隧道一个接着一个。可以想见当年身居其中的王维是如何的寂寞。就是在这样荒漠静谧的地方，诗人悟到了深刻的哲理：“行到水穷处，坐看云起时。”

这可真是难得遇到的十分美妙的句子！从写实的角度看，当你沿着一条河流一直走，找到它的源头，这时你感觉已经到了穷尽之处。可是，当你放松心情坐下来后，就又看到了山边的云在慢慢升起。它其实也在讲我们的人生，看似好像到了穷途末路，但是换一个角度，换一种心情，就会发现别有洞天。王维过去想做官，想拥有权力和财富。今天所有的机会都没有了，可他却潇洒自在地行走在山水中，没有政治迫害，没有官场复杂的沉浮升降。所以说，生命最绝望的地方，刚好是生活出现转机的时刻。所有的生命都是这样，如果你沉溺了，这个时候你就可以坐下来，想一想自己的生命，怎么样让它再度飞扬起来。所以这两句诗中，流淌着多少高超的生命智慧！

“行到水穷处，坐看云起时”不同于“山重水复疑无路，柳暗花明又一村”，后者教人执着，教人坚持，认为只要沿着一条路走下去，走着走着，眼前就会豁然开朗，就又有了新的前行的道路。可是，自然中，人生中，这样的路却不是常常可以觅得的。不少人人生失败，甚至碰得头破血流，就失之于缺乏智慧，过于执迷不悟。

前些年，和朋友从汾河边出发，溯源而上，终于寻到了汾河源头。坐在水边休息的时候，远处的山出现在我们眼前。是啊，水看过了，还有山。我们又一鼓作气登上了芦芽山的马伦草原。这里云雾茫茫，凉风习习，松涛阵阵，野草离离。置身其中，物我两忘，心都融化了。倘若仅仅看了水，哪里还会领略这平日难得一见的景致！

我们真应该感谢王维，感谢他诗中的智慧。读这样的诗，领悟了，明白了，也就参透了人生。也就不会沉溺于名利场，沉溺于情感的心结。人生岁月漫漫，有些路走不通了，就停下脚步，自在地坐下来。可以用心去想，想开了，旧的路就不走了，放下了，新的希望也就在心里升腾起来了；可以用眼去看，穹庐般的天幕，辽阔无垠的原野，充满生命活力的万物……你渐渐会明白，原来人生竟是如此的美好！

2012年8月7日

钱穆先生的作文课

近读钱穆先生《八十忆双亲·师友杂忆》一书。盖因长期从事教育之缘故，读此书，如阅读齐邦媛先生《巨流河》一般，对书中有关教育的内容非常感兴趣。

其时，钱先生在家乡无锡后宅镇泰伯市立初级小学任校长，兼任国文课老师，他回忆说：

> 余告诸生，出口为言，下笔为文。作文只如说话，口中如何说，笔下即如何写，即为作文。只就口中所欲说者如实写出，遇不识字，可随时发问。一日，下午第一课，命诸生作文。出题为“今天的午饭”。诸生缴卷讫，择一佳者，写黑板上。文云：“今天午饭，吃红烧猪肉，味道极好，可惜咸了些。”告诸生，说话须有曲折，如此文末一语。
>
> 又一日，余选林纾《技击余谈》中一故事，由余口述，命诸生记下。今此故事已忘，姑以意说之。有五兄

弟，大哥披挂上阵，二哥又披挂上阵，三哥亦披挂上阵，四哥还披挂上阵，五弟随之仍然披挂上阵。诸生皆如所言记下。余告诸生，作文固如同说话，但有时说话可如此，作文却宜求简洁。因在黑板上写林纾原文，虽系文言，诸生一见，皆明其义。余曰："如此写，只一语可尽，你们却写了五句，便太啰唆了。"

又一日，命诸生各带石板、石笔、铅笔及毛边稿纸出校门，至郊外一古墓，苍松近百棵。命诸生各自择坐一树下，静观四围形势景色，各自写下。再围坐，命诸生各有陈述。何处有人忽略了，何处有人遗忘了，何处有人轻重倒置，何处有人先后失次，即据实景互作讨论。

余又告诸生，今有一景，诸生多未注意。诸生闻头上风声否？因命诸生试各静听，与平日所闻风声有何不同。诸生遂各静听有顷。余又告诸生，此风因穿松针而过，松针细，又多隙，风过期间，其声飒然，与他处不同，此谓"松风"。试再下笔，能写其仿佛否？诸生各用苦思写出，又经讨论，余为定其高下得失。经半日，夕阳已下，乃扬长而归。如是，诸生乃以作文课为一大乐事。竞问，今日是否又要作文。

一日，遇雨。余告诸生，今日当作文。但天雨，未能出门。令诸生排坐楼上廊下看雨。问：“今日是何种雨？”诸生竞答：“黄梅雨。”问：“黄梅雨与其他雨有何不同？”诸生各以所知对。令互相讨论，又为评其是非得失。遂命下笔，再互作观摩。如是又半日。

余又令诸生各述故事。或得之传闻，或经由目睹。或闻自家庭，或传自街坊，或有关附近名胜古迹，桥梁寺庙。择其最动人者，或赴其处踏看，或径下笔。每作一文，必经讨论观摩，各出心裁，必令语语从心中吐出，而又如在目前。诸生皆踊跃，认为作文乃日常人生中一乐事。

如是半年，四年级生毕业，最短者能作白话文两百字以上，最多者能达七八百字，皆能文从字顺，条理明畅。然不从国文课本来，乃从国语课及作文来。而作文课亦令生活化，令诸生皆不啻如自其口出。此为余半年中所得一大语文教学经验。

看来，钱先生当年就已经在搞作文教学改革了！他的方法多么灵活，学生学得多么愉悦！而且，他的一些学生在四年级就已经达到了高考作文基础等级的要求——“能达七八百字，皆能文从字顺，条理明畅”。这里，虽然讲的是小学教育，但对于我们，应该是很有启发的。钱先生一生，从小学教到大学，无论哪个学段，都能依据不同的学生，采用适宜的教学方法；即使是相同的学生，他的方法也不是一成不变的。正因如此，钱先生的学生中不乏学者名人。

由此，想到目前的语文教育，常听老师诉苦，他们领导立志改革，琢磨出一种方法——模式，下令所有学科往里套，不顾学科特点，不问学情状况。晨读成了自习课，连同其他时间的自习一起，按学科平均分派，诵读涵泳的时间没有了，甚至连《语文课程标准》推荐的课外阅读书目也不读了；上课必须让学生讨论，教师有效的示范和点拨由于不符合模式评价标准，也在课堂上逐渐消失了。我总认为，人是有个性的，教学方法也应该根据教师的个性而不同，哪里能够用一个模子来束缚教师的手脚。只要教育的理念是对的，教育的方法是符合学生实际的，教师就有权利理直气壮地采用。

2013年4月7日

记住马相伯先生

说起中国的教育家，大家都该知道蔡元培先生，他曾任北京大学校长，倡导“思想自由，兼容并包”之精神，主张教育救国、学术救国、科学救国，被后人称作“新文化运动之父”，认为是他“通过改变一所大学而改变了一个民族”；也会知道担任过清华大学校长的梅贻琦先生，他的名言是“所谓大学者，非谓有大楼之谓也，有大师之谓也”；还有致力于办平民学校，以造就中国“新民”的晏阳初先生；创办了晓庄师范、育才学校等实验学校，提出“生活即教育，社会即学校，教学做合一”理念的陶行知先生。但是，我们却可能忽略了一位经历特殊的先生，他叫马相伯。

马相伯的一生极富传奇性。他出生于1840年，1939年去世，活了将近100岁。他的传奇人生是从12岁开始的。这一年，他拿着悄悄积攒的铜钱离开家乡（今江苏镇江），一个人走了11天，到了上海，进入法国天主教会开办的徐汇公学读书。他天性聪慧，少年时就在语言、数学、天文等学科上展露出了过人的才华，并精通八国文字。所以，学校在他刚刚14岁时，就让他担任了助教。

40岁后，马相伯投身政治，登上了大清内政外交的舞台，成了北洋大臣李鸿章办理洋务与对外交涉的重要助手。也是在这期间，他去了一趟欧洲，访问了几所著名学府，认识到“自强之道，以作育人才为本；求才之道，尤宜以设立学堂为先”，所以他在58岁这一年，做了一生中最惊人的一件事：将继承自长兄的3000亩田产全部捐献给教会，作为创办“中西大学堂”的基金。这才有了教会学校震旦大学的创立。后来由于与教会冲突，马相伯退出震旦。他虽然年迈，但创办理想大学的决心始终没有改变。1905年，他又创办了复旦公学；1925年，参与了英敛之（英若诚之父）等人创办的辅仁大学。这时候他已经85岁了。

由此得知，马相伯是一位足足称得起“教育家”的先生。

还不仅仅如此。作为教育家的马相伯，他的教育理念直到现在仍然具有很高的价值！他在震旦制定的办学原则是：崇尚科学、注重文艺。也就是文理并重，不能有所偏废。他要求学生要打好语言基础，主张必须训练严格的逻辑思维。他也是中国最早的形式逻辑教科书的编写者。同时，他还认为，教育要自立，要做到学术独立和思想自由。

正是这些先进的教育思想和理念，使他为中国培养了一大批著名的政治家和教育家，他们中有于右任、邵力子、黄炎培、李叔同、陈寅恪等。

所以，我们应该记住马相伯先生，记住他为中国教育所作出的毕生努力，更要记住他的教育思想和理念。可以说，直到现在，我们的教育还没有实现他当初的理想。

2012年12月8日

做一个热爱写作的人
——读《契诃夫手记》有感

偶然阅读《契诃夫手记》，被他幽默风趣、简洁形象的记录逗乐了。比如：

> 所谓儿童般纯真的生活快乐，只能是动物的快乐。

> 别人的罪孽不能使你变成一个圣人。

> 一个女演员的丈夫，在他妻子登台献艺的时候，满面春风地坐在包厢里，不时地站起身来向观众致谢。

> 一个刚从大学毕业的医生，做了饭馆的监督人。“本馆菜肴由医生监制。”他写出矿泉水的成分，得到学生们的信任，买卖就兴隆起来了。

欣赏之余，忽然想，虽然《契诃夫手记》是作家的创作备忘，记录的是拟创作题材的简单结构，拟写入文中或戏剧对白中的佳句，但这些凭借三言两语传达出的强烈或巧妙的戏剧感，却令人不由得心向往之，愿学习之。随之想到：如果我们做教师的也能像契诃夫这样，养成写手记（或曰：教育随笔）的习惯，该是多么有意义的一件事！教学中有很多生动有趣的画面，课堂上常常会出现师生交流时异彩纷呈的瞬间，还有对教育和教学突发灵感的思考……倘若我们能做一个有心人，把这些教学活动中的点点滴滴记录下来，日积月累，就会成为我们思考和研究教学的宝贵资料，也会成为我们提升自身写作素养的阶梯。从而，把我们培养成为一个会写作的人。

也许我们会对写作有误解，认为是旁骛，是脱离了教学工作重点的百无一用的劳作；还可能会说，一名教师除了课堂教学，应该写的首先是平日使用的教学设计呀，再就是体现教学研究成果的总结和论文之类。可是，我们该仔细想想，如果没有养成写作习惯，就不会有意地关注教育教学现象，也不会对其进行思考和积累。缺少了这一重要环节，虽然我们辛辛苦苦地写出了几篇教学论文，势必会语言平淡，人云亦云，鲜有独到的见解和观点。甚至连每日必写的教学设计，也会是陈旧僵化的模式和套路，缺乏对教材的发现和创新，彰显不出教师的教学热情和灵性。就拿作文教学来说，倘若没有写作习惯，没有对写作过程的体验和经验，在写作课上，也只会给学生布置一个题目，事后，给作文打分，写几句无关痛痒的评语而已。所谓的写作讲评和指导，也只能是无力的，甚至是无效的。

著名特级教师王栋生老师（杂文家吴非）在《致青年教师》一书的自序中提出，一名合格的教师必须具备的基本素质是：思想者、学习者、实践家和写作者。并特别指出："教师职业对于民族未来的深远意义，还在于传承，因而有必要把教师的写作能力放到一个相当的评价位置上。"这些话，为我们明确地指出了教师写作的重要意义。正因为如此，很多老师终生都在坚持写作，这里，只列举我们非常熟悉的。前些年，参加教学研讨活动，看到陈钟樑老师发言从来不拿讲稿，只偶尔掏出口袋里的一个小小的笔记本翻看一下，这个小本子该是他的教学随笔。陈老师长期进行教学案例研究，取得了显著的成效，就是依托了平时的用心和长久的积淀。人民教育出版社的特约编辑张必锟老先生退休多年，仍然能参与教材编写，也得益于他当年认真地研究教学和教材，写出了厚厚的十多本教学笔记。王栋生老师更是如此，由于他十分注重积累教学生活的点点滴滴，并上升到思想高度加以分析，十来年间，相继出版了系列教育杂文，包括《不跪着教书》《前方是什么》《致青年教师》《王栋生作文教学笔记》和《课堂上究竟发生了什么》等。

当然，教师之为写作者，也不仅仅局限于写教育随笔，有了深刻的思想和娴熟的艺术表达技巧，还可以进行各种样式的文学创作。我们景仰的叶圣陶、夏丏尊、朱自清等前辈，不仅是著名的教育家，还是非常优秀的作家。他们在语文教育方面有思想，有建树，既教书，又编写教材，同时，还写出了大量的文学作品，其中不少散文、小说选编进了教科书，成为几代人涵养心灵、学习写作的范本。在他们身上，教育和写作相辅相成，相得益彰，成就了他们灿烂而不朽的人生。他们，该是现代教师学习和追随的楷模和榜样。

“如此悲伤，如此愉悦，如此独特”的《巨流河》

齐邦媛先生的自传《巨流河》是去年夏天买到的。此书2009年在海外出版，2011年又在北京三联书店出版，一年内再版了四次！买此书时自然早就知道它是一本难得的好书，只因同时买的还有十多本，诸如蒋勋、熊培云、张宗子等人的书，这些书都可以随时打开任选一个章节阅读，而读这样长篇的《巨流河》，我怕一打开就放不下，总想选一段较为集中的时间一口气读完，因而拖到了不算太忙的本周。

我从作者的《序》开始，边看边用铅笔勾勾画画，直到看完了王德威写的《后记》和《齐邦媛纪事》。很久了，我读长篇没有像这样全身心投入，甚至不想遗漏掉一行或一句话，整个身心都被书中人物的命运牵连着。尽管常常读得眼睛酸涩，腰背胀痛，仍然不舍得放下。

我想说，这本书与其说是一本人物自传，不如说是记录中华民族20世纪历史的史诗。而这史诗又是那样的深情，那样的内敛，因而，它又是一本令无数读者为之动容的、有着无限韵味的文学作品。

正如王德威先生在《后记》中所说，它是一本“惆怅的书”，这种情怀源于作者的经历。齐先生祖籍山西徐沟，生于辽宁铁岭，6岁离开家乡后，十七年之间在战乱中辗转于大江南北，1947年因偶然的机缘到台湾任教。当时的她根本不会想到，这一去，台湾就成了她此生永久的居住地。巨流河是齐先生家乡的一条河，现在改名为辽河，书中多处将其与台湾的哑口海并举，并使二者微妙互动，抒写出了无法言说的巨大的历史忧伤，同时，也给予了读者凝重的反思和力量。

书中人物众多，作者对其记述都比较详尽，特别是贯穿于始终的作者父亲齐世英，抗日航空英雄张大飞，学者朱光潜和钱穆先生，他们为了国家和事业的献身精神，他们处事的温和和洁净，深深地影响了作者，并成了《巨流河》反思历史与生命的基调。

齐邦媛先生一生献身于文化传播事业和教育事业，书中写教育的细节也最为感人。她写抗战中，重庆张伯苓先生办的南开中学的精神，写武汉大学朱光潜先生的教学细节，都非常感人。王德威先生《后记》中的一段话，正是对战时教育的很好描述：

邦媛先生何其有幸，在战时仍然能够按部就班地接受教育。即使在最不利的条件下，南开依然保持了一贯对教学的质的坚持。南开六年赋予齐邦媛深切的期许，一如校歌所谓，智勇纯真、文质彬彬。到了乐山武汉大学阶段，她更在名师指导下专心文学。战争中的物质生活是艰苦的，但不论是南开“激情孟夫子”孟志荪的中文课还是武大朱光潜的英美文学、吴宓的文学与人生、袁昌英的莎士比亚，都让学生如沐春风，一生受用不尽。在千百万人流离失所，中国文化基础伤痕累累的年月里，齐邦媛以亲身经验见证知识之重要，教育之重要。

第四章第七节中有这样的描写：

朱老师（朱光潜）以《英诗金库》作课本，但并不按照编者的编年史次序——分莎士比亚、弥尔顿、格雷和浪漫时期。他在上学期所选之诗都以教育文学品位为主，教我们什么是好诗，第一组竟是华兹华斯那一串晶莹璀璨的《露西组诗》。

那优雅静美的少女露西是谁，至今两百年无人确定，但他为追忆这早夭的十八岁情人所写的五首小诗，却是英国文学史的瑰宝，平实简朴的深情至今少有人能超越。最后一首《彼时，幽暗遮蔽我心》是我六十年来疗伤止痛最好的良药之一。我在演讲、文章中背诵它，希望证明诗对人生的力量，当年朱老师必是希望以此开启我们的西方文学的教育吧。

阅读齐先生的书，还有一个深刻体会，她行文之处往往出现古今中外诗句，那些从历史的长河中流淌而来的内容，被她用得恰切而传神，言简而意深。父亲对教育的重视和留学日本、德国的影响为其一，她的好学也是重要因素，但学校教育方法也值得我们学习和思考。朱光潜先生就常常让学生背诵他讲授的诗歌，无论长短，无论是否领悟都要背诵。时间久了，背诵诗文成了齐先生的习惯，丰富了她的积累，加深了她的文化积淀，以至于她在以后的教书生涯中也常常采用此法。

书中还写到19世纪70年代，齐先生在台湾任职于编译馆，她决心重新修订中学国文教科书，因为感觉其中的政治因素太厉害，她主张教科书要能引起学生的阅读兴趣，增进语文知识的学习。她认为：一位好老师，一本好教材，即使在最晦暗的时刻也能启迪一颗颗敏感的心灵。她的这些思考，得益于当初南开中学张伯苓校长的经验。

阅读感受很多，不能一一叙述，还是采用王德威先生的话：《巨流河》真是一本让人“如此悲伤，如此愉悦”又“如此独特”的好书！

2013年3月16日

门里还有虚掩的门

读书的好处大了。

有时候，读着读着，忽然被文中的几个句子触动，思绪就如同喷涌而出的泉水，从心底漫溢了开来；又好像脱缰的野马，随着鼓点式的马蹄声渐渐远去。

最近，在朋友推荐下，阅读威廉·曼彻斯特的《光荣与梦想》（中信出版社2015年3月第1版），就常常出现如上情况。

比如读第一本，其中写到诺曼·托马斯，说他是“民族的良知”“沉默者的喉舌”“敢于打破沉默的先知”。他说过这样的话：

> 好生活的秘诀就是要有正确的信仰，并且用正确的价值标准来衡量这些信仰。异议和异议者让我们重新评估这些价值并坚持真理至上。

什么是“信仰”？信仰是人们对生活所持的某些长期的和必须加以捍卫的根本信念。因此，它必须是正确的。而要想保持长久的正确，就应该并必须允许“异议者”提出各种各样的“异议”，对其不断地进行讨论和评估，使其更加符合社会的发展规律，符合人民的根本利益，符合正确的价值标准。否则，这种“信仰”不仅不能给人带来好生活，还会成为僵化的桎梏，束缚人们的思想，捆绑人们的手脚，以至于影响了社会的健康发展。就拿我国来说，几千年的悠久历史，孕育出优秀的传统文化。这是值得我们去继承的。但是，换个角度看，几千年的封建皇权统治也给我们留下了很多腐朽的思想。不说别的，仅就“唯尊唯上”这点看，就是错误的；而一些人偏偏就把这“尊”和“上”倡导的一切当作了自己的信仰，且不允许人们议论之，批评之，否则，就会挥舞起武器加以挞伐和棒杀。因此，有“民族良知”和正确信仰的人孤独了，他们的行动也就不被人理解和支持了，真的就如同李白诗歌《将进酒》中的名句“古来圣贤皆寂寞”了。

再回到《光荣与梦想》一书。

第三本第128页写道：

特克斯·里特尔的《正午》是第一首电影大片的主题曲，出自加里·库珀出演的同名电影。其曲调改编自迪米特里·迪奥姆金的原创民谣，由于整首歌朗朗上口，连艾森豪威尔将军都难以忘怀，哼唱了好几个月。

艾森豪威尔喜欢这首电影主题曲，他首先应该是被其电影所打动了。那么，这个拍摄于1952年的电影《正午》塑造了怎样的人物？描写了怎样的一个故事呢？

怀着好奇心，我上网搜了一下。好，看到了。一口气看完，原来是一部非常优秀的美国电影！这部荣获了十多个奖项的黑白影片，竟然被我忽略了几十年！

网上还有消息：

据美国《洛杉矶时报》报道，《正午》在白宫放映的次数超过任何其他电影。布什曾看过这部电影，艾森豪威尔曾三度在白宫看过，克林顿看过不下20次。

还有，网上我还看到为这部电影写的一篇文章，题目：《孤独的背影越来越远》，作者：吴非。他介绍了这部电影的梗概：

> 故事发生在1870年西部的一个小镇。警长凯恩敢作敢为，坚决打击匪徒米勒。米勒被抓住，小镇从此太平，人们对凯恩感恩戴德。米勒被判处死刑，后又改为无期。凯恩任期已满，这天他与艾米结婚，并准备离开小镇。突然接到电报：米勒被假释，一个多小时后的正午，将要带着他的人回到本镇。凯恩知道米勒这个匪徒回来会干些什么，他觉得自己不能离开。这个时候，单

枪匹马的凯恩是多么需要广大人民群众的帮助啊！然而，曾冒死犯难保卫过当地居民的凯恩意外地发现：在紧要关头，所有的人一下子都变得让他不认识了。他向这些老熟人求助，没人理他，人们或躲藏，或逃跑。凯恩心寒了，他写下遗嘱，一人一枪，走向火车站，迎战这群匪徒。千钧一发之际，他侥幸地击毙了米勒。接着，先前一哄而散的小镇居民再次欢呼并拥向英雄凯恩时，凯恩默默地摘下了警徽，扔在地上，头也不回地离开了。

所以，看一本好书，不仅仅是为我们打开了一扇门，门里还会有许多虚掩的门，只要留神，轻轻一推，那些门就开了。走进去，又是一重景致，让人大开眼界。

2015年11月28日

书里有你，也有我

朋友送我一套《汪曾祺全集》，虽然偶尔也会去翻翻，但多是查阅或工作之需。这样，好几年下来，它就那么整整齐齐、冷冷清清地待在书柜里。当然，一直以来很喜欢汪曾祺的作品，用他的文章命过中考题，那是2000年。从一大堆资料中筛选适合的阅读文章，一下子发现了他的《多年父子成兄弟》，根据版面需要删减，但读来读去，不要说删除句子，就连一个标点都动不得——因为，用得太准、太恰切，情感都融注其中了。大家讨论的结果：原封不动采用。这样，现代文阅读只好少选一篇。为他的文章写过赏析，比如《五味》，那一开头写山西人用碗喝醋的细节，一下子就把人吸引了。我甚至，还选了他的《金岳霖先生》给学生上课……然而，真真正正地系统阅读，只有在如今，摆脱了工作琐事的退休之后。

这套全集共八卷，前两卷为小说，中间四卷是散文，后面的是戏剧和其他。我先从第三卷散文读起。这卷的写作时间为1945年至1986年，《翠湖心影》《昆明的雨》《沈从文先生在西南联大》都收在这里。这些，大家熟悉，我不说，就说两篇。

先说《蔡德惠》，自然是写人，是作者在西南联大读书时认识的生物系学生，毕业后留校研究植物分类学。文章不长，有两个细节非常吸引人：一个是写他假日不愿随众出行，“新校舍显得空空的，树木特别的绿，他一个人在井边草地上洗衣服，一脸平静自然，样子非常得好”。由此，他就成了“我一个不能忘去的人”，因为他是一个“充满温情，平静而自然”的人。这是从外表来写。接着写了他们唯一的一次近距离接触，地点在蔡德惠的研究室。在这里，作者看到了蔡德惠收集的大量的植物标本，看到了他亲手经营的新雨过后那片精致的小花圃，还有，那白色粉墙上用竹钉自制的日晷。作者非常感慨地写道：这是一个“沉默的谦和的人员，那么庄严认真地工作，觉得人世甚不寂寞”。只是这样一个人，却忽略了自己的身体，得了严重的肺病，不久就去世了。

作者怀念他，离开昆明前去了西南联大。

> 那间研究室锁着锁，外面藤萝密密遮满木窗，小花圃已经零落，犹有几枝残花在寂静中开放，草长得非常非常高。那个日晷还好好的在，雪白，竹钉影子斜斜地落在右边。

只是，那个令作者心生佩服的人，再也不会出现了。

另一篇为《堂倌》，堂倌在东福居上班，他无形中与蔡德惠形成了对比，由于他的存在，作家对饭店都有了反感，并决定再也不去了。原因是什么？不是因为堂倌的长相——

> 方脸，下头很大，像削出来的。他剪平头，头发老是那么不长不短。他老穿一件白布短衫。天冷了，他也穿长的，深色的，冬天甚至他也穿得厚厚的。然而换来换去，他总是那个样子。他像是总穿一件衣裳，衣裳不能改变他什么。

这样描写，似乎堂倌是一个非常严谨的人，但是，这仅仅是外表，即令是这样的外表，在饭店做堂倌，也会让顾客产生冷冰冰的隔膜感。更重要的是，他与顾客的交流：说什么都是“平平的，不高，不低，不粗，不细，不带感情，不作一点装饰”。还有一个细节，作者去吃水饺，堂倌答应了，等了半天，座上客人都换了一批又一批，水饺还不来。问他，仍然是冷冰冰地回答：“没有水饺。”“那你不说？”“我对不起你。”

说起来好玩，其实可恶。怪不得汪曾祺那样一个率真随性的人记得他，写他，并且再也不愿看到他。

上述两人，职业不同，对职业的态度各异。我们看好的是蔡德惠，瞧不上的是那个没有名字的堂倌。由此，想起了梁启超的《敬业与乐业》。既然选择了自己的职业，就应该谨慎地做好它，这就是敬业；进一步，热爱它，也就会从中获得快乐。蔡德惠是做到了既敬业又乐业的；而堂倌，哪怕仅仅为了养家糊口才干这种职业，也应该认认真真的，不该敷衍，更不该那样冷冰冰地玩职业，甚至误人！

看着看着，就想到了教师的职业。是的，我们达不到蔡德惠的高度，但千万不能做那位堂倌啊！因为我们面对的是一个个学生，一颗颗求知的心。看来，还是职业习惯，不由得就联想到了教育和教师。

2014年4月4日

有滋有味，妙趣横生
——读汪曾祺散文《五味》

知道汪曾祺，是因为“文化大革命”中多次看过以至十分熟悉的革命现代京剧《沙家浜》，而他是主要编剧之一。后来读他的文章，无论是小说，还是散文，都感觉出作者用笔的功力，越读越如同品喝香茶、名酒，久而其味更甘、更浓。2000年山西省中考语文试题现代文阅读选了他的散文《多年父子成兄弟》，并据此为话题作文。虽然考试为选拔性的，但是读好文章、写感兴趣的话题，应该是受大家欢迎的。从反馈回来的情况也是这样。

汪曾祺的散文《五味》，实实在在写的是我们日常熟悉的味道。也许大家会有一种感觉，原来生活中的琐细也能写成文章。是的，不仅能写，而且还能写得有滋有味，妙趣横生。这主要得益于作者对生活的热爱和关注。我们说一位作家的文章好，好在什么地方？一是他对生活的体验、认识深刻，是我们所没有意识到的，再就是他写出了大家心里想到了但却没有说出来的认识、道理和体会。就拿对五味的爱好来说，山西人爱吃醋，四川、湖南、湖北人爱吃辣，广东人爱吃甜……我们都知道，而且有不少或曰“细节”的小故事，比如，“山西老乡爱喝醋，缴枪不缴醋葫芦”啦；火车一开入娘子关，响声就变成“喝醋”“喝醋”啦；等等。谁也没想到它们能成为写文章的素材。看起来，对生活的热爱，应该包括它的方方面面，自然“吃”也是一项重要的方面，“民以食为天”，很是有道理的。选入高中语文第一册的一篇文章——《胡同文化》，也是汪曾祺写的散文，里面就提到了北京人的吃饭，如同本篇所写到的北京人爱吃“虾米皮熬白菜”的习惯，还写到“北京人易于满足，他们对生活的物质要求不高。有窝头，就知足了。大腌萝卜，就不错。小酱萝卜，那还有什么说的。臭豆腐滴几滴香油，可以待姑奶奶。”不同的是，本篇所写是说人们对食物的习惯，而《胡同文化》中，则是把这种习惯与北京人的心理，实际上是文化，紧紧地连在一起进行分析的。对身边事物进行理性的、文化的分析，是必要的。但是，对生活积累后，精心选择细节，合理组织成文，再运用具有感染力的语言，同样能打动读者的心灵。就像本篇文章。

再回到山西人的喜欢吃醋的问题，汪曾祺在文章的开头就以一个有趣的故事告诉了我们，但是作为山西人，我们想一想，山西人的吃醋究竟是缘于什么呢？是不是因为山西人喜爱吃面食，用醋调味才更突出其美味呢？如同南方人的吃辣是因为气候潮热，辣有驱湿的作用一样；再就是山西五谷杂粮丰富，特别是晋北一带盛产高粱，用来做醋是很好的原料。这是地域方面的优势；再一点大概就是习惯的作用了。生于兹，长于兹，老乡每年要做一大缸醋，每家饭桌上顿顿离不开醋壶，吃面要有醋提味，炒肉要用醋去腥。到饭店吃饭，将空碗碟倒点醋涮涮，等于消了毒。家里有人感冒，怕传染别人，锅里放点醋，在火上熬熬，等于空气中杀了菌。还有多吃醋可以美容，常吃醋能软化血管，洗头发加点醋可使头发柔软亮泽等等。吃醋、用醋简直成了生活中必不可少的一项内容。久而久之习惯养成，自然山西人是离不开醋的了。这种习惯，在山西算不了什么，但外地人看来，就成了新鲜事了。

不知道这种分析对不对，大家说呢？

2001年4月20日

秀雅古朴，浑然天成
——读宗璞散文《三幅画》

宗璞的散文《三幅画》，初看标题，以为主要是描述与她有关的三幅画的内容，读后才明白，文章主要是写老作家汪曾祺。无论是宗璞，还是汪曾祺，我们都应该是比较熟悉的。从2000年秋季开始，宗璞的两篇文章被选入人教版初中语文教材；汪曾祺的散文《端午的鸭蛋》《胡同文化》等也被选入不同学段和不同版本的教材中。不仅如此，汪曾祺的小说《侯银匠》、散文《多年父子成兄弟》，还被命题者选入高考和中考的现代文阅读材料。可见，两人手笔不俗，都是文章大家。

我们先说宗璞。她是著名哲学家冯友兰的女儿，出身书香门第，从小所受教育自然非一般人可比，再加上阅历广博，好学善思，所写散文正如文章标题所说，确实是秀雅古朴，又浑然天成；看似信手拈来，却取舍得当；如行云流水，又舒卷有致。既有女性散文的细腻婉曲，丰厚情韵，又不乏深刻思考的独到见地。这些特点，我们在她的《紫藤萝瀑布》《花的话》《丁香结》

等篇中都曾深刻地体会过。

再说汪曾祺，正如《三幅画》中所谈到的，他确实是个多面手，诗、文、画俱佳，而且还会乐器，能演出。他给人印象最深刻的是文章笔力的强健、老到，且不乏幽默感。我们虽然永远无缘与他相见，但从他的、他儿女的以及他人记述他的文章中，都能深深地感受到，他是一位平易近人、热情豪爽、对生活充满了深深的热爱的人。读他的文章，你似乎觉得他就坐在你的面前，将他所经历的生活、对人生的体验和思考，向你娓娓叙谈。难怪他的晚辈们将他当作同辈分看待，亲昵地称呼他为“老头儿”。

不过，这样两位作家的友情如此笃厚，我想，大家可能也和我一样，直到读了《三幅画》以后才知道。画是两位作家友情发展乃至趋于深厚的载体。尽管20世纪40年代宗璞就看过汪曾祺演出，尽管又隔了十多年他们在困境中相遇，还有再后来的太湖上的赠诗游戏，但真正成为挚友还是因为这三幅画。第一幅画是偶然得知汪曾祺“擅长丹青”，求索后得之，因为曾有过太湖赠诗的历史，又因为画面简约逗人，因此一个“不行不行，还要还要”，就又有了第二幅。这第二幅被作者认为“是一幅真正赠给同行的画”，“整个画面在临风自得的恬淡中”，“有一种活泼的热烈气氛”，达到了“物与我浑然一体”的境界。第三幅画是汪曾祺主动寄来的，其画“为纪念陈澄莱而作”，陈澄莱是两人的朋友，因此这幅画有“一股清灵之气，自纸上透出”，引起了作者“把玩之际”深怀故友，“不觉歔欷”。

如果把三幅画的内容联系起来看，我们可以得出下面的结论：

第一幅是年长者逗年少者的欢乐之作，第二幅为赤诚了解文友性情后才有的佳作，第三幅则表达了作画者和受画者共同对亡友的深切怀念。宗璞评价汪曾祺有“真性情”，就是因为他看似幽默不羁的外表下埋藏着对人深深的理解，他理解宗璞的恬淡幽静的性情，他懂得宗璞尽管不愿记起当年那“恐怖的日子”，却在内心深处一直没有忘怀逝去的挚友。就因为如此，宗璞怀着看似感激实则可以称得上感动的心情记述了获得三幅画的全过程。

当然作者也没有忘记运用细节描写的方法，将挚友的个性爱好准确地表现出来。如在太湖上的赠诗，写在了“半张撕破的香烟盒纸上”，第二幅画上的空白处“有烟灰留下的一个小洞”。从行文的角度说，做到了上下文相互照应，但是作者却“嘱裱工保留此洞”，又透露出文友之间的理解和深挚情谊。还有开头取画时丢失字据，结尾处取回时字据赫然在目，都既体现了作者为文的功力，又蕴含着对赠画者——挚友——汪曾祺的感念之情。

因此，《三幅画》的叙写故事，结构为文，应该用八个字——秀雅古朴，浑然天成。

2001年6月8日

作家的创作追求
——读贾平凹《“卧虎”说》

贾平凹的散文《“卧虎”说》，其文短意深，看似简略的语言，却蕴含着深刻的哲理，让人读后陷入良久沉思。文章由一块石头谈起：

> 我说的“卧虎”，其实是一块石头，被雕琢了，守在霍去病的墓侧。自汉至今，鸿雁南北迁徙，日月东西过往，它竟完好无缺，倒是天光地气，使它生出一层苔衣，驳驳点点的，如丽皮斑纹一般。黄昏里，万籁俱静了，走进墓地拨荒草悠悠然进去，蓦地见了：风吹草低，夕阳腐蚀，分明那虎正骚动不安地冲动，在未跃欲跃的瞬间；立即要使人十二分地骇怕了！怯生生绕着看了半天，却如何不敢相信寓于这种强劲的动力感，竟不过是一个流动的线条和扭曲的团块结合的石头的虎，一个卧着的石虎，一个默默的稳定而厚重的卧虎的石头！

尽管文章全部是讲这“卧虎”的艺术价值，但，把它引入我们平日的写作，或者作为教师教学中对学生作文的引导，这篇短文，都能给我们以深刻的启迪和教益。

写作，无论是名师大家，还是初涉此道，都不是一件容易的事情，因为，它是一种艺术表现形式，已经高于生活；对艺术的追求也如同面壁参禅，是永无止境的。贾平凹涉猎的艺术范畴，有小说、文论，还有散文，等等。尤其是他的散文，其内容宽泛，凡对社会、人生的独特体察，或偶尔感悟到的某些哲理等，都呈现文中。他常用轻淡的笔墨，再现现实生活中人们习以为常的又经常忽视的景象，但却能引人入胜。因而，他的散文，浓的如酒般醇厚绵长，淡的如溪水般清纯透明。在一种古朴而又平淡的氛围中，道出他对生命、历史、宇宙的深深思索，使他的散文具有一种深邃的哲思。然而，从这篇《“卧虎”说》的描述，可以看出，他的创作追求也是那么艰难，他在文中形象地喻为“犹如乡下人挑了鸡蛋筐子进闹市，前虑后顾，唯恐有了不慎”。想想，也不奇怪，一部《红楼梦》，曹雪芹在“悼红轩”中“披阅十载，增删五次”方成。没有不懈的艰难追求，艺术将停滞不前，也不会成为真正的永恒的艺术。

写作的追求不应该是盲目的，目标应该是：“重精神，重情感，重整体，重气韵，具体而单一，抽象而丰富。”不失之于晦涩，亦不流于浅陋。精神、气韵，是一个人性格和文风的体现。如我们平时读书，读得某几位作家的作品多了，自然能分辨清楚哪篇文章是哪位作家的手笔。这绝不是一朝一夕所能形成。朱自清的散文深沉而幽美，淡淡的哀伤晕染其中；宗璞的散文辞藻秀美，行文细腻而玲珑剔透；汪曾祺的散文则如同与读者对面叙谈，娓娓道来，却质朴与深奥同在，浑厚与哲理共存；还有……这些人都是大家，而我们初期为文，不要说有独特的“精神”“气韵”，模仿都是模仿不来的。但是，“重情感，重气韵”则不难，即为文要融注入自己的真情，抒发出自己的认识、体验。自己读起来尚有隔膜感，何况他人？“整体”，既指文章的结构，又指文章的艺术效果，主要的应该是后者，有些文章语言较美，但读来却缺乏韵味。而老辣的作家则运笔不见痕迹，看似平淡，细细玩味，则其意无穷。《红楼梦》中香菱学诗时对一些古诗名句的领悟，就说明了这一道理。“具体而单一，抽象而丰富”，也是指文章的艺术效果而言，随着写作的长进，自然会参透其蕴含的道理。

至于“文学也一样是需要五味子”之说，是指应该追求健康的内容和文风，这同样也是重要的。文风正了，再注重情感与整体，无论是“仰天长啸”“扑、剪、掀、翻”的“猛虎”，还是“内向”“寂静”“狂澜深藏”的“卧虎”，都会“重精神”“重气韵”，让人有“单纯，朴素，自然，真切”之感。这才是真正做到了“文风与性格的统一”，也才具备了“东方的味”和“民族的味”。

作家在文末说，“以中国的传统的美的表现方法，真实地表达现代中国人的生活和情绪，这是我创作追求的东西”。上面所说的内容，正是《“卧虎”说》阐释的“中国传统的美的表现方法”，作家艺术造诣已经极高，尚在追求，我们决不可以怠惰的心态对之。切记！

让文学的梦想在青春的岁月里飞翔
——读《魁星报》有感

有幸常常读到长治一中的《魁星报》，还得从与陈健老师的相识开始。

十多年前，我与临汾一中的王玲玲老师共同担任省教学能手评委。参评老师中一位中等个子、文文静静的女老师，给我们留下了深刻的印象，她就是长治一中的陈健。我们感叹她对教材的深入理解，赞赏她充满了艺术灵性的教学方法，还有，她那不同凡俗的雅致气质。这以后，我们联系过多次，当然仅仅是与教学相关的。

后来，我们都开了博客，成了博友。去年春天，她在微信上说，想把学校办的《魁星报》寄给我，让我“提提意见”。我很高兴，当然，高兴的是能常常阅读他们的作品。不久，报纸寄来了。从此，没有间断，一期接着一期。

这是一份8开共4版的小报，中间上方有“魁星报”三个红色大字，由山西著名作家、书法家王东满题写。报纸统筹是陈健，主编和社长的姓名我不熟悉，后来才知道，他们都是学生，是经过同学们认真的民主选举产生的。我这才明白，这份报纸之所以有这么旺盛的生命力（已经办了十多年），原来有一届接着一届的学生的共同努力；我也才明白，这是一份只刊载师生们文学作品的报纸，因为他们的誓言是“我们不为名利，只为以文学的名义为热爱文学的你尽绵薄之力”。

细细赏读每一篇文章，无论是老师的，还是同学们的，无论是小说、散文，还是诗歌、影视观感等，都写得那样富有真情，不浮华，不搪塞，且语言也是那样的灵动和富有表现力。我由衷地感叹：这些作者真真切切是一群热爱文学的人！例如：王海科老师的《杂草丛生的四合院》，抒发了对现代农村荒芜破败的叹惋之情，读来像一首凄婉的诗；谢艺璇同学的《地平线断想》，描写了三个好朋友从小到大的友情，人物形象鲜活。真佩服作者的文笔！特别是文末两句：“高兴的是，她们还没有变，至少没有变得让我惶恐；高兴的是，我还没有变，至少没有变得让自己讨厌。”这看似有些含糊的概括，已经明白地交代了三个好朋友相濡以沫的友情，也点明了随着岁月的流逝，每个人仍然像孩童时那样简单而纯净。另外，被陈健老师约来的往届生石莹莹的文章，还真是在传达一种“正能量”。文章这样说：“前两天看到××一所中学的誓师大会，看着一张张稚嫩的脸庞朝天呐喊，有一种心疼的感觉，特别想走过去告诉他们，其实亲爱的弟弟妹妹们，高中生活本不应该是这样的。”接着，作者现身说法，语重心长地告诫学弟学妹们：“给自己一些成长的时间，好好享受你们接触知识的过程，享受知识带给你们的快乐，享受同学、师生之间珍贵的情义。这些才是真正弥足珍贵的。”说得多好！我们知道，目前学校的文学教育最大的阻力来自功利的应试教育，而这位学长意识到了，在这里把自己的一腔愿望表达出来了。

还有……恕我不能一一举例，但是我敢说，愿意为《魁星报》奉献、愿意为她辛勤写作的人，都是有着文学梦的人，正像贾铖虎老师所说：“有这么一群青春少年尚且拥有闭上眼睛做梦的情结，这实在是一件难能可贵的事情。且不管这个梦是不是饱满，起码它真真切切地属于自己，无论是回归，抑或是寄托，梦里总有着自己对生活的大胆设想，有着自己对情感精心的呵护。”

由此，我忽然想到，2013年5月，省中语会第九届“金钥匙奖”颁奖活动在长治一中举行，实在是最合适的选择！这次活动的主题是文学教育，南京师大附中的王栋生老师讲座的内容为《文学教育：培育人的情感与智慧》，获得“金钥匙”一等奖的老师们的展示课也全部是文学作品。当然，也有遗憾，如果事先看到这份《魁星报》，让一中的老师们介绍一下他们通过报纸对学生进行文学教育的经验，会议的内容就更完美了。

我还想说，我曾经看到过不少校报、校刊，但是真正如长治一中这样办成纯粹的文学报纸的，几乎没有。我相信，这份报纸会引领师生们热爱文学，热爱文学阅读，也会在文学的阅读和写作中提升自己的人文教养，正像王栋生老师所说：“人与人的不一样，在于对精神世界的追求。”“文学扩大了思想的边界。人在接受了文学的熏陶之后，他对周围世界的认识可能会有提升，他对生命过程可能会有更丰富的精神追求。”我更相信，《魁星报》对学生进行的文学教育，将会和语文课程一道，为学生打好人文教养的“底子”，为他们的未来铺设一条正确的人生大道。

新年伊始，我衷心地为《魁星报》送上诚挚的祝福，祝愿这朵文学之花在魁星阁旁永远盛开！祝愿她的芳香弥漫太行，充溢上党，随着即将到来的春风飘向四面八方。

2015年1月4日　星期日

第三辑 如烟往事

故乡的小院

去年夏天到晋城出差，有半天闲暇。我急不可耐地找到一位有车的朋友，让他送我回家。朋友诧异地说："这里是你的娘家吧？你的家应该在太原呀！"我承认朋友的话有一定的道理。想想，我19岁上学离开家，然后到外地工作，之后嫁给了外地人，又在外地安了自己的"家"。这时候父母的家就应该由"家"变成"娘家"了；即使将"家"的范围再扩大一些，也只能把公公婆婆的家称作"家"吧。但我却认为这是一般人看问题的逻辑。在我的心灵深处，始终固执地认为，故乡的小院才是我魂牵梦萦的家！我也明白，父母辞世之后，故乡的小院一直没有人居住，只有妹妹偶尔前去打扫一下房屋。可是，我还是觉得只有来到这里，才能称得上是真正的"回家"。

故乡的小院修建于1967年。这之前我们一直租住着邻居家的老房子。且不说那房子的横梁已经有深深的裂缝，潮湿的土院墙常常有花斑蛇出入，随着侄儿侄女的相继出生，小小的三间房子住十几口人也实在太拥挤了。因此，父亲在征得村领导的同意，办全了土地及建房手续后，带着一家人含辛茹苦地盖起了一座有着六间砖窑洞的小院。那年，我才14岁，正读初中，也被父亲叫回来干了整整一个月的小工。搬进小院后，父亲一会儿瞅瞅高大亮堂的房屋，一会儿望望宽敞平整的小院，满脸洋溢着从心底里发出的幸福、自豪和舒畅。要知道，在那个年月，能盖起一院房子是多么的不容易！也是一件值得多少乡亲们羡慕的事情啊！

有了宽敞的住处，父亲又开始规划小院。东墙根种了一溜榆树，南墙边就种椿树吧。这些树长得快，也能长高，不会遮挡院里的阳光。除此之外，还栽了苹果树、桃树、花椒树和香椿树等。母亲又在花盆里养了柑橘、凤仙、茉莉和夹竹桃。几年过去，小院俨然成了果园和花园了。最令人难忘的是那两棵桃树，中秋时节，满树红里透白熟透了的桃子，闻着、看着都会馋得人流口水。桃子收摘后，父亲会让我们挨家挨户送给邻居们尝鲜。后来我虽然离开了家乡，但却听说父亲在有生之年一直保持了这种给邻居送桃子的习惯。

晋城离故乡仅有半个小时车程，回想中，我们已经来到了村口。我把朋友安排在妹妹家休息后，便急匆匆向着村中的小院走来。

站在顶端镌刻着“张家院”三个大字的院门前，我急迫的心情忽然被一种深深的忧伤所代替。是啊，小院依旧，可是院里再也见不到父母的身影了，再也寻觅不到从前那遍布小院的浓浓的亲情和温馨了……打开有些生锈的锁头，推门进去，满眼一片青绿。恍惚之间，我把眼前的绿色当成了当年盛夏时节那充满着勃勃生机如同花园和果园的小院了。定睛细看，哪里有盆花呀，连高大挺拔的苹果树、桃树也没有了。那满眼的绿色原来是长势茂盛的杂草呀！妹妹说过，父母逝世不久，这些果树和盆花就干枯了，可能已经生长了几十年，像人一样，应该老死了。但我不这样看，我觉得植物都是有灵性的，它们也眷恋护理和珍爱它们的主人。看着主人离去，也就一个个地跟着去了。

踏上台阶，我打开了房门。有妹妹的照看，屋里还算整洁。那刻着“卍”字图案的八仙桌，早已停摆的老式座钟，有着云纹的长条几、太师椅，依旧保持着当年的摆放式样。我的眼光长时间停留在正面墙上玻璃镜框里的全家福照片上。那是搬进小院的第一个春节吧，在部队工作的两个哥哥难得地一起回来了。父亲高兴地叫来了邻村照相馆的师傅，为我们拍摄了这张全家福。照片中的父母被儿女们簇拥着，虽然清瘦，却满脸笑容；两个哥哥身着军装，显得那样英武挺拔；正上初中的我斜背着黄绿色的军用书包，傻傻地笑着；最有意思的是大侄子，虽然打扮得花枝招展，胖胖的脸上却挂着滴滴泪珠。原来，为了照相，大嫂从邻居家借来了一套女孩穿的花衣服套在他身上。刚刚3岁的他，也懂得自己是个“男子汉”，说什么也不愿意穿，在大家的“吓唬”声中才勉强穿上，但照片上却永久地保留了他委屈的表情和挂在眼角的泪水……这张照片的边缘已经发黄了，可是，在冷清凄凉的小院里，只有它最真实形象地记载了全家融融泄泄的往昔。

里屋中央摆放着一把竹躺椅。那是父亲曾经使用的，已经搁置了多年。躺椅的竹篾短缺了不少，那条曾经折断的腿是母亲用麻袋布裹上又结结实实地捆绑好的。当年，一到夏天，父亲就会把躺椅放在院中的苹果树下。晚饭后，是全家最惬意的时光。辛苦劳作了一天，终于可以坐下来歇口气了。父亲会边喝茶边给孙子辈讲那些不知道讲了多少遍的老掉牙的民间故事，什么“‘漏’下来了”“小鼓小鼓噗咚咚”呀，还有“猫是老虎的师傅”“马原来是躺着睡觉的”等等。我真佩服父亲的记忆力，每次讲这些故事像是“重播”似的，词语运用、句子顺序几乎完全一样。讲得多了，侄儿、侄女们就觉得不新鲜了，有时父亲刚刚开头：“从前呀，高山上住着老两口，他们一辈子没儿没女，只养了一头胖胖的灰毛驴……”侄儿就喊开了：“不听你那‘漏下来了’，爷爷再讲个新的!”

当然，父亲也不是只会给孙子们讲故事，和儿女之间他有另一种沟通方式。那年，我上初中，周末回家，妹妹的小学校正排演文艺节目。她知道我是校文工团的成员，就想让我给她们设计一下舞蹈动作。我正捧着一本《林海雪原》小说看得起劲，哪里想到凭空又生出这档子事，心里老大的不高兴，就说："自己动动脑筋吧，就会烦人！"妹妹怀着一腔希望却碰了一鼻子灰，委屈得朝着母亲抹开了眼泪。旁边的父亲瞪了我一眼没有吭声，但我的心里却打起了小鼓：等着吧，父亲肯定会狠狠地教训我的。果不其然，晚饭后，父亲虽然仍旧坐在躺椅上，却把侄儿们赶到门外的打麦场上玩耍去了。"你长大了，有本事了，是不?"父亲问我。我们兄妹几个向来敬畏父亲，从来就不敢和他犟嘴，何况白天自己干了理亏事，哪里还敢吭声。"姊妹们之间要相互关照，不要以为她的事情和你无关。将来没有了父母，你们就是最亲近的人。"父亲继续说着，声音低沉，字字敲击着我愧悔的心。是啊，父亲全身心地关爱和帮助他的兄弟们的事情在我们这个大家庭中是有名的。不仅如此，邻里乡亲遇到困难，张口的不用说，只要听说谁家需要帮忙，父亲都会毫不犹豫地尽力而为。我们在为有这样的父亲而感到自豪的同时，也深深地明白，父亲是在用他的行为影响和教育着他的子女啊！可我，在妹妹需要帮助的时候，却不假思索地拒绝了她。这在父亲看来是多么的不可容忍甚或是严重的事情啊！看到我在轻轻点头，父亲语气轻缓了许多，"明白了就好。人这一辈子，路长着呢，谁也难免会遇到这样那样的困难。记住，永远不要拒绝需要帮助的人！”多年过去了，父亲的这几句朴实的话语一直深深地存放在我的心底。我不仅牢牢地记住了，也一直在努力地一遍又一遍地实践着。同时，父亲在小院苹果树下教育我的场景也长久地清晰地伴随着我……

我走出屋子，重新来到院子里。父亲当年栽种的榆树和椿树依旧在默默地旺盛地生长，并且是那样的高大和粗壮。微风过处，繁茂的枝叶发出“沙沙”的响声。那年，母亲病危，得知消息，我急匆匆地赶回故乡，看到沉沉地昏睡着的母亲，我伤心得放声痛哭。忽然，奇迹出现了，母亲瘦弱的身体轻轻动了一下，接着，从干裂的唇间发出了轻微的声音：“是春莲吗？你可回来啦！”我惊喜万分地应了一声，紧紧地拥着母亲，任泪水默默地流淌，再也说不出话来……我想，母亲虽然失去了知觉，但她的心里还在惦记着她远方的女儿，她也在拼尽全力地等待着她的女儿归来，她还希望着在最后的时刻再看女儿一眼……随后，母亲又陷入了深深的昏迷之中。我让已经劳累了多日的姐姐和妹妹休息，自己一个人守护在母亲身边。在小院静静的长夜中，就是这树叶发出的“沙沙”的响声在和我作伴，在默默地送着母亲辛苦劳碌的人生的最后一程。

院门的响声打断了我的思绪，是妹妹和朋友进来了。我知道，时间不早了，我该离开小院了。朋友的车停在门外，我没有上车。车慢慢地开着，我慢慢地跟着。走到村口，我像以往一样习惯地扭转头来，望着小院的方向。在黄昏的暮霭中，我似乎看到了父母伫立在小院门口，在朝着我挥手……

2009年5月29日

回望沁河

我是在沁河边玩大的。当我没空玩的时候，我离开了它。在岁月的长河里跋涉了几十年之后，我才扭头回望。当我回望它的时候，往日宽阔的河面已经萎缩成了一条窄窄的溪流。我不忍心看那裸露的坑坑洼洼的河床，不愿意凝视它瘦小纤弱的身躯，只想长久地在心底寻觅它的过去——

沁河从沁源县西部的霍山发源，蜿蜒流经沁水、阳城，穿越雄伟的太行山进入河南，最后汇入滔滔的黄河。家乡人民就是在这河水的滋养下，世世代代繁衍生息，守护和建设着自己的家园。

记忆中的沁河好宽！走到河边，即使在冬春季节枯水期，也看不真切对岸人的脸。两岸人来往，一般都要乘坐杨大伯的摆渡船。沁河水好温柔！绿绿的水波，白白的细浪，儿时的梦中留下了它几多的絮语。但沁河也有坏脾气的时候，倘若夏秋之时上游暴雨引发山洪，河面会迅速升高变宽，浑浊的河水犹如脱缰的野马，奔腾着，咆哮着，冲刷着两岸的河床，一直击打到高高的将军堆上。将军堆在村西寨子的旁边，是一座黄沙结构的突兀的山包，顶端耸立着两棵高大的柏树。尽管将军堆只有沙石，没有泥土，但柏树那盘曲的、粗大的根须却牢牢地扎在了石板缝中。老人们说，将军堆和这两棵柏树是村子的守护神。他们亲身经历过无数次大大小小沁河涨水，但从来没有见过洪水冲到村里，最多只能涨到将军堆前。

在沁河边生活的少年时代是悠闲的。伙伴们常常相约着，用荆条篮子装几件衣服到河边洗。大石头作板凳，小石头当搓板，双脚赤着，惬意地踩在沙土细细柔柔的水底。清澈的水中看得见浮动的长长的水草，看得清穿梭游动的鱼群。偶尔小鱼还会碰到腿上，轻轻的，滑滑的，还带点儿痒痒。如果有人带了小瓶子来，就会趁着鱼儿游到身边时，用双手迅速掬水。这样，一两条小鱼就成了瓶中之物。如果想让它们有回归自然的感觉，会顺手揪几片水草撒进瓶子里。伙伴们洗干净的衣服都不会湿着带回去，洗一件晾一件，就晾在河滩的石头上。这些成片的大大小小的石头，早就被涨涨落落的河水磨得光光溜溜的，成了天然的晾衣场。有风吹着，有太阳晒着，衣服一会儿就消净了水汽。

夏秋月圆之夜，伙伴们也会来到河边，散开长长的辫子，用石块敲开硬硬的皂角，将碎末涂在头发上，蘸着河水轻轻地揉搓。待皂角清香四溢，头发上全是白沫时，再没入河中仔细地漂洗干净。第二天，每人的头发就都是黑黑的，亮亮的，心情也都是清清爽爽的了。

有时候，伙伴们也会干些冒险的事。看到大人们从浅水处趟过对岸了，就心生羡慕，就想下河试试。几个人一嘀咕，看看旁边没有大人，立即将裤管挽得高高的，相互拉扯着，小心翼翼地，一步一步往对岸走。有人不小心一脚踩到深水处，或被水波冲得站立不稳，就会不由自主地发出惊呼，其他人也就不约而同地喊叫，晃动。拉着的手松开了，高挽的裤角散落了，刚刚还因刺激而兴奋的心情也霎时变得紧张了。冷静下来，大家就会产生小马过河的感觉：看大人过河很简单，原来河水并不浅，趟过去也不容易啊！

沁河的水真有很深的地方，叫回水湾，在村东柳树林边。这里的水不仅深，还有漩涡，没有好水性的人不敢从这里下水。那些年的夏天，每年都有人在这里溺水而死。他们大多是在青山崖煤矿干活的村里人，傍晚从井下上来，就想到河里消消疲劳和暑气，洗净身上的煤污再回家。由于漩涡大，位置不固定，稍不留神就会被卷进去，最终沉入河底。迷信的人就神神秘秘地说：今年死的是让去年的叫走了，那一个在河里等了整整一年了，没有人接替，他转生不了啊！听到这话，伙伴们个个毛骨悚然，即使没有大人们的恐吓和提醒，也会相互约定：以后洗衣服，到河边玩，再也不敢到回水湾了！

那年秋天，回水湾突然热闹起来，原来从沁河下游划来十多只打渔船。村人们争相拥到河边观看。只见窄窄的小船在空阔的水面上悠悠地漂着，渔人忽而撒网，忽而收网；十几只鱼鹰也一会儿没入水中，一会儿衔着鱼儿扔到船上。这时候，村人才惊奇地发现：自己祖祖辈辈守护着的沁河，这年年溺死人的回水湾，原来长着这么大的鱼！那最大的，一条该有四五斤吧？渔人上岸后，把鱼卖给了村人，又划着小船，载着鱼鹰走了。大概从那时候起，村人才逐渐学会了吃鱼。又过了几年，两个在部队工作的人回来度假。他们夜里会打着手电筒到回水湾下钓钩，白天，也会坐在河边用长长的钓竿钓鱼。看到不断上钩的大大小小的鱼，年轻的村民既好奇又兴奋，不久，也都成了回水湾的常客。这些至少读过小学的人，不信河里有鬼的说法。他们明白，正是由于人们不敢下水，才给鱼儿创造了自由生长的天地。

后来，我离开了故乡。不久，上游修了一条长达几十里的水渠，把沁河很大的一股水流引走了；紧接着，沿岸又陆陆续续地建起了大大小小的发电厂、造纸厂和化肥厂。沁河几乎干涸了，浅浅的河水也不再清澈，当年能够生长大鱼的回水湾成了一片干河滩。去年回家，朋友热情地邀我去看一个旅游景点，叫九女仙湖。但当我得知那湖水就是水渠引走的沁河水时，我谢绝了。因为，我不愿意破坏沁河留给我的记忆：那富有生命力的清清的水流，宽宽的河面，还有那再也不会回归的在河边和伙伴们一起度过的岁月……

2010年6月17日

逝去的夏夜

入伏了。傍晚的乡村慢慢地消散着暑气，明净蔚蓝的天空中升起了弯弯的月亮。

晚饭后，人们陆陆续续地来到打麦场上。打麦场在村前的农田旁，刚刚完成了晾晒小麦的任务，除了场边有几堆高高的麦秸垛，已经变得光光溜溜的了。大人们将家里带来的苇席平平地铺开，缓缓地躺下，轻轻地摇动着蒲扇，自在地享受着一天劳碌后的悠闲和凉爽。孩子们高兴起来了，三五成群地涌到打麦场上，开始了那在乡村世代流传的一个接一个的游戏——这是他们在伏天晚上乐此不疲的节目。

人数少时，就玩两个人的游戏——扇糠簸米。两个高矮差不多的伙伴，背靠背把胳膊勾在一起，然后相互交换着背（bēi）驮，背的人必须用力弯腰使被驮的人双脚离开地面，接着被驮的人再变为背人的。背驮的同时嘴里还要哼哼唧唧地念儿歌：“扇糠簸米，簸出糠皮。小米熬粥，金黄甜蜜。”等到出了一身的汗，累得背驮不动了，伙伴们也到得差不多了。这时，第二种游戏又开始了。想玩得热闹点、刺激点，就玩老鹰捉小鸡。这种游戏要挑选两个人：一是个头高大的，能保护牵连在身后的一串“小鸡”的“母鸡”，一是动作机敏，跑跳迅猛的“老鹰”。为了躲避“老鹰”的袭击，“母鸡”就要张开翅膀，左右跑动和拦截，后面的“小鸡”们也紧紧跟在“母鸡”后面不停地躲藏。这时候，所有的人都会声嘶力竭地大呼小叫。以至于大人们的聊天也会被迫中断。闹腾过一阵子，大家都累了，就围坐成一个大大的圆圈玩丢手绢。背后被圆圈外奔跑的人丢了手绢而没有察觉的，就算输，必须站起来唱支歌才能完事。当然也有唱不了的，学狗咬、猫叫也是可以的。

玩着玩着，忽然有人喊了声“萤火虫!”大家就一齐抬了头张望。这才发现：月亮不知什么时候躲到山背后去了，天空也变成了深深的蓝。那打麦场旁边的庄稼地上空真的像有一盏盏的小灯笼在飘，在走。幽幽的，亮亮的。丢手绢的队伍马上散开了，大家涌向场边，挥舞着衣服，伸展着手臂，扑着，抓着。一会儿，就有一只、两只被捧到了手里。接着，从篱墙边摘下一片南瓜叶子，将萤火虫装进管状的叶颈中。这样，一支小小的碧绿的荧光灯管就做成了。拿着灯管的伙伴，似乎得到了宝贝，不住地摇着晃着，让那荧光在黑黑的夜空里划出一条条绿色的弧形；没有灯管的就心生羡慕，变柔了语调，从伙伴手里讨过来，也是在夜空里摇摇晃晃，看那荧荧的绿，幽幽的光。慢慢地，荧光黯淡下来，孩子们的兴趣也没有了。他们一个个蹭到了大人的苇席边，静静地躺了下去。

开始，孩子们还比较安静，任凭大人们扇着扇子，扑打着身边的蚊子呀，飞蛾呀。不经意间抬起头，看到深蓝的天空，不停地眨着眼的星星，银白色的宽宽长长的天河，就又来了兴致：天上到底是什么样子的？真有玉皇大帝和王母娘娘吗？那白白的天河里到底有没有水…… 大人们被缠不过，只好把从更老的大人们那里听来的故事再说一遍：天上是神仙居住的地方，肯定是玉石门墩，玉石门楼，黄金垒成的屋子，珊瑚做的床。玉皇大帝和王母娘娘不仅领导着天上的神仙们，还能管人间的事情。所以呀，人都要多多做善事，不做坏事。因为你的一举一动，神仙们全能看见。那天河里，不仅有水，还很宽。牛郎织女要想见面，除非每年的七月初七喜鹊给他们搭桥……孩子们听完了，不问了，但从内心里却生出一种对神仙的敬畏来，还有一种对天上生活痴痴的向往。

忽然，旁边的苇席上有人发出惊恐的声音，大家又循声找了过去。等明白了是伙伴在听大人讲鬼狐故事，情不自禁地喊叫后，害怕的同时又有一种隐隐的刺激和兴奋。遂不约而同地拥挤在大人周围，伸长了脖子，屏住了呼吸，一边听那人呀、鬼呀、仙呀的骇人经历，一边紧张着，在心里海阔天空地想象着。有时，大人会说：我累了，想解乏，你们到我家拿烟袋去吧。这时，孩子们就你看我，我看你，不说也不动。他们不是偷懒，搁在以往，肯定连蹦带跳地去了，可是现在，他们满脑子都被鬼呀、仙呀的占据了：那青面獠牙挥舞宝剑的判官，那阴魂不散到处游荡的女鬼，那披头散发在地狱中呻吟受罪的恶鬼……在他们眼前晃呀晃的，真是太吓人啦！大人看他们不动，用了激将法：不去吧？以后就别想再听我讲故事了。孩子们急了，这哪里能行，鬼故事虽然吓人，但还是好玩，要听的！商量了一会儿，几个人相互壮着胆子，手拉着手，使劲把头扬得高高的，脚步踏得响响的，雄赳赳气昂昂地走回村里去了。当然，最终烟袋是拿来了。可是，在没有灯光的村路上，他们还是受到了惊吓。虽然事后知道那不过是一棵白天见过的大树，一个像他们一样在村里行走的人，甚或是一只觅食老鼠的猫……

夜深了。打麦场上的人声渐渐小了，孩子们都依偎在苇席上的大人身边，进入了梦境。庄稼地里升腾起了潮潮的泥土气味，响起了此起彼伏的蛐蛐声。侧耳细听，还有村边沁河水哗哗的流淌声。轻轻吹拂的凉风，驱走了暑气，大人们也该回家睡觉了。他们先慢慢地把孩子抱在怀里，再卷起苇席，稳稳地，一步一步往家走，唯恐惊醒了酣睡的孩子。当然，也有那睡得不踏实的，朦胧中知道大人在抱着他，却还想闭着眼睛装睡。因为，他们喜欢大人宽厚结实的胸膛，躺在那里，能体会到安全，甚或力量；喜欢嗅那黝黑的肌肤散发出的气息。那气息，不仅有淡淡的汗味，还传递着浓浓的温馨。

2010年8月19日

枣糕的故事

父母辞世后，对故乡的思念稍稍淡了一些，但每到腊月，被越来越浓的年味熏烤着的时候，自然就想到了一种食物——枣糕。那可是我几十年来走遍南北西东也忘记不了的故乡的美味啊！

我对故乡枣糕的记忆应该是很小的时候。冬天来了，年关近了，母亲也开始围着枣糕忙活了：从瓦缸里倒出积攒了一年的滚圆发亮的小麦，用畚箕吹去糠皮，拣去土粒，挑来甜井的水反复淘洗后再浸泡一天，然后装在青篾编制的竹筛里放到炉火边。不久，小麦发热了，膨胀了，长出短短的、白白的嫩芽了，就该摊开晾晒了。母亲说，小麦的芽不能太长，长了蒸出的枣糕站不住，短了枣糕没有甜味，不好吃。小麦晾得差不多了，母亲就和父亲叨咕上了："快到队里问牲口去吧，迟了就分不到小骡驹了。"所谓"问牲口"，就是定制磨面时拉磨的牲口。生产队饲养的牲口中小骡驹是最勤快、不偷嘴的一个，乡亲们磨面都喜欢使用它。至今我还记得它的样子，黑黑的、光滑的毛皮，拉起磨来歪着脑袋甩匀了脚步不停地转，似乎有用不完的力气，从来不用主人吆喝和抽打。那个年代，村里全用石磨磨面，虽然费工，但磨出的面又细又白，做出的面食筋道爽口，满嘴余香。不像现在的面粉机，虽然省时省力，却远远不能和石磨相比！

磨面的日子母亲就整天地待在磨坊。我最喜欢给母亲送饭，在这里可以听小骡驹嗒嗒的走路声，石磨轰轰的转动声，母亲筛面时笸箩发出的有节奏的撞击声……可以看小麦从磨眼进去，变成纷纷扬扬的面絮飘落到磨盘上；看母亲乌黑的发髻和长长的眉毛上那一层薄薄的面粉凝成的霜。每到此时，我就会自然而然地想起小学老师讲的有关石磨的谜语："弯路迢迢不觉远，石头堆堆不是山。雷声隆隆不下雨，大雪飘飘不觉寒。"

最令人兴奋的当然是蒸枣糕的日子。头天晚上，有着双层笼屉的铸铁蒸锅添满水放到炉台上了，从后沟窑上挑回来的无烟炭块被父亲砸得大小均匀地堆放到火炉旁了，足足占据了多半个砖炕的面案摆放停当了……第二天五更头，听着芦花公鸡啼过三遍后，父亲就提着马灯出门了。先到村东叫醒五叔，再到村西接来六十多岁的柳娘。

五叔负责接酵、和面和看蒸锅。酵母是头年蒸枣糕时留在酵罐里的干面屑，前两天就被母亲泡了水，搅进了面粉，已经发得全是泡沫，填满罐子了。五叔身板高大强壮，他先用这罐酵母和一盆面，然后再往罐里添加面粉和水接酵，等到发起时就又该和第二盆面了。那个年头，虽然家家都不富裕，却宁愿平时粗粮野菜地填肚皮，也要把每月按人头供应的几斤小麦攒起来，等过年蒸枣糕用。石磨磨的面分三种，蒸出的枣糕颜色也不同：最白的用来祭祖先，送长辈，串亲戚；次白的供年节时自家人吃；最黑的是过完年后到田里干活的干粮。所以，村里人过年蒸枣糕都需要整整一天的时间。这样，五叔就要一盆接一盆地和面，一罐又一罐地接酵，一次又一次地添火、加水、揭锅。我佩服五叔，因为他和的面特别硬气光滑，而且每一盆面都正好能做两层大蒸锅的枣糕。枣糕蒸熟了，五叔用力揭开沉沉的锅盖，就在雾腾腾的蒸汽中一个一个地取出来，平平整整地摆放在屋中搭好的苇席上。枣糕的水汽落下的时节，也是我开始忙活的时候。我从几案上端起白白的酒盅，用裹着棉絮的竹签蘸满酒盅里早已调制好的桃红（这桃红是一种粉红的食色，是母亲从刚进腊月就在村里转悠的吆喝着“卖桃红洋黄”的货郎那里买来的），小心翼翼地在每一个枣糕的顶端点上圆圆的红点。这时候，雪白香甜的枣糕就又散发出了浓浓的喜庆的气味。

柳娘是蒸枣糕全过程的总指挥和工艺师。她低低的个头，瘦瘦的，有一双缠得尖尖的小脚。听说她丈夫在家族中排行第六，人们原本应该称她六娘的，大概因为她的脚特别小，走起路来摇摇摆摆，如风吹的弱柳，才改叫柳娘的吧？柳娘盘着双腿坐在面案前，两个膝盖重叠在一起，就那样一种姿势，一坐一个整天。孩童时期的我，在惊奇柳娘的坐功的同时，更注意到了她盘腿的样子，便乘着混在大人们中熟剂的间隙，也试着把两个膝盖使劲地往一起扳，结果费了九牛二虎之力，不仅扳不到一起，还落得腿发僵，脚发麻，以至于下不了炕，迈不成步。柳娘做枣糕时，她的小小的、尖尖的、外帮上还绣着一枝梅花的鞋就摆在炕角。有一次，我端详着这双鞋，忽然生出好奇心，忍不住问柳娘：“柳娘，您这鞋怕还不到五寸长吧?”柳娘笑着说：“我的鞋是不大，可也不是最小的。李家院桂花婶的那双鞋还能放到茶碗中呢！”听了柳娘的话，我在吃惊的同时也免不了作出推想：柳娘是不是因为脚太小不能多走路，才练出了坐功？有了坐功才又练就了一手蒸枣糕的技艺呢？肯定是的，要不然，现在的年轻人蒸的枣糕怎么就不如柳娘呢？

柳娘的手艺在全村是闻名的，一到腊月，她几乎天天都是早出晚归，挨着个地被请到别人家里蒸枣糕。随她出行的是一个小小的蓝布包，里面装有细细的朱红色的擀面杖，只有半截子的亮亮的剃刀，有着梅花头的小铁管，还有一把小巧的剪刀。蒸枣糕时，柳娘将我们熟好的面剂拿在手里三搓两揉就成了厚薄均匀的长条，用擀面杖在中间轻轻一压，再用剃刀将两边轧成细纹，翻转过来，卷上两个红红的枣子，双手一提，一个俊俏的枣糕就成型了。等枣糕做够一蒸锅时，要先盒泛。就是把枣糕装在一个木盒子里，放到蒸锅顶上预热。等枣糕发虚、变白后再上蒸锅蒸。柳娘说，盒泛很重要，欠泛了枣糕要裂缝，泛过了枣糕不白且歪扭。因此，虽然五叔掌握着蒸枣糕权，柳娘也忘不了一次次地提醒：“该泛了。”“可以装蒸锅了。”

除了做枣糕，柳娘还会做很多种小动物，这是孩子们最喜欢的。柳娘一般是按照孩子们的属相做的，有胖胖的小猪，憨憨的小羊，灵活的兔子，长着长长的角的牛头……这时候，柳娘的小剪刀就用上了：一剪子下去，兔子的耳朵出现了；用力从面团下面剪一刀，小猪就长了后腿了。眼睛一般用黑豆或红豆，往面团上一压，神韵就出来了。最后，再用铁管一点，小动物身上就有了一朵朵的小梅花。年景好的时候，白面自然也多，母亲就让柳娘做一套糕（“高”的谐音，预示着一年比一年高的意思），也叫花馍，过年要放到门头上。花馍有两个馒头一般的底座，上面用长长的竹签挑着各式各样的面花，有牡丹、菊花、梅花，还有活灵活现的蜜蜂和蝴蝶等。花馍蒸熟后还要用各种颜色点缀，花朵染成红色、粉色、黄色，树叶自然是深绿或浅绿，不同形状的小昆虫也都五颜六色，展翅扬须，十分逼真。

面对大家的啧啧称赞，柳娘总是说：“我的手艺是不错，可是也靠运气呀！”这时，她会举例：村里某家也是请她做枣糕，但蒸出来后表皮全裂了，就像有人用指甲挨个地抠了一下似的。柳娘叹息着说：“蒸枣糕每家一年才一次，就是图个吉利，遇上这事心里多憋屈！”听了柳娘的话，大家的心里猛然涌上一种严肃感、庄重感。五叔和面、看火更尽心了，熟剂的女人们也不敢高声说话了，似乎只有这样，枣糕才能得到冥冥之中神灵的保佑。现在想想，枣糕的好坏应该不是靠柳娘的运气，大概与盒泛、火候或室温有关，因为有很多人尝试过，离开了我家乡的这片土地，在任何地方用同样的方法蒸枣糕从来都没有成功过。

春节那天，祭祀神灵和祖先的供品主要是枣糕；初二开始，家家户户都要串亲戚，油漆成红色的柳条篮子里装的也是枣糕。

串亲戚结束了，留下的枣糕才开始用两种方法保存：一种是放在阴凉的屋子里风干，一种是在元宵节的老火上熏烤成金黄色，放到篮子里挂到火头烘干。风干的枣糕掰开来面层分明，像古树的年轮，这是揉剂的功夫。这种枣糕敲碎了喂没长牙的婴幼儿，是最好的食品。烘干的枣糕吃起来咯嘣作响，香甜酥脆，分外爽口，又是一番风味；若用开水冲泡，马上全部散开，是上年纪人喜欢的一种吃法。即使存放到夏天，被虫蛀了，也可用来清热败火、开胃消食，还能治疗孩子们的腹泻……

几十年过去了，柳娘和五叔早已作古，父母也相继离我而去，但童年的记忆却越来越清晰，这中间自然包含着有关枣糕的记忆和故事。

2010年4月5日

端午节遐思

细细想来，自从上大学进了城，端午这个节日在我的生活中似乎就变得平淡了。近些年，随着“情人节”“母亲节”“圣诞节”等洋节日的“进口”，每年的端午节，人们忘不了的大概只有吃粽子了。尽管网络也还讨论一下它的起源：是纪念为楚国殉情的屈原呢？还是悼念被吴王夫差杀害的忠臣伍子胥？偶尔，电视台也会报道一下南方某地的划龙舟比赛，锣鼓喧天的，其场面还算红火热闹，但总感觉少了什么内涵，不像小时候的端午节那般，既隆重热烈，又忙碌琐屑，以至于几十年过去了，一想到它，眼前马上就浮现出过节时的一幕幕。

确切地说，端午节那浓郁的气氛，从阴历四月中旬就开始弥漫在故乡了。为了使这一年一度的节日过得隆重，需要从两个方面做好准备：一是吃的，二是用的。前者自然是以包粽子为主，要有新鲜的黄澄澄的软米（晋北叫黄米），陈米不行，颜色不黄有碍观瞻，口感不糯会让人提不起过节的兴致。记忆中，当铁匠的父亲每年端午前都会背着一些镰刀出门，因为节后，小麦就开镰收割了，沁水山村的农民是很乐意拿出自己的好软米来换镰刀的。有了好米，还需要宽大油绿光亮的芦苇叶子包。村边有几亩苇塘，芦苇生长得非常茂盛，包粽子时，可以随便进去掰取合适的叶子。故乡不产红枣，粽子里除了黄米，就是红豆和柿饼。长了一层白霜的柿饼不需要清洗，头年秋天把柿子去皮晒软后，就一直放在瓦缸里的。包粽子前，柿饼要切成丝，红豆和黄米要淘洗干净还要在清水里泡一天，据说，泡过的黄米才黏软，红豆才光亮饱胀。包粽子是细活，不能让叶片破损，不能让米漏出来，因此，也就有人一辈子也学不会。包时，要先把三片叶子弯曲成漏斗型，装上黄米、柿饼和红豆之后，把叶片覆盖在漏斗顶端，再顺势缠绕，就成了匀称的四角形，最后用马莲叶条捆绑结实。煮粽子时，要一层层地紧紧地码在铁锅里，大火烧开后，转小火，还要不断地加水，3个小时后熄火，再盖着焖一夜。故乡人喜欢在初四晚上煮粽子，这样端午节早晨就能吃到香甜软和的新鲜粽子啦。而且一揭锅，清香的粽叶味蒸腾而出，满院子一下子充满了浓浓的节日气氛。

端午节除了包粽子、吃粽子，还要做一种油炸面食。大概它的样子头大尾小，两面颜色不同，浅黄的一面更像蛤蟆的肚皮吧，村人称它为油蛤蟆。它的做法相当简单，用盐水搅面，边搅边加水，一直搅到起丝，用筷子能挑起来为止。最后放一撮碱面，倒几滴醋就可以炸了。这最后的工序应该是酸碱中和，使油蛤蟆更为松软吧？还可以加些蛋液，口感和颜色会更好。下锅时，用一根筷子挑起面丝，一圈圈地缠到另一根上，缠到枣核大小，就轻轻地拨到油锅里。随着油花沸腾，油蛤蟆款款浮起，圆圆的，鼓鼓的，有的还带着一根细细的尾巴，真像还没有变成蛤蟆的小蝌蚪。

过端午节还要给孩子们制作避邪气的挂饰：用色彩艳丽的丝绸布块缝制成蝴蝶、孔雀、燕子等形状，里面装上荆芥、苍术等香料，这是香包；像织渔网似的把各色丝线间隔开织成络子，塞几粒樟脑球，这是“臭蛋蛋络”。母亲从小学过织头网，每年她都会拿出一缕多年前积攒的生丝线，用从货郎担子那里买来的各色颜料染好，给家里和邻居的孩子们织很多络子。当然，孩子们的手腕、脚腕还会缠上五彩线，耳朵眼和肚脐眼也要抹上雄黄酒。大人们说这后者是药酒，是专门用来驱赶夏天各种叮咬人的虫子的。

小时候，每逢端午，我最爱做的是叠粽子。把画报纸折成上下尖尖，一周还有三个角的粽子形状，用彩线一层层地缠绕起来，最后再从下到上地装一根带珠子的穗子。一般纸粽子要成对地佩戴，所以，小伙伴们最高兴的不是吃粽子或戴大人们制作的香包，而是在一起相互比较，看谁的粽子缠得更漂亮。

至于家家门头挂菖蒲，插艾叶，那是大人的事，记忆里有，却不像上面的那些习俗令人兴奋。

昨天端午节，忽然想起往事，忙试着叠了两个纸粽子，看模样，和原来的没两样，但缠绕时，却只会缠单层的，无论如何记不起双层方格图案的缠法。如同炸油蛤蟆一样，现在再去做这种面食，大概也手生得做不成了。不仅在城里已经生活了四十多年的我，问问老家的人，他们也不大做这些配饰啦。

前段时间妹妹带来几个老家的枣糕，我很高兴，这是故乡的特产，我曾在短文《枣糕的故事》里写过它。可是，当我仍然按照习惯，在火上烤成金黄，放在暖气上等待彻底干透，然后饶有兴味地享受它难以言表的酥松甜美时，我失望了。因为它像凝固了似的，根本咬不动。原来，不仅加工面粉用了机器（不是小时候的石磨磨面），蒸时也用了馒头机（不是铸铁蒸锅），就是和面的工夫也极短，不符合往日的程序了。

熊培云的书《一个乡村里的中国》中说："电影《云上的日子》里讲了一则古老的寓言：如果走得太快了，灵魂跟不上了，你就要停下来，等一等自己的灵魂。悲哀的是，过去百年间，从革命到建设，从出乡村到城市化，急于赶路的中国人，一次次走丢了自己的灵魂……当歌星跑到乡下唱几首歌便傲慢地自称'送文化下乡’时，我更想说的是，乡村不是没有文化，而是文化正在消失。”当然，端午节的习俗不仅仅属于乡村，而是属于整个中华民族。虽然在2005年韩国端午节申遗成功后，国人震惊了一阵子，国家也把包括端午节在内的春节、八月十五等定成了法定节日，但是，传统的文化仍然在慢慢地离我们远去。尽管这些传统节日我们年年都在过，只是其中的文化内涵已经没有了，剩下的只有一个徒有其表的空壳。

2012年6月24日

好吃不过饺子

“好吃不过饺子”，这是流传很广的一句话，数算一下，一年中，农历节日的美食里，往往少不了饺子。可见饺子确确实实是人们非常喜爱的食物之一。

现在，吃饺子成了寻常事，时间允许的话，可以购肉、买菜，一展自己的厨艺；倘若一时馋兴涌起，不能自已，城市里饭店遍布，随便走进一家，主食里大多都有饺子。今年秋天到新绛县，看到大街上一连几个小饭店专卖饺子，饭桌摆在街上，煮锅烧在街上，围着桌子包饺子的几个妇女也坐在街上。本来刚刚吃过十人一桌的大餐，看到那外皮雪白，馅儿喷香，模样小巧玲珑的手工水饺，还是忍不住买了几个。昏黄的路灯下，几个女伴兴兴头头地吃了饺子，还喝了翡翠一般清清润润的饺子汤。

但在那些年里，吃饺子却必须要等到过大的节日才行，一年中，除了春节之外，也只有在端午节、中秋节和冬至才能美美地吃上一顿饺子。在我们老家，饺子馅一般用羊肉，肥肥嫩嫩红红白白的羊肉，放在树墩制成的厚厚的砧板上，用刚刚在磨刀石上磨得锋利的菜刀剁。有力气的男人还会左右开弓，同时使用两把刀。节日的头天晚上，剁饺子的节目就开始在村里上演了。这里叮叮当当，那里乒乒乓乓，东边的声响没有消下去，西边的又响响亮亮地漫过来。就这样，此起彼伏地一直延续到深夜。当然，每家的羊肉都不多，总共就一二斤，只是剁得很细很烂而已，到了最后，肉成了丝丝缕缕十分筋道的肉糜和肉茸。馅里掺和的菜，不是清代何耳《水饺》诗中所说的“略同汤饼赛新年，荠菜中含著齿鲜”的荠菜，老家人喜欢用大葱和白萝卜，这两样自然也用菜刀剁得细细的，烂烂的，放到羊肉里。最后洒上炒焦研磨成末的花椒面、茴香面，浇一勺滚烫滚烫的菜籽油，顺势搅拌得匀匀的，黏黏的，饺子馅就制好了。

包饺子放在节日当天的上午。面是早晨起来就和好了的，先用凉水和起，再蘸了温水反复揉压，待面团圆圆光光的，再用湿布蒙起来醒。接近中午，开始包饺子了，家里的人也都忙乱起来。一个人擀皮，三两个人包。饺子皮擀得小小的，薄薄的，用牛肋骨刮制的饺子板舀馅，那光光溜溜如同黄玉似的舀馅板是家里传了几辈子的。待馅放满后，上下皮对折，捏紧，双手合拢向中间挤压，一个元宝状的鼓着肚皮的饺子就完成了。然后，再均匀排列堆放在高粱秆缝制的圆盘上。家里人口多的，就一边包，一边煮，一边吃，所以，老家人吃饺子是不用餐桌的，每人一大碗，或蹲在家门口，或坐在台阶上。还有，吃饺子就只有饺子，除了蘸饺子的蒜醋汁，不会再另外炒菜。饺子吃饱了，再喝饺子汤，叫作“原汤化原食”，好吃好消化。当然也有例外，父亲最津津乐道的是“羊肉饺子猪肉臊”，就是在盛了羊肉饺子的碗里再浇一勺炖好的猪肉块。现在想来，这种吃法有点太油腻，可是在那些年里，一年见不到几次肉，偶尔吃一顿，自然喜欢油大点，肉多点。这样里里外外都是肉，吃起来喷香，过瘾。

说到那些年吃饺子，自然要说到父亲。虽然平日家里做饭都是母亲的事，但记忆中饺子馅却都是父亲剁的。大概他是铁匠，用自己打制自己磨快的菜刀剁肉更得心应手吧。父亲不仅剁馅好，包的饺子也与众不同，是那种不用挤压，左手托着，右手两个指头上下缝合面皮，捏成麦穗样子的。他说这样好看，也好吃。每次包饺子，我都想向父亲学，但终于也没有他包得精致和漂亮。

那年冬至，一大早就纷纷扬扬地下起了大雪，西北风呼呼地刮着，天气冷极了，中午吃饺子我们也只能围坐在火炉边。这时，忽然听到有人拍打门环的声音，我们以为是邻居来串门，打开一看，是一个老年乞丐，头上脏兮兮的毛巾，露出棉絮的破衣裤上落满了雪花。他抖抖索索地说：“行行好，我又冷又饿的，给随便找点吃的吧!”虽然他这样说，但那瞅着我们吃饺子的眼神里是满满的希冀和渴望。要知道，那时候吃一次饺子不容易，每次包得也不会有剩余。父亲看了看我们，稍稍沉吟了片刻，就给他盛了满满的一碗。乞丐意外地愣了一下，千恩万谢地端起了碗，临走还不住地说：“好香啊！好人!”

顺便说一句，今年冬至，我没有包饺子，胃不适。不过，有空还要补上的。说到底，在所有的饭菜之中，我还是喜欢饺子。

2013年12月22日

周三想喝丸子汤

我喜欢喝丸子汤缘于少年时代。

小时候的乡村，平时没有人能喝到丸子汤，只有庙会上才有卖的。不过，赶庙会的机会不少，这个月东村，下个月西村，方圆十里八乡的村子在不同的月份、不同的节令都有庙会。从农历二月二龙抬头开始，一直到秋末的十月十五，几乎每个月都有庙会。庙会上，除了卖布匹衣服、农具什物之外，还有两项内容是不能少的：一是要唱戏。自然不是正月十五闹红火时村里草台班子演唱的小戏，而是要从外地请剧团来唱，最次的是县剧团，好点的就是地区级别的了。戏台一般建在庙里，看戏就自然在露天的场地上，因此，秋末和冬季是没有庙会的。再就是卖丸子汤的。村里人赶庙会，总要喝碗丸子汤。不然，即使看了大戏，也会觉得缺少了什么似的。

农历九月初九，即重阳节，是我们村的庙会。在老家的那些年，每逢村里庙会我都要喝一碗田叔做的丸子汤。田叔中等个，胖胖的，慈眉善目，是方圆几十里有名的厨师。他做的八盘八碗的八八流水席最出名，因此村里婚丧嫁娶办宴席都少不了他。田叔在庙会上不摆宴席，他懂得零零散散的客人不会选择这种吃法，他只做一大锅丸子汤，客人一到就能吃，简单、热乎、吃得痛快。田叔是我家的邻居，因此，从小我就见过他做丸子。庙会前两天，田叔从乡里集市上买回了牛肉，很大的一块，足足够一头牛的肉！那时候剁肉全凭人工，不可能有绞肉机之类。田叔把肉洗净后切成巴掌大，就开始手握两把菜刀左右开弓地剁上了。随着刀刃和案板碰撞的有节奏的叮咚声，大片的牛肉很快成了碎碎的黏黏的肉馅。更让人开眼的是田叔炸丸子，只见他右手从大盆中抓一把馅，手指一握一挤，每个指缝间就有一个圆圆的大小均匀的丸子落到锅里。随着丸子轻轻的滴落声，油锅猛然沸腾，油花上下翻滚，眨眼工夫，焦黄焦黄的丸子就平平整整地浮在了油花上。田叔的左手也不闲着，拿一把漏勺不停地搅动锅里的丸子，边搅边捞，宽宽深深的陶盆儿一会儿就被堆满了。

庙会时，田叔在唱戏的庙门外搭个布棚子，里面摆几条长凳，垒个砖头砌起泥巴糊的土火炉，上面坐着一口大铁锅，卖开了丸子汤。炉火旺旺的，开了锅的丸子汤的香气飞出了棚子，在空气中四散飘荡。赶庙会的乡人被香气吸引进了棚子里，他们看到，盘旋上升的热气下，是漂浮在汤锅里的闪着油光的鲜嫩嫩的丸子，还有几只红红的辣椒，几根白白的葱段，几星绿绿的香菜。乡人口水溢出来了，双腿走不动路了，立刻呼朋引伴地坐在条凳上，急不可耐地等着喝那丸子汤。田叔满脸带笑地招呼着，手脚麻利地一碗一碗地盛着，工夫不大，香喷喷的热气腾腾的丸子汤就端到了大伙手里。特别是看了夜场戏之后，乡人们觉得如果不到田叔的棚子里喝碗香辣热乎的丸子汤，寒气保准就会窝在肚子里。

女孩儿喝丸子汤与大人不同，往往在上午或下午。这时候，田叔的棚子里人会少一些。记得十来岁时，每次庙会父亲都会给我几毛钱。我拿着这平日难得见到的钱，划算着用场：先买本《故事会》吧，好看！再来几个习字本，原来的快用完了；别的女孩扎小辫都用彩色绸带，自己也该有的……当然，还要留下一毛钱喝丸子汤。可别小看这一毛钱，能喝到有10个丸子的一大碗呢！那个年代，能喝丸子汤是一种奢侈，每每端起碗，就有一种发自内心的幸福感，还总想让这种幸福无限期地延长。但再细嚼慢咽也有吃完的时候。看到我意犹未尽的样子，田叔说："没有吃饱吧？丸子不够，汤打凑（意思是用汤来填补丸子的不足）！"说着就给我舀来半勺汤，但我发现，这汤里竟然多出了几个丸子。当时，年幼的我不懂该怎样向田叔表达谢意：拿钱吧，仅有的一毛钱用完了；说感激的话吧，不知怎样说合适。只能涨红着脸，羞涩地笑笑，不好意思地低头嚼着，喝着……

离开了故乡，不能赶庙会了，喝田叔丸子汤的机会也没有了，但那浓浓的独特的香味却长久地让我怀想着，甚至一直在盼望着。

几十年过去，我辗转来到了现在居住的城市。听人说有几家叫得很响的丸子汤：肖墙路的，北河沿的，平安街的……也曾慕名去品尝过，但总比不上故乡丸子汤的味道，不是调料味太浓了，就是丸子松散得不成形了。久而久之，我喝丸子汤的想法也就淡了，而长久以来对故乡丸子汤的怀念也就慢慢积淀成了一种遥远的记忆。可是谁又能想到，年终，在一个小小的餐馆里，我终于又喝到了故乡口味的丸子汤。

一个周三的上午，从和平医院体检出来，半天等不到公交车。在寒风中瑟瑟发抖的我看见路边有一家小餐馆，就想进去暖和一下，刚走到门口，忽然看见门口挂着“油条丸子汤”的招牌。小小的牌匾很不起眼，但“丸子”两个字牵动了我久远的情愫，也因为早晨没有吃饭，除了寒冷之外，一下子又有了饥饿的感觉。心想：管它丸子汤好不好，喝了总能御寒吧！

进屋后发现，开餐馆的是夫妇俩：黝黑的脸上写满朴实的中年男子炸油条，穿着兰花布棉衣，戴着白袖套的女人煮丸子汤。餐馆不大，又有两炉火，一进来就有种暖烘烘的感觉。我要了一小碗丸子汤后坐到桌旁。大概已经过了用餐时间，餐馆里只有三两个客人。暖和起来的我最关注的自然是门边那口煮丸子的大锅。这锅确实很像当年田叔用的那种，汤汁上浮着一层密密麻麻的丸子。当女人往外舀丸子时，我看到锅里还有一块粗大的骨头，一只整鸡，一个纱布包。丸子舀好后，女人这才往碗里添汤，撒葱花、香菜，加辣椒油。她这套程序不像田叔的，我不熟悉。女人将丸子汤轻轻地放在我的面前后又去招呼别的客人，她没有也不会发现我的脸上浮现出的失望的神情。

但是，当我不以为然地喝了两口后，一下子有了种似曾相识的感觉。那丸子肉嫩、筋道，那汤鲜美、香浓，使我突然有了一种亲切的回归故乡的感觉。我一口气喝完，连连赞美这丸子汤味道实在是好！并询问这汤的配方。女人说：这是他们老家的做法，除了精选上好的牛肉之外，关键是熬汤。汤汁是牛腿骨和家养的母鸡熬成，布包里是十多种调料配制。她还说，煮丸子的汤是每天都要熬的，人们只知道餐馆早晨六点开门，其实，他们每天两点就起床熬汤了，要不，骨头里的营养出不来，汤的颜色也不会这样白。听她介绍，我才明白，原来看似简单的丸子汤需要下这么大的工夫，还有这么多的讲究！我忽然想，当年田叔的丸子汤应该也采用了这个配方吧？不然，为什么口味这样相似呢？

从餐馆出来，风还在刮着，我却没有了寒冷的感觉。我知道，是餐馆红红的炉火、香浓的丸子汤给我带来了温暖。但细想，还不仅仅如此，夫妇俩那憨厚而纯朴的笑，对自己经营的生意的用心和细心，默默地恪守着的做人和做生意的规则的认真劲，也是我感觉温暖的原因。我喜欢这个小餐馆。在这里，我的灵魂似乎有了一种回归，回归到了故乡，回归到了田叔卖丸子汤的少年时代……

每个周三还须去医院，周三想喝丸子汤。

2011年1月29日

煎饼啊，煎饼

故乡的食物中，除了枣糕，就数煎饼常常让人想念了。

故乡的煎饼可不是名声极大的山东煎饼，山东煎饼好大，好薄，可以卷大葱吃，可以像纸一样折起来保存，因为这后一个特点，在很多地方都能见到。就拿山西来说，我在晋南吃过多种口味的：原味的，加了糖的，更多的是咸的。上党地区是塑封单包装，进了超市，那商标亮亮的，极漂亮。

故乡的煎饼虽然没有易保存的特点，但味道却极好。它与山东煎饼样子不同，做法不同，口感也完全两样。

先看它的样子。碗口大小，呈草帽状，正面鼓鼓的，嫩嫩的；背面有凹槽，因为摊制时直接挨着鏊子，被煎烤得焦黄焦黄。

记得小时候，白面极少，平日是不舍得吃的，都要攒起来过春节做枣糕。一年里的大节日，端午的粽子，中秋节的月饼，都太甜，我们最盼望的还就是能吃到煎饼。要说这种煎饼的做法，还真是有些繁琐！煎饼的原料是小米，中秋节的新米煎饼又远远香过了其他时节的。母亲先用凉水泡小米，这小米都是用石碾脱壳，用簸箕簸去糠皮，因此无论煮粥还是做煎饼，是不需要淘洗的。金珠儿般的小米里放一小把花椒，在清凉的甜井水中浸泡，待花椒的香气飘起，再加几块半熟的小米锅巴，一起用石磨研磨成糊糊。需要说明的是，这石磨可不是磨面的大磨，那种磨太沉，一般需要牲口拉着转。研磨煎饼糊的石磨小小的，很袖珍，上面一扇侧面有洞，可以安装把手；下面的磨扇有带边沿的底盘，这样磨好的煎饼糊就不会流失。小时候，我常常帮母亲摇石磨，听它轰轰的声响，看它把金黄色的米粒磨成浓稠的糊糊。磨完后，煎饼糊被装到一个褐红色的陶罐里发酵。对于孩子们来说，这个等待需要极好的耐心。有时候天气凉爽，多半天也发不起来，母亲就把罐子放到煤炉旁暖着。眼看着起了泡泡，糊糊往上涨了，就可以摊煎饼了。

摊煎饼的鏊子很奇特，这些年，我走过很多地方，也只有故乡才有。鏊子是生铁铸成，边沿内有一圈凹槽，围绕着中间光光圆圆的凸起。加热之后，擦少量油，撒一撮葱花，把糊糊浇上，就可以盖盖子煎烤了。盖子很厚很沉，还是两个！不过，一次只能用一个，另一个嘛，也不闲着，要放在另一个火上烤，烤热了，就替换原来的。两个盖子不断替换，煎饼上下受热均匀，就能熟得快，发得虚。终于等到煎饼熟了！那模样鼓腾腾的，金黄黄的，满屋子缭绕着香气。吃到嘴里，焦焦的，嫩嫩的，很是享受！

摊煎饼很慢，如果家里人口多，就只能你一个、我一个地等着吃。那年月，人们肚子里没油水，那份等待不仅需要定力，还会觉得越吃越想吃。最终，往往比平日吃得更多。这样可就苦了母亲。她一个人坐在火炉旁，一个接一个地摊，刚刚从鏊子里铲出，就被人三口两口地吞掉，自己不能先吃，也顾不上吃。待全家人一个个吃得饱胀，才轮上母亲。这时，大汗淋漓的母亲却已经又累又饿，吃不了多少了。

现在回故乡，再也吃不到母亲做的煎饼了。妹妹知道我们的爱好，每次早早就泡好了小米，用电磨磨成糊糊，在那里发酵，我们进门的第一顿饭基本上都是煎饼。生活富裕了，故乡的煎饼也在改良，喜欢吃甜的，就放糖；为了颜色更好看，口感更舒适，米糊放到鏊子里后，再浇两小勺鸡蛋液。出鏊时，煎饼上绿绿的葱花，黄黄的蛋花，煞是好看！

这次回去，突发奇想，如果带一个煎饼鏊子回来，尝试着自己做煎饼，就不至于总把对煎饼的怀想漫长地延续到下一

次回乡了吧？妹妹担心新买的鏊子太涩，我用不好，就把她使用的旧的给了我。

回来第二天，我就迫不及待地开始尝试。但担心这有史以来的第一次不成功，就少泡了一点小米，并按照记忆中的程序一个一个地做起来，只是没有石磨或电磨，磨糊糊改用了料理机。家用料理机非常小，一次只能磨一点，“嗡嗡”地响了好久，也没有石磨磨得细。煎饼糊的发酵也令人头疼，本来发一夜就该好的，可等到第二天中午也没动静。这才想起，妹妹用的是老酵罐，里面有原来的干酵母，怪不得我的糊糊沉沉不动呢！晚饭时，终于可以摊制了。第一个做好了，却铲不出来，铲了几次，完整的煎饼成了碎块。嗨！估计是鏊子不太热，火有些小了。不过，那味道，却俨然就是故乡的煎饼味。慢慢来！第二个，火色好一些，发得不太虚；第三个嘛，自然成功啦！

从此，我这个游子也可以经常吃到故乡的煎饼了。

需要交代的是，妹妹让我带来的鏊子是母亲留下的，母亲不知使用了多少年，而妹妹也已经用了13年了！

2015年6月2日

和子饭

在山西，无论到哪个地区，无论在饭店还是家里，总能吃到和子饭。它原本不在这么大的区域内，应该是仅仅属于我的故乡——晋东南一带的。它的名字原本也不叫和子饭，应该是叫米粸（qí）的。“吃米粸，满家喜。”从小就听大人们这样说。小时候，食物缺乏，遇到困难年代，甚至连糠菜都填不饱肚子，能吃到有米粒，有面条，还有各种各样蔬菜的米粸饭，自然是件令人高兴的事！后来，这种饭扩展到了其他地区，米粸的名称也改成了和子饭。想想，也有它的道理，因为，它确实是搅和了很多食材的，就像大烩菜，各种蔬菜，豆腐，粉条，烧肉，丸子，都可以放进去烧制。东北有一种铁锅炖，其实就是山西的大烩菜，如同米粸在外地被称作和子饭一样。

就说我老家阳城县的和子饭吧。开锅后，首先要放进小米来煮，倘若小米缺乏，玉米糁子也可凑数。接着放蔬菜。蔬菜是跟着季节的变化而变化的。夏秋时节，主要是放豆角，最好的当然是老豆角，太嫩的，没嚼头。有一种个头小小、弯弯，浑身条条点点的豆角最受青睐，因为它的豆仁粒粒饱满，且颜色多样，在锅里煮开来，黑的，白的，粉红，大红……在黄米和绿菜之间翻滚着，点缀着，煞是好看。南瓜也不可少，房前屋后长的那种粗墩墩的，外皮黄里带灰的最好吃，肉瓷实，甜而面。到了冬季，没有了新鲜时蔬，可以放干豆角和干萝卜条，还有南瓜条。豆角是用线穿成串，煮熟了，在炉火上熏干了的，做和子饭时预先在开水里泡软，再切段放到锅里。那时候，干豆角不稀罕，家家都有，不像现在的城里，难买，还极贵，倘若在饭店要一盘干豆角炒肉，价格起码也有三四十元。贵的不在肉，是豆角。萝卜干制作简单，把新鲜萝卜切条，晒干即可。南瓜条是旋（xuàn）的，有专门的工具，转着圈旋，很长，且粗细均匀。

煮菜的同时，还可以放嫩玉米粒和豆子。记得上初中时，每天至少一顿和子饭，对，应该叫米糕的，我每顿用一张饭票，上面印着“米糕贰两”。当时粮食不宽裕，饭很稀，但里面却煮了不少红皮大豆，我们当地不生产的，比起家里的小黄豆，脆，香！回家后，父母问我：“学校吃什么饭？”我回答：“二两米糕。”他们就笑：“那你今天在家吃了几两？”

米和菜煮熬得发黏了，就可以下面条了。小时候的和子饭面条是三合面，除了少量麦子，还有杂豆和玉米，不会用纯小麦面粉的白面。首先，白面不经煮，味道也单调，不像三合面，有豆子的香味，面条也硬挺。最主要的，是白面极少，每个月人均一二斤，都积攒了过年过节时才吃，平日根本舍不得！

最后，还会放点浆水菜。这种菜在火炉边的罐子里，发了酵的，酸香。制作浆水菜的原料很普通，萝卜缨子、南瓜花、野菜都可以。

就和子饭，有人喜欢辣椒，我们家人大部分吃不了，就用大蒜粒，搁了酱油、醋和香油的。一碗饭加一小汤匙，立马提了味。

现在，虽然生活富裕了，却总还想吃和子饭。大概因为是故乡的味道吧？我做的和子饭，里面除了嫩玉米、黄豆，还放了花生、核桃等，出锅时，用油烹了葱花炝锅，随着铁勺入锅“唰”的一声，香味立马飘起，在家里弥漫着，久久不会消散。还可以用雁北野生的麻麻花，也极好，另是一种风味！唯一遗憾的是，豆角不如小时候的，即使好容易在菜市场找到一点老的，也不是以前的品种。浆水菜自然没有，酸菜倒可以买到，完全可以代替。

还有，虽然和子饭不难吃到，但因为食材要准备充分，做起来比较麻烦，很久才有兴致做一次，每次至少要吃一大碗。接下来，就需要解决饱胀的问题了，或出门散步，或在家里不停地干体力活。想想好笑，何必呢？可是，再次吃，仍然觉得香，仍然会撑得坐不住。

前几天到外地，也吃了和子饭。端上来一看，那能叫“和子饭”吗？小米放得太多，饭糊了；面条是白面做的，且切得太宽；放了几根嫩豆角，几乎是整根的；还有土豆条，又粗又长……嗨，不地道。

还是老家的和子饭——米糕，好吃！

2015年9月19日　星期六

小院里的书场

《蒋勋说红楼梦》谈到小说的"章回和悬疑"时这样讲："《红楼梦》之前的大部分小说，包括《三国演义》《水浒传》《西游记》等，都是说给别人听的。因为过去能够认字的人非常少，在这种情况下，说书人发挥了很重要的文学传播功能……过去这一类活动都是茶余饭后到酒楼、茶楼里去，坐下来买一杯茶，听人说书。"（见《蒋勋说红楼梦》第一辑第33页）这段文字我感兴趣的是"说书人"三字，因为它触动了我久远的一段记忆。

小时候，村里的文化生活有限，记忆中除了正月十五的耍龙灯，庙会上可以看到上党梆子剧团的演出外，最重要的就是听人说书了。当然春种秋收是大忙时节，不会邀请说书人。听书一般是在夏季小麦收割罢，秋庄稼播种之后。说书往往是一个人说，地点不在舞台上，也不是蒋勋先生所说的酒楼和茶楼，而是在农家的小院里。这个季节，小院被如盖的大树和爬满墙头的瓜蔓遮掩着，浓荫满地，阴凉舒爽，是村民们乘凉聚会的好地方。听书时，院子中央就会摆放一张黑漆方桌，上面放一把泡满山楂菊花凉茶的茶壶，供说书人口渴时饮用，桌旁是说书人坐的宽宽大大的太师椅。说书人多是邻村单身的盲人，他们从小就被父母送到师傅那里学说书，为了学点技艺，能够养活自己，因此，村人大多也是只管他们吃饭，给不给钱，他们是不会计较的。他们虽然眼睛看不见，但记忆力极好，都能有声有色地说唱好几个整本的书，像老百姓喜欢的《秦香莲》呀，《七侠五义》呀，《说岳全传》呀，等等。一本书往往要说好多天，村人也就三天一户地轮流着请他说。常常是一个盛夏过去，一本书都没有说完。就像蒋勋先生所讲："说书人讲得最精彩的，就是武松拳头举起来要打老虎，结果打了一个月，拳头都没有落下去。"（见《蒋勋说红楼梦》第一辑第34页

来村里说书次数最多的一个人叫栓柱，他是村后山上李家村的人，五十来岁年纪，虽是盲人，却能靠着拐杖轻松自如地走村串户。那些年，他是方圆百里最受欢迎的人。刘鹗的《老残游记》写老残在明湖居听书，那说书的人是在台上，像唱戏似的，只不过手中多了一件舞弄的乐器罢了。小院里的说书人不是这样，他先在院子中央的太师椅上坐定，面前是一只三脚架支撑的小鼓，开场要敲鼓，像戏台上演戏前闹场子一样；说到紧要处也

要敲鼓，以更加吸引听书人的兴致。他拉的紫红色二胡是檀木制成，那金属一般的声音，时而缓缓如叮咚作响的山涧流水，时而急急似奔腾咆哮的激越洪峰，将书中故事的节奏和人物的命运形象地演绎着，描画着。脚上一根绳子牵连着梆子、铜锣等乐器。因此，虽然只有他一人说书，却像是既有演员又有乐队的热热闹闹的小剧团！栓柱在说整本书之前，总要先说一段“帽头”，相当于一小段笑话。等小院里的人坐满了，大伙的兴致高涨了，他才说唱长篇书。

喜欢听书的多是上了年纪的老头老太太，他们比年轻人悠闲。平日除了三五成群地拉家常，多半聊的是书场上听来的故事。每逢栓柱来到村里，他们自然会急急忙忙把家务做完，提着小板凳跟着栓柱满村里地转着听。由于说书一般是在暑假，也会有几个十多岁的小学生来听书。但他们是没有耐心听整本书的，在人缝里钻来钻去热闹一阵后，就成群结伙地悄悄离开了。他们会爬到村中成汤庙高高的钟楼上，那里不仅风凉，还能远眺四周的风光，东边有苍茫的青山崖，弯弯的石坡，红红的庙宇；南边是清澈蜿蜒的沁河，岸边一弯垂柳，被风吹拂着，柳梢在粼粼的河面上荡来荡去。感觉热了，就一窝蜂地向河滩跑，刚到河边，就迫不及待地甩下鞋袜，在河里的石头下捉螃蟹，或站成一排追赶水中的鱼群……因此，栓柱说的书，学生们能记住的就是一些

“帽头”书。印象中，栓柱喜欢把村里人编到书里，那真真假假的故事，加上他夸张的描述，诙谐的话语，逗得大家前仰后合哄堂大笑。现在回想，我记住的只有《小姑嫂偷吃油糕》一段。所以记忆比较深，大概和当时的贫困年代有关系。说的是一对嘴馋的姑嫂，她们趁公公婆婆出门办事，在家里偷偷地炸烫面油糕。刚刚炸好，大门一响，原来是公公回来了。情急之下，嫂嫂抓起油糕塞进了上衣口袋，结果，肚皮被滚烫的油糕烧起了大泡。嫂嫂一边咝咝啦啦地喊痛，一边忙乱地把油糕向外扔。飞出去的油糕不偏不倚恰好粘到公公的脸上，把公公的胡子烧着了……

后来，县里有了古书队，也曾到村里演出，表演是在戏台上，有了明湖居的味道，但缺少了小院里书场的气氛。因此，直到我离开家乡，人们还是喜欢在院里听书。

今年清明回村，看到一伙老年人在文化室里看评书录像。和他们聊起小时候院里听书的事，他们有些惋惜地说，现在村里哪还能看到说书人，看录像，总不像和说书人面对面，乡里乡亲的，亲近得很呢！问栓柱的情况，说十多年前就去世了。他一辈子单身，上年纪后，也不再走村串户地说书了。后来有个比他年轻的说书人常来村里，叫碗碗，也是个单身的盲人。他三十多岁时过继了个儿子，儿子成家后在外地煤矿上班，他就带着儿媳到处说书。不知是儿媳佩服公公说书的技艺，还是早晚相守一唱一和地有了感情，最后，儿子主动退出，这对浪漫的翁媳竟然走到了一起……

看书，往往就触动了记忆，浮现在脑海里的大多是几十年前的旧事。人常说，怀旧，说明自己老了。想到了，就赶快写出来，真担心有朝一日这些记忆会掩埋在渐渐老去的岁月里。

2012年6月16日

劳动之余的乐趣

当农民的时节，除了上地，回家帮母亲做饭、洗衣等，生活一直单调而清苦。

有了时间，就想看看书。家里没有书架（那时的农村，从来没有见过有书架的人家），除了小桌抽屉里放一些，其余都堆放在一个大纸箱里。这些书中，有我从小用积攒的零用钱买的童话、寓言之类，比如张天翼的《宝葫芦的秘密》、贺宜的《小公鸡历险记》等，直到现在我仍旧喜欢，感觉比现在电视上热播的什么《熊出没》《大头儿子和小头爸爸》等好多了！几十年过去了，小时候的书，被妹妹和侄子辈以及邻居小伙伴们看过，早就找不到踪影了。前年又从网上购了一些，却不是记忆中的版本了。《小公鸡历险记》是与其他作品合编在一起的，插图也极少。那时书中的插图有趣得很！坏蛋田鼠偷了东西，美滋滋地回到洞里享受，还跷着二郎腿；小公鸡当乐队指挥时，两个翅膀高高地挥舞着，满脸的得意与兴奋；黄鼠狼被众人围攻，钻进了大网，最终被扔到了河里。

除了上面的，还有哥哥姐姐用过的语文教材。清楚地记得里面有《杜十娘怒沉百宝箱》《灌园叟晚逢仙女》等，这些冯梦龙的作品真吸引人！也有几本当时流行的当代作家的作品：《青春之歌》《林海雪原》《红旗谱》等。

小学同学的爷爷早年在外做生意，家里有不少藏书。同学就一本一本地偷给我看，看完一本，再借一本。就这样，我陆续读完了《西游记》《三国演义》《水浒传》，还有《今古奇观》等，读过《今古奇观》，我才知道语文教材那两篇课文的出处。显然，这书中的故事要比课文长得多，有意思得多！再后来，同学借我书看被爷爷发现了，因此读《封神演义》时，他要求我一天后必须归还。这本书纸张黄而脆，全是竖排版，字极小。我白天下地，读书的时间只能在晚上。怕影响家里人休息，我只好坐在小院拐角处的厨房，就着15瓦的电灯阅读。那一晚，几乎没有合眼。

后来，有线广播里宣传浩然的《艳阳天》和《金光大道》，我就央求在城边教书的姐夫买来，认真地看了许多遍。在感叹作家描写事件的集中和精彩之时，我觉得那个地主马小辫真是罪大恶极，村里的栗姓地主与他完全不同，总是和和善善的。看来地主也不都是一个样。

能够自由而酣畅淋漓地阅读，是上了大学以后。许是在农村没有书读的饥渴吧，除了集中上课，其余时间，我大都在阅读。从图书馆借了书，周日背一壶水，买五个烧饼，一天就待在教室里。那时的烧饼6分钱一个，比馒头贵1分钱，重2两。一天能吃5个！——饭量还真大。不过没有菜，只是开水就干饼子而已。晚自习，则跑到阅览室阅读。阅览室不大，坐得满满的，大家都静静阅读，凝神屏息。只有一个例外，历史系一位男同学，穿了一双旧皮鞋，那皮鞋的底子肯定有问题，走起路来，像是在撕裂什么东西，“吱——嘎，吱——嘎……”让人觉得既好笑，又极不舒服。他往往迟到早退，那声音就会在一片静穆之中突然响起。现在回想起来，很多阅读过的书名已经忘记了，但是那位同学的皮鞋声依然那么清晰。

除了看书，干农活休息时还可以听故事。讲故事的人不固定，讲得最多的是两个人，一个叫顺天，他打了几十年的光棍，因为头发稀少，脑袋泛着亮光，大家就叫他秃顺天，多年后我才知道他姓赵。顺天家境贫寒，长得难看，常常被人瞧不起，但他却很会讲故事，什么《三侠五义》呀，《薛刚反唐》呀，《樊梨花》呀，讲得绘声绘色，有板有眼，让人听得如醉如痴。顺天四十多岁才娶了老婆，是沁水山村里的。那时候，村里的热闹事就是婚丧嫁娶，人们最喜欢的是看娶媳妇。新媳妇们，有坐在轿子里被人抬来的，有骑在高头大马上接来的。一色的披红挂绿，在喧嚣的鼓乐声和前呼后拥的人群中缓缓走来。顺天娶媳妇时，我照例和伙伴们成群结队地去看，但在稠密的人丛中找了半天，却没有看到新娘。经人指点，哦！原来这个新媳妇与众不同——宽宽的身板，黑黑的脸膛，一身蓝布裤褂，且已经是中年人的样子。这形象，与我的经验和期望值差距太远，以至于我非常非常地失望。

另一个是医生郭成山。他年轻时到安徽学医，娶了当地女子为妻，几年间给他生下了六个儿子。没有病人的时节，他也下地干农活。这样，讲故事的人就多了一个。郭医生是见过世面的人，他的故事多是乡间传说，神神鬼鬼之类。什么村东青山崖有牛铃铛鬼，但这鬼不是青面獠牙的害人鬼，倒是专门给夜里出行的人引路，等等。

后来，我离开了村子。再回去时，听说顺天娶的中年女人给他生了个女儿，女儿长大招了上门女婿。这个打了多年光棍的人，也算有了后代。郭医生孩子多，买了一座有三层楼的老房子。房子的主人家庭败落，早已没有了后代。郭医生的六个儿子都发展得不错，有的到了部队，有的在外地工作，还有一个当了生产队长。郭医生在老房子里住了几十年，一直很安稳。

2014年5月1日

农民生涯的结束

1972年，我结束了三年的农民生活。这一年，我上大学了。

回乡当农民，原本是我不大乐意的。倒不是不愿当农民，不想干农活，而是觉得上学时间太短了。我们兄妹五人，除了妹妹，哥哥、姐姐们上大学的、读师范的，哪一个也比我学历高。而且，三年初中生活，背着行包大串联，真正在课堂上专心致志地学习又有几多日子呀！

我没想到，我这辈子竟然还能上大学！

这是1972年2月的事。这天上午，我照常出工，春耕的筹备工作正在进行，须整日一趟趟地往地里挑农家肥。经过三年锻炼，我的肩膀早已不再红肿了，因为，在太行山上当农民，挑担子就是家常便饭。记得1973年春天，我们到霍州采访女医生石兰峰的故事，还曾帮助村里挑水抗旱。过了好多年，大学里的高老师见面，还说起我挑着满满的水桶稳稳当当走在山坡上的样子。午饭后，我匆忙帮助母亲洗涮碗筷，想稍微休息一下。正在这时，有人捎来口信，让我到小学校长那里走一趟。我感到奇怪，这个校长是我毕业后调来的，平时没有交往，他叫我有什么事呢？是不是叫妹妹（她正在村里上七年级），捎口信的人说错了？心里嘀咕着，但还是慢吞吞地往学校方向走。远远看见校长站在学校三层楼的晾台上，朝我急速地招手，嘴里喊着："春莲，快点来！"待我跑到楼上，他递给我的是一份大学招生报名表！

意外的好事突然降临，倒让我有点不知所措。后来才知道，大学开始招生了。我们公社分配了两个指标，经研究推荐，让我和镇里的陈富萍去县里参加考试。随后的几天，我填写了表格，加盖了村里、公社的公章，交到县教育局；月底，就到县里参加考试去了。

当时参加考试的人，被集中在大礼堂里（县里唯一的影院、看节目和开大会的地方），每人发几张稿纸，让现场写一篇批判文章。这个题目，自然难不住大家，几年来，写得最多的就是这类文章。文章的语言风格，结构套路，大致都差不多。交卷不久，监考者宣布了几个考生名字，让到台上朗读自己的文章，我也在其中。

第二天面试。戴着高度近视眼镜、瘦瘦矮矮的王老师，是山大中文系的，他大概从我的报名表上得知我喜欢读书，也常读古诗，就笑笑说："你能不能写一首？"他的要求让我非常紧张，也有点尴尬和后悔：自己给自己画了圈子，没办法，跳吧。当时写了什么内容，我已完全忘记了，只记得形式上像七言律诗。王老师看后笑笑，只说了一句："你可以回去了。"上大学后，见到王老师，我再没好意思说写诗的事，我总觉得，王老师是把它当笑话了。大学期间，我还写过两首，是表达参观洪洞广胜寺和沁源灵空山感受的，曾发表在校报上。几十年来，写诗也极少，前些年，一位外省老教研员退休，他的同事来电，让我写点什么，我勉强凑了一首。

接到大学入学通知是3月底，报到时间是4月5日。我已经没有再上地干活的时间，跑南留粮站办粮食关系，从村里到乡里地办理户口关系，还有组织关系等等。

这之间有两个插曲，我想说说。我有时候也迷信，总觉得能够上大学是因为做了这些好事的缘故。

第一个：在县里参加完面试，已经是半下午。县城到家25里，几乎一半是山路。出县城东门，就开始爬坡，翻过十多里山坡，就到了八甲口镇。再往回走，就全成了山路。也有宽敞一点的，但要多绕四五里。那些年，到县城，到县城西边的乡镇看姐姐，我基本都选择这样走。一是因为近，二是薛家岭翻越孔寨的山间有一汪很甜的山泉，泉水极小，出口是一小片石头自然形成的圆圆的小潭，人们称它为“牛角水”。它的得名，大概是因为它的形状吧？行人走到这里，坐下来，捧一掬山泉喝下去，翻山后的疲累会顿时消解。几十年过去，这牛角水还在吗？即使在，大概人们也不会重走山路了。这天我走到后滩，太阳已经落山了。不过，远远的，已经能看到我们村子了。正在这时，一位中年妇女突然走过来问路。她要到上庄去。听口音她不是本地人，我详细地告了她依次要经过的村子，可是，她并不明白，因为她连一个村子也没有去过。我知道再解释也白搭，让她独自瞎闯，很可能在山上迷路。犹豫半天，我决定送她一程。这一送，我又多翻了一座山，而且多绕了5里！待我把她送到中庄和上庄之间，再没有岔道时，才离开。回家时，山路黑魆魆的，幸亏是春天，没有高深的庄稼，否则，说不准会碰到可怕的野兽！

第二个：连夜填写完大学报名表，已经是早上8点多。我到大队部盖章，门却在里面反锁着，怎么也叫不开。人们说大队长睡在里面，他家在双龙寺，昨晚开会迟了，没有回去。隔着门缝听，有很响的“呼噜呼噜”声，可是，任凭怎样拍门、喊叫，里面始终没人答应。我忽然想，天气寒冷，屋里生了炭炉子，他是不是中煤气了？如果真是这样，生命就危险啦！想到这里，我急忙跑到街上叫来几个人，大家七手八脚地把门扇端了起来。进屋一看，果真是大队长躺在床上。他确实中了煤气，口里满是白沫，人已经昏迷。人们抬着床板把他放到了月台上，老支书的老伴端来酸菜汤，掰开嘴硬灌了下去。直到中午，他才慢慢醒过来。打这以后，每每碰到他，他总会说：多亏你救了我。

待把一切手续办理完毕，我就背着母亲给拆洗过的旧被褥，提着一个军绿色的帆布提包上路了。从此，我的农民生涯结束了。我是幸运的，毕竟，那时候能够走出乡村上学的人是极少数，更多的回乡知青，就长久地留在了当时还十分贫困的农村。他们只能过着面朝黄土背朝天的日子，以此打发着青春，打发着一辈子的漫长的岁月。从这点上看，他们甚至还不如下乡知青，因为即使有了政策，他们也无“城”可“返”。

2014年8月12日

邂逅少年时光

近年，回故乡极少，即使回去也往往来去匆匆，无闲暇赏村景，访乡邻。且居于村中的老院已无人居住，那荒凉寂寥的样子看得人伤心，村东口的妹妹家自然成了我们外面几个兄妹回乡的落脚之处。因此，与以前熟人的相见也就非常之少了。

这次回去却出乎意外。刚到家，就听一个人在妹妹家门口叫我，细细端详，是一个开着三轮农用车的健壮汉子，虽然头发花白，面色黝黑，却忽然记起他是我的小学同学，学名叫许江水，那时，我们只叫他小名——小毛。想想：自从上学离家，四十多年过去，这期间，印象中没有见过面。我们都很兴奋，在妹妹家院子的台阶上随意坐下，急急忙忙地聊起来。我说他的憨厚和勤劳，班里打扫卫生呀、集体去抗旱抬水呀，他总是干得比别人多。一次，搞勤工俭学，到井家沟的小河边逮蝎子，我们几个女生每每看到石头下的蝎子就大呼小叫，尽管拿着镊子，也紧张得不敢动手。听到我们喊叫，小毛就会跑过来，笑嘻嘻地帮我们把蝎子夹起来，放到带盖的瓶子里。而他回忆起的细节更清晰："那时候，你是班长，我学习不好，你常常帮我写作业呢！"他说的，我真忘记了。还有，"你和马晋唱《逛新城》，他演阿爸，你扮女儿，唱得好着呢！后来，你俩还唱过《老两口学毛选》，马晋拿个烟袋，你搬个马扎，摇摇摆摆的样子，笑死人啦！"这个，我记得。那时，学校每逢国庆呀、六一呀就演节目，每个班都要出两个，老师点名让我演，也就不好推辞了。

天渐渐暗下来，小毛说他必须要走了，离家还有40里呢！我这才知道，他们弟兄三人，当年家里穷得连房子也没有，只好在沁水的山村里找了个媳妇，他就当了上门女婿。妹妹说，小毛不轻易回来，她也难得见到，这次真是凑巧了。

与小毛的邂逅令我兴奋，忽然想到老街看看，那里的老房子，留下了我少年时光的不少记忆，我该去寻找才对。

第二天傍晚，我和侄女从东慢慢向西走。这边高处叫千柱上，长长的斜坡上有东西两座大院，东院的于叔喜欢种月季，春夏之交，满院芬芳关不住，吸引着孩子们跑来看花，闻香，甚至会让于叔剪一朵回去插在瓶子里。

相距一百多米是赵家胡同，三个院子从下到上地排列着，好友秀梅当年就住在第二个院子，记得她家有一副高级骨牌，被一个村干部没收了，理由是：学大赛期间，不允许打麻将。后来，她母亲急病去世，她带着弟妹远嫁河南，那副骨牌估计也就没了踪影。

往西经过槐荫轩，来到马家院门口。大门敞开着，院子里静悄悄的。我告诉侄女，当年我们曾在这里玩捉迷藏，听马晋的父亲唱戏。方圆几十里的人都知道上伏村有两个男“旦”，一个是马晋父亲，另一个是村西口的瘦瘦小小的栗学恒。我还清晰地记得，他们两人装扮成旦角的样子：头戴镶嵌着光亮珠珠的帽子，身着花花绿绿飘飘逸逸的戏装，一人一把折扇，在成汤庙的戏台上袅袅婷婷地转着，咿咿呀呀地唱着，偌大的戏台下人群挤得不透风，却安安静静，一点声息也没有，全都被他们的演唱吸引了。正说着，忽听得正房里有人问：“谁呀？”边说边撩开门帘走出来。哎呀！真是凑巧，马晋！看到是我，他也很吃惊，连连说：多年不见，怎么在家门口碰到了？说到与昨天小毛的邂逅和谈话，他也很感慨：眨眼之间几十年就过去了。他邀请我们到家里聊，看看天色已晚，我谢绝了。

马晋陪着我们往回走，他说这些年当过民办教师，后来转正，再后来到邻村当小学校长，前年也退休了。

送我们到成汤庙前，他回去了。

这个成汤庙，以前一直是村小学。十多个教师都是外地分配来的，他们也在庙里住。吃饭嘛，开始是到百姓家吃派饭，后来请了村里的人做饭。高高的钟鼓楼上，当年我们曾在上面读书，几个同学放开了喉咙，读一阵，背诵一阵，那声音，到现在想起来都很好笑，每一字都拉得很长，用家乡方言，像念经似的。后来，钟楼空了，因为大炼钢铁，钟被人用大榔头砸碎了；鼓楼也空了，不知那面敲起来嗡嗡响，震得青山崖发出回音的大鼓究竟去了哪里。

天色渐渐暗下来，路灯次第亮起，乡间的夜晚来临了。此时的我，完全沉浸到少年时光里了。走着，走着，猛然被身后侄女拉了一把，我才从回忆中醒来。扭头看，一个瘦瘦高高的人站在那里，仔细辨认，嗨，原来是李纪。我不由得在心里感叹：这次回来也太神奇了，一下子碰到三个小学同学！李纪说：我在你们后面走，越看越觉得像你，没想到还对了。知道我第二天要走，李纪说没时间再聊了，咱们就站在这里说会儿话吧。

李纪其实姓栗，过继给了舅舅后改姓了李。他打小就遗传了栗家人文文静静的性格，写得一手好毛笔字，学习极好。我一直奇怪，当年考初中时，他为什么没有考上。这次才听李纪讲，不是成绩问题，而是因为成分高，政审没通过。李纪一直没有离开农村。改革开放后，村里成立了农工商总公司，总经理喜欢他的才学，让他当了文书。一应上报材料，各部门计划总结，都由他经手，或起草写作，或整理修改。前两年年纪大了，才退下来。

我们还谈到了其他同学：有生活顺利的，有早早患病在床的，也有年纪轻轻就意外离世的……

第二天，我告别了故乡，带着与亲人短暂团聚的幸福，邂逅少年时光的喜悦。这幸福和喜悦，将融入我的记忆，陪伴我继续行进在人生的旅程。

2015年5月24日　星期日

小屋，蓝色的

我的小屋在久远的记忆里，它是蓝色的。

大学毕业那年，我住进了这间不足十平方米的小屋。这是学校的集体宿舍，20世纪50年代的平房，一排排的，我的小屋在前排中间。

我是带着一只装满了书的纸箱子入住的。小屋早已被人修整过：白棉纸糊的顶棚，白粉墙，涂着一圈淡蓝色的墙裙。东墙中间摆放着小小的三屉桌，靠背椅；门对面靠西墙矗立着一个双门柜子，后面顶北墙是一张单人床。所有家具一律呈浅黄色，但油漆斑驳，估计应该与小屋年纪相仿吧？

当然，蓝色的小屋不仅仅因为它的墙裙。我的同事杨仲民，一位大哥哥级的老乡，写得一手好篆书，许是看我小屋墙壁过于素净吧？他为我抄写了一首《咏梅》词，贴在了东墙上。那隽秀的黑色小篆，雪白的宣纸，给我的小屋增色不少。凑巧的是，这字幅的边缘也是淡蓝色的！后来，一位当年的学生来信，感慨因为那幅小篆的启蒙，他从此喜欢上了书法，并把书画当成了自己终生的职业和事业，且在多地举行过多种规格的书画展。乍听说，有点出乎我的意料。细想，也合情理。人对事物的喜爱，以至发展到痴迷的程度，往往都是从不经意的接触开始的。

接着，我的小屋又多了两样东西：一条有着蓝色牡丹花图案的床单。那大大小小的花朵，攒聚在雪白床单的中间，深蓝与浅蓝自然地交织着，浓浓淡淡地晕染着，像极了丹青妙手笔下的国画。另一个是学校发的年历画。那画，其实是一帧摄影作品，褐色的遒劲的枝头上，开满了白玉兰。那花，有露着淡黄花蕊盛开的，有微微张开了花瓣的，还有几粒花苞，蜷伏在枝头，星星点点，隐隐约约。那花瓣，白里含着蛋清，几乎是透明的，就像玲珑剔透的美玉。更令人惊叹的是，花上还有滴滴晶莹的露珠，似乎在枝头、在花上慢慢地滚动着……这画，虽然不是蓝色的，但那如同床单的白底子、雪白的墙壁般的白，更烘托出了这小屋的蓝。十多年后的一个春末，我到南京参加会议，才第一次见到了真正的白玉兰！我盯着那高大的树冠，硕大的花朵，痴痴地看了很久，很久。如今，我居住的城市里也有了玉兰，而且不仅有白玉兰，还有粉玉兰和紫玉兰，但在我的内心深处，更喜欢的是白玉兰。究其缘由，应该与我的小屋有关。

小屋的门外是一丛丁香，几株高大的白杨树；稍远一些，青砖甬道的旁边是偌大的苹果园。春来馥郁的花香，夏至浓浓的绿荫，秋末金黄的落叶，都一股劲地往小屋里吹送着，飘漾着，使我的小屋在黄绿交错之中变幻着它那原本的蓝色。

沉浸在这安详的蓝色里，心也变得异常平静。学校有一个图书馆，据说它的藏书，在当时的华北地区也是屈指可数的。虽经动乱，丢失了不少，但也足够我在课余阅读了。我一摞摞地借来，阅读，归还，再一摞摞地借……宁静的午后，深夜，节假日，我就在这小屋一片蓝色的裹挟下，读雪莱，读莫里哀，读雨果，读巴尔扎克……在那一页页曼妙的字里行间，感受那遥远的年代里、遥远的蓝色天幕和蓝色大海尽头的伟大作家的伟大的灵魂。

冬天来了。每到中午，我的小屋就热闹起来。几位离家较远的学生带饭来校，小屋取暖用的铁炉子就成了他们热饭的地方。那时候，教室年久失修，门窗关闭不严，学生们上课是要挨冻的，尽管他们都穿了厚厚的棉衣裤。倘若第四节没课，我就回到小屋早早把炉火捅开，添加上黑亮的炭块；同学们到来时，再盖上烟筒猛抽一阵，工夫不大，蓝汪汪的火苗一下子呼呼地蹿得老高。待我从学校食堂回来，他们已经用餐完毕，屋里屋外也被收拾得十分整洁干净。可以看出，在温暖的小屋里，他们原本冷得黄白的脸色，又呈现了青春的光泽和红润。

后来，我离开了那所学校，离开了那间蓝色的小屋。当我再次回到那里，想去看望它时，它已经不存在了。与它一起消失的，还有屋外那一丛丁香，一排白杨，窄窄的青砖甬道和大片的苹果园。

前几天，这个班的学生组建了微信群，他们把我也拉了进去。大家在畅谈别后思念的同时，也提到了我的小屋。看来，这间平平常常的小屋，这些年并没有消失，包括它那蓝色的印记。

2015年12月11日　星期五

第四辑　瞬间思绪

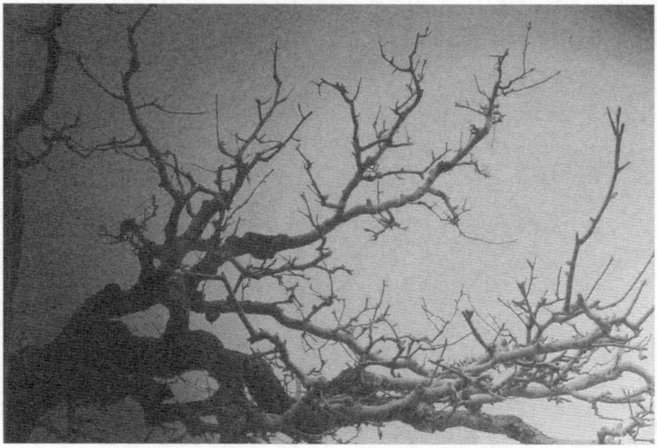

静谧之美

飞舞飘洒了一天一夜的大雪终于停息了。天没有放晴，却不阴暗，是那种柔柔的、清清的亮。那是晶莹的雪的功劳。城市失却了往日的喧嚣：胡同里小贩们张扬的叫卖声，马路上汽车争先恐后的鸣笛声，隔壁幼儿园孩子们朗朗的笑闹声，窗前那几只麻雀的叽叽喳喳声……都静谧得没有了一点声息。难道大雪是消音器吗？

隔着窗户望去，积雪的路面被打扫开了，却没有来往行走的人。楼前小小的草坪成了一张厚厚的白褥子，草坪中那株春季开满粉红色花朵、夏季点缀着零星果实、现如今树叶还没有完全脱落的小桃树，被厚厚的雪压着，披覆着长长的枝条，伶仃地站在冷风中。让人不由得生出些许怜惜：这年轻、稚嫩的生命怕冷吗？那赖以生长的泥土坚硬冰冷，一点温度都没有，这小桃树要经历几番严寒飞雪才能迎来春风啊！对面那一溜原本低矮的平房似乎比往日高了不少——原来是大雪给它盖上了厚厚的屋顶。穿插于几座楼房间的黑色高压线被冰雪包裹着，成了透亮的、有些臃肿的银色线条……一切都是那样幽静。这种幽静虽然比不上柳宗元《江雪》中呈现的意境，有“人踪”，无“万径”和“千山”，更没有辽阔的茫茫的大江，但却是平日里极难得到和碰到的啊！

窗外的雪景中突然闪动着一星红色，像一串红红的火苗在眼前跃动。定睛细看，是邻居刚上幼儿园的小姑娘。那跃动的红色是她头上鲜红的绒帽。她蹦蹦跳跳地走着，嘴里还哼哼唧唧地唱着。走到路边护栏前，她停住了。双手伸到衣服口袋里使劲地向外掏着什么。终于，她掏出了一个鼓鼓的塑料小包。小姑娘又左右张望了一阵，从雪堆旁拣起了一截木棒。她拿着木棒用力地将护栏平台上的雪推开一片，然后将塑料包打开来。居高临下，我看得明白，包里是米饭粒、肉片还有青菜叶。打开这些的同时，小姑娘清脆悦耳的“猫咪，猫咪”的喊声也响了起来。倏忽间，一黄一灰两只小猫从雪地上奔窜而来，随即跃上平台，贪婪地吞食起来。原来她是在喂猫呀！望着小姑娘圆圆的笑脸，和那两只边吃边撒欢的猫咪，我突然意识到，这三个原来早就是非常默契的“朋友”啦！

四周还是一片静谧，而眼前这幅和谐的图画更衬托出了雪后大地的美丽。

静谧中，忽然心里就生出一种莫名的感动，是那种久违了的、难能体验到的感动。恍惚间，爱尔兰小提琴曲《静谧之美》那空灵、润泽的乐曲声在耳边轻轻地响起。乐曲中，人似乎远离了纷扰的闹市，挣脱了冗繁而机械的劳作，轻轻地飘游到了幽静而美丽的山野，置身于澄净明媚的天光下，淙淙流动的溪水旁，听鸟雀啼鸣，嗅百花芳香，看一片娇嫩的树叶在微风中悠悠地飘落。凝神屏息，那山腰中缭绕的是牧羊人哼唱的古老而凄婉的情歌：

记得那天晚上在小路上，
第一次见到你，
第一眼就喜欢，
只是不便告诉你，
还想还想再见你，
多么不容易……

歌声中，心儿融化了，人也整个儿地沉醉了……

2009年11月11日

地域的节奏

多年前阅读易中天的《读城记》，看他从文化视角描述中国几个大城市：北京最大气、苏州最精致、拉萨最神秘、西安最古朴、厦门最温馨、成都最悠闲……觉得很有意思。想想，确实的，不仅是城市，地域的差别还造成了生活节奏的不同。

在一个地方生活久了，自然就习染了这里的节奏。我居住的城市太原非常古老，建于三千年前，曾经做过赵国的国都，也是唐高祖李渊和五代李存勖、石敬瑭、刘知远起兵发家的“龙兴之地”，所以又叫“龙城”。时移世易，如今，太原的生活节奏是不能与大都市相比的。不说别的，就说说人们走路的速度吧。尽管马路上人来车往，熙熙攘攘，但时髦的女士仍然可以一身摩登服装，脚着高跟皮鞋，或在人行道上，或在斑马线上款款迈步，不急不忙。她们的行动完全体现了这座城市的生活节奏。

退休后，常常到北京居住，尽管每次时间不长，却也体会到了大都市的别样速度。人们不分男女，无论老幼，走路都是那样匆匆忙忙，像永远在赶场似的。相应的，服装商场里最有卖点的，自然就是运动装、休闲装。如迪卡侬，专卖台湾产运动装，H&M店，也不例外。开阔庞大的商场里，人流如织，购买的热点，全在运动和休闲服装上。这些商家也真是选对了城市，在太原，运动服装大多只在专卖店里卖。前些年，城南的体育路还有很多家，慢慢地萎缩了下来，剩下的几家，生意也很不景气。在北京，偶尔也会到精品服装店走走，高跟鞋是几乎看不到的，一些中跟、低跟皮鞋，兀自站立在那里，冷冷清清，几乎无人问津。也难怪，城市太大了，不要说上班开车、坐车都需要至少一个小时，即使到菜市场，也需要拉上滑轮车，走很远很远；如果想把肉、蛋、菜都买得好而全，就须乘公交车坐好几站，到大卖场去。往返一趟下来，少说也要两小时！还要考虑预先准备早点呀，回来不能耽误做中饭呀。你说，在这样的节奏中生活，如果有人还要穿高跟鞋，对自己而言，是活受罪；在外人眼里，俨然就是个不合时宜的“另类”。从这点看，还是中小城市生活方便。我太原的房子，不高，楼下就有三家蔬菜店，虽然那菜的品种极少，新鲜度、光泽度远远不能与北京的相比，可是，买菜几乎不怎么耗费时间，偶尔会有炒菜锅端上火了，忽然发现葱没有了，拧小了火苗，吆喝家人下楼买两根回来，洗洗切切扔进锅，也还不算误事。

前些年到武汉的次数较多，印象最深的是公交车的速度，那车行驶起来风驰电掣，即使遇到急速转弯速度也不会减下来。那感觉，就像坐过山车似的，令人心惊肉跳。究其原因，还是城市太大了，三镇相连，翻山过江的，不快不行啊！行人倘若过马路，即使走斑马线，即使车辆极少，也都是急匆匆的，因为，那远远的刚刚看到影子的车辆刹那间就会飞到眼前来。有一次，我从武昌到汉口火车站，乘坐的公交车因为开得太快，把对面驶来的公交的后视镜撞掉了。心想，坏啦！这两人肯定要打口水仗了。人称湖北人“九头鸟”，性格暴躁，还有流传于全国的“宁听宁波人（也有说‘苏州人’）吵架，不听武汉人说话”的说法，这两人要真是争执起来，会不会耽误我们乘坐火车呢？不料，司机停车，“吧嗒”打开工具箱，拎了螺丝刀，开门下去，二话不说，“唰唰”几下把自己车上的镜子取掉，拧到了对面那辆车上。仅仅不到3分钟时间，就又上车，踩油门，鸣笛，急速地开走了。原来武汉人的性格还这样的豪爽！

大小城市的生活节奏，甚至还体现在人与人的交往上。到杭州去，与教研朋友聊天，没有多少嘘寒问暖的客套，讲的都是关键语。说完，道别，转身，迈步，甩胳膊，大步流星一眨眼就剩下远远的身影了。这里呢？火车都快要进站了，两位分别的人还要不断地寒暄呀，握手呀，嘱咐呀，“拜拜”呀，即使已经迈开步子了，也要三步一回头呀，拐弯处还必须要转过身来，频率极快地招手呀……还真是这样，一点儿都不夸张。

地域的节奏虽然各不相同，陌生的地方也常常会不适应，但还是应该到处走走的。因为在一个地方待久了，会产生审美疲劳；要想长久地保持一份好奇心，到不同的地域去看看，不失为一种好办法。

2015年10月19日

鸟雀不知心里事

虎年岁尾，一不留神就被病魔缠上了，尽管使尽浑身解数躲着、藏着，以至于撑着、挨着，最终还是被它逼进了医院。

20天！想不到在这小小的医院、小小的病房里，一待就是20天！而且，根据医嘱，必须多躺。能下地时，已经是十多天后的一个傍晚。

慢慢地移动无力而僵滞的双腿，倚靠在向北的唯一的窗口前：寒风早已剥落了小院中十多株泡桐的叶子，剩下扭扭曲曲的枝干在肃杀的劲风中摇动。昏黄的落日的余晖懒懒地穿过高高矮矮的楼房空隙洒落下来，与褐色的树干形成深深浅浅的交错。虽然也算是城市西郊的繁华地带，却没有城市惯常的喧嚣和嘈杂，除了病房走廊里的人声和走动声外，偶尔能听到远处的车辆丝丝缕缕的鸣笛声。真是个安静所在！忽然，这静谧的气氛被一阵鸟鸣声打破，几只鸟儿从淡淡的天幕上翩然飞来，接着是十几只，几十只，后来密密麻麻地达到了上百只，全都停落在小院里的泡桐树上——是喜鹊。这鸟儿是北方常见的，你看，它除了背部两侧和肚皮是白色的，大部分都是乌乌的黑。尾巴则是乌中泛绿，像涂上了油彩。看来，它们是把这泡桐树当作了夜里的栖息之地的。

记得经常下乡，每逢冬季或早春，看不到山崖上五颜六色的野花，没有浓绿的从眼前铺展到山脚的庄稼，望不见枝头累累的苹果、酥梨和红红的枣儿时，只能倚着车窗计数那疾速后移的大树上搭建的鸟窝，往往会数到上百个。那大大小小用树枝纵横交错编织的鸟窝，应该是喜鹊搭建的。燕子是候鸟，这个季节是看不到的，而且它是携来泥巴将巢筑在墙上的；麻雀的窝呢，大多在农家的屋檐下，只有一把麦秸或谷草做成；至于乌鸦，因为名声不大好，人们有些厌恶它，数量自然就少得可怜了。

可是，眼前的泡桐树上却一个鸟窝也没有。穿着厚厚的衣服，躲在烧着暖气的屋子里尚且感觉到了凉意，这小小的鸟儿栖息在光秃秃的树枝上，摇摆在猎猎的寒风中，要挨过这漫漫的严冬，需要一份多大的耐寒的能力！

夕阳的光晕渐渐消失，当夜幕真正降临时，喜鹊就没有了一点声息。想来它们白天飞翔、觅食，该是累了，在树枝上睡熟了。

在随后的日子里，每到傍晚，喜鹊还是照样飞来，还是叽叽喳喳地不停地叫。在疏疏落落的树枝上，聚集着，栖息着，像一簇簇黑色的小球。而整个的影像，在傍晚灰白色天宇的映衬下，又好似一幅色调和谐的水墨丹青。

这是一个晴朗的早晨。病情逐渐好转的我，早早地就倚靠在小小的窗口。眺望窗外，蓝蓝的天幕上飘浮着几朵轻纱般的白云。太阳升起来了，黄亮亮的光照射在楼顶上，照射在院子里，寒冷的空气似乎也增添了几分暖意。泡桐树上，成群的喜鹊不见了，只有零星的几只在树枝间飞来跃去；不久，又有几只飞走了，留下的仅有三只。大概厌烦了过于悠长而单调的病房生活吧？此刻，窗外蹦蹦跳跳的喜鹊完全吸引了我。我欣赏它们那黑白相间在阳光下泛着美丽光泽的羽毛，玩味它们充满了生命力的相互斗闹上下翻飞的姿态。看着看着，我发现，这三只喜鹊似乎是一家人：那雄健的最大的一只是爸爸吧？因为只有它在叽叽喳喳不停地叫着，其余的两只呢，就一直在绕着它飞，一会儿飞到高高的树梢，一会儿落在粗粗的枝杈；那只瘦长点的，应该是妈妈，因为它总在招呼着那只个头最小的。只要小喜鹊落到它旁边，它就会用尖尖的喙轻轻地啄它，像是表达柔柔的爱意，又像是替它梳理被树枝划乱的羽毛。有时候，大的两只会迅速飞到地面上，东刨刨，西找找，忽而停住了，好像得到了食物。这时，它们就一起仰头朝着小的鸣叫。而枝头的小喜鹊就倏的一声落下，也在地上刨起来，啄起来。

骤然间，我的眼睛模糊起来。惠子曾经问庄子：“子非鱼，安知鱼之乐?”面对眼前这融融泄泄的一家子，我知道，这喜鹊是快乐的，幸福的！它们如同人类一样，有深挚的情感。也会有爱情、亲情，懂得奉献母爱、父爱。它们还不缺乏友情，具有极强的团队精神，不然怎么能成百只地相依相伴呢？尽管它们能够凭借小小的身体适应各种环境，但人类，也真的应该关爱鸟类，理解和珍惜这大自然中的另一种生命。

院里的喜鹊还在不停地飞跃跳动，它们没有发现窗口的我，不会明白是它们牵动了我的思绪。它们以人为邻，以人为伴，人群聚集的地方往往都能寻觅到它们的影子，如同这小小的院子，窗里窗外，就相隔着这么一点点距离。可是，这鸟儿会理解人类吗？能懂得人类的情感吗？就像此刻，我能长久地注视着它们，想象着它们的情感和生活，可是它们却未必能理解我。它们不懂得人的一生中需要有很多的工作、琐事要去劳作，有错综复杂的人际关系要去应付；更不会明白人类除了物质需求之外，还会有被视之为高尚的人与人之间的心灵交往和精神追求。虽然这后一种，有时并不清晰，就像那朦朦胧胧的水汽，缥缈不定的云雾。可是，它却能激发人的才思，震撼人的灵魂，甚至能让人终生沉迷其中。这，该是人类和鸟儿的区别吧？因此，鸟雀不知人的心里事，也不会理解人类……

2010年1月23日

今晚碰到停电

很久没有停电，今晚碰到了。

摸着黑到抽屉里找蜡烛，记得有的，可是只找到几根买蛋糕时搭送的，细细的，软软的，根本不经用！凑着微光，急急忙忙洗涮罢，人就整个儿又沉到黑暗中了，无奈只好上床躺下。白天面对电脑坐了一天，此刻该是一个绝好的歇歇腰板的机会，但躺了一会儿，半点睡意也无，大概是平日养成的晚睡的习惯吧。正辗转反侧间，电话铃响了，是出版社朋友的。说单位，说稿子，说心情……足足用去40多分钟。平日里哪舍得用大把的时间聊天！可是，今天，在这静静的黑暗之中，没有了上班的辛劳和琐事的缠绕，什么事情也不能做，也不必去做，有一个能畅所欲言交流的人聊聊该是最好的选择了。

搁下电话，忽然忆起了许多与停电有关的往事。

初中时，上课不正常，停电倒成了最正常的事。每逢停电，晚自习不能上了，大家就轮流着讲故事来消磨这尚且无法进入睡眠的时间。故事主要来源于两个方面：书中读到的传奇故事，村里父辈们那里听来的，自然故事的主题和内容与时代极不相符。在那黑漆漆的夜晚，听那语调幽幽的奇奇怪怪神神鬼鬼的内容，本来就已经毛骨悚然，再加上偶尔随风传来的寺院高塔上风铎的叮当声，栖居于老树上的猫头鹰的狞笑声，那种恐怖感至今还清清楚楚。

回乡的几年，赶上了学大寨时代。口号是：一天三送饭，夜里加班干。深秋时节，庄稼收割了，小麦种上了，深翻土地的时刻到了。村子背山面水，土地大多在山上，晚上翻地时需要拉上电灯干，但也常常有停电的时候。这时一种手提的玻璃罩的马灯就用上了。翻地的标准是越深越好，平时都是三人一组干的，第一个把表层土翻到旁边，第二个用铁锹铲出浮土，第三个继续往深里翻。停电的时候就需要一人专门提马灯，第二个人铲了浮土，再往深里继续翻。虽然速度慢了，但漫山遍野闪闪烁烁不停移动的灯光，也煞是壮观！遗憾的是，土地年年深翻，庄稼产量却不见提高。上面下达的产量目标是首先过黄河（亩产500斤），然后跨长江（亩产600斤），但一直到我离开时仍然没有达到这个标准。现在想想，在只能种树不适宜种庄稼的山梁上种地，又年年深翻土地把熟土埋到下面，让庄稼在没有肥料的生土中长，哪里能够丰收！

八十年代初期，住在地委的单身职工楼上。说是单身楼，却有不少人拖家带口，每家门口一个蜂窝煤炉子，楼道就成了集体使用的大厨房。做饭时，油烟飘飘，五味荡荡，谁家炖肉了，哪家煎鱼了，都清清楚楚。相好的邻里，自然是互通有无；没有成家的年轻人，也短不了经常到邻居家享受美味。本来这样的集体应该是融融泄泄的，但就有那么几家图节省，常常偷偷地在家里使用电炉。仅仅为了照明而安装的保险不胜负荷，停电也就成了家常便饭。白天尚可，但夜里正兴兴头头地边吃饭边看电视，"哗"的一声没电了；即使不看电视，黑灯瞎火的，正常生活也受影响了。受害的人家开始还勉强忍着，但隔三差五地总是停电，也就顾不得斯文了。每每一停电，有人就在楼道里高声叫骂，喜好热闹的再火上浇油，混合着各种声调的男女声，高高的楼层里演绎了一曲抑扬顿挫的多声部轮唱……

在省城居住20年了，停电的情况极少，生活也按部就班地过，白天上班，晚饭一结束就开电脑，收发邮件，修改稿子，写写文章。与外界的联系开始是电话、手机，如今发展到更多的是网络邮件（不习惯QQ)。邮件联系有其方便处，但长篇大论漫无边际地聊就费劲了。时间久了，慢慢形成了简约的话语，亲朋至好也只是短短的通报行踪或相互问候，不像今夜，能够长长地打电话，静静地忆以往。这样看来，短暂的停电也该算个好事吧？

2012年3月2日

一则汽车告示语

几年前，省教学能手评比，有个年轻教师讲了《滕王阁序》。教师素养高，教学设计也颇有新意，由此引发了我们对课文艺术风格的热烈讨论。我说，自己初次阅读时，联系作者的身世和经历，感觉文中的“雁阵惊寒，声断衡阳之浦”很像是谶语，它与末尾的“胜地不常，盛筵难再”两句相照应，传达出作者生命即将终结，眼前好景难以复得的悲凉之意。因为，王勃在洪都（南昌）即兴吟诵了《滕王阁序》之后，到达交趾不久，就因渡海溺水，惊悸而死。年轻教师听后若有所思，半晌，才轻声说：“我倒没有看出这层意思，回头再好好想想。”三年后，这位教师来信说：“我想了几年，还是没有您的感觉。但我真心感谢您，因为您让我看到了真诚和平和。”我很喜欢这位教师，因为他的坚持和不逢迎。

想起上面一段旧事，缘于昨天看到的一则汽车上的告示语。这辆白色的小轿车，车尾上画着一只爬着的熊猫，告示语贴在熊猫头上："有本事从我头上过。"我思考了半天，这句话不外有几种意思：道路拥堵，我开不快，你在后面按喇叭也是徒劳；二是我是汽车，你也是，除非你变成飞机；三是你本事再大，走路也有个先后，这么多的车辆你肯定无法超越我。

车主的用意不错，但他的考虑还是欠妥，我认为（也许我仍然像阅读似的，有点想入非非吧）。因为，能从小车头上过的不仅是飞机，还可以是所有比它大的车辆，包括卡车、公交车、吉普车……凡超过五座的车都可以从它"头上过"。这里的"过"，当然不是"飞"，而是双方发生碰撞时，小车往往会被大车压在下面。这种惨烈的事故我们听说过许多，在公路上也遇到过许多。常常是大车车头、车身破损了，但司机和乘客会毫发无损；小车就惨了，有的车门整个掉下来了，有的车头钻到大车下面去了，有的车身完全扭曲，外露的只是一堆歪歪扭扭乱七八糟的零部件……人，是最不忍目睹的：轻点的倒在血泊中呻吟求救，重的瞬间就失去了宝贵的生命。前年国庆期间，我的一个同事的丈夫开小车出差，与卡车追尾而亡。同事骤然失去亲人，痛苦得呼天抢地，几度昏迷。大家也都为之落泪，伤心着一个年轻生命的逝去，哀叹着一个幸福美满的家庭不再完整！

所以，我觉得小车司机真不该使用"有本事从我头上过"的告示语，我从内心里真诚地替车主祝福和祈祷！祝他平安！祝他的车平安！更希望他能有所觉悟，敬畏语言，去掉这则告示语。以前人们说公共场合人多是“人满为患”，现在则是车太多，大小城市拥堵，各种道路难走，也完全称得上“车满为患”。在各种车辆充斥的道路上，车上可以有告示语，但使用者千万要考虑明白它的含义，万万不要使精心设计的告示语有负面的作用，甚或成为谶语！其实，小汽车上也有很多得体、有趣的告示语。比如“新车！新手！心慌慌！”这是提示人们：我刚刚学会开车，请大家关照我，别挤我，别催我。有个半旧的面包车更有意思，为“大修没钱，欢迎追尾。”意思明白晓畅：你要追尾，可要大大地掏腰包啊！

再回到开头的阅读。很多年前就完整地阅读过五遍《红楼梦》，但那时年纪小，参看的多是考据家的研究作品，如今把它当作纯粹的文学作品阅读，感觉就完全不一样了。就像蒋勋先生所说，《红楼梦》真是一部好书，一部奇书，一部让人终身阅读都不会感到厌烦的书。它让我们认识人生，认识人性，也让我们像品赏大餐似的，体会其艺术创造的崇高和精妙。《红楼梦》中塑造了很多活生生的个性鲜明的人物，我这里只想说林黛玉和贾宝玉。他们二人是有仙缘的：一个是补天未用的石头，一个是被他浇灌哺育过的仙草。因为前世的缘分而心心相印，息息相通。但却无法改变现世中“金玉良缘”的宿命，最终，宝玉误娶了宝钗，黛玉在绝望中泪尽。这两人命运的归宿，小说一直有暗示，最明显的是二人的话语，比如他们一闹别扭，黛玉就会说到“死”，而宝玉一听，马上回复：你死了我去当和尚。这样的话，常常出现，最终，也真的成了二人命运的预言，亦即谶语。除此之外，《红楼梦》中的很多诗词、灯谜也都是谶语，因为，它们都预示了十二钗的命运和归宿。我们可以说这些都是迷信，是作家艺术手法的运用；谶语也是迷信，所谓的“事后应验”很可能是碰巧了的。但生活中话语的使用还是应该谨慎的。不仅仅是汽车上那样醒目的告示语之类，也包括我们的日常用语。

2012年8月1日

小事不小

今天终于去了宜家商城。孩子们在北京，他们早就说过这里的好。

果然，商城里货物大方实用，快餐味美可口，且价格都很便宜。更重要的是他们的管理很大气，很人性化。比如用餐可以先注册成为会员，就可以免费享用各种冷饮及咖啡；儿童们在玩具处可以画画、钻帐篷、骑木马等等；卧室家具陈列间摆放着不同款式的床，上面铺好了厚厚的床垫，供人们亲自体验其舒适度。选好了商品，就装到商场提供的黄色大袋里，放到手推车上继续参观选购；这手推车有放货空间，也有儿童座位，那些带孩子的顾客，可以把抱着的、走路走累了、甚或到了商场兴奋地到处走动生怕丢失的孩子放在推车里。自然，购物结束了，正赶上饭点，把推车放在餐厅旁专门停放的区域，就可以放心大胆地享用美味了。

不过，愉快之余看到一些现象，心里就生出那么一点不愉快。先说餐厅里，上文讲到，凡宜家的会员都可以在用餐时喝免费饮料，前提是相关负责人给发放一只专用杯子。但只要稍稍留神，就能发现不少食客用的是自己带来的五花八门的杯子。无疑，他们并不是会员，免费喝饮料并没有得到相关人员的允许，也许，他们觉得自己也是宜家的顾客，凭什么不能与会员享受同等待遇！但是，既然人家有规则，我们为什么不能遵守？再细细看，也有不用餐的，不买货的，他们也在喝，不知是不是知道这里有此等好处，就大大方方地进来“揩油”了。还有，卧室家具陈列间，你能看到几乎每张床上都有人，或坐，或躺，甚至还有一家几口在那里酣睡的。那床垫，那枕头，也就皱巴巴的，油腻腻的。他们大概也认为自己是在体验床品的舒适度，但是，这种体验是否远远超过了极限？

由此联想到，近年来媒体频频曝光国人涉外旅游时的很多不文明表现：在文物古迹上刻写“×××到此一游”，在旅店大厅跳广场舞，在飞机上因为区区小事大打出手……

近处的，也不少，有几则印象颇深。虽然这些人表面上都有文化，不像上述之流“勇猛”。

比如：

1. 上班了迟迟不到，忽然来了电话：看韩剧呢，实在割舍不下。我还是先看着，有事通知一声好吗？——同事成了他（她）

秘书了。

2. 大型会议需要组织协调，可是，不行，正学开车呢，已经交钱了，已经学到半道了，已经被教练骂过几回了。至于单位那点事，我让给别人好了。——似乎是把好处送人了。

3. 外出开会，房间是要挑的，照射不到阳光不要；空间太小不住；不如同事的，怎么能行？一定要换过来！——家里难道一直住地窖不成？

…… ……

似乎都是小事。有那些大度的，不计较的，也就不吭声地由着他（她）了。久而久之，习惯了，这些人也就越发地“任性”了。人家正急着去办事，没注意他（她），“凭什么你不理我，拿我当空气吗？”让他（他）去做一些事，不思考，不主动，反反复复，絮絮叨叨，总也做不成，还说：“为什么把我当仆人？”既然如此，人家宁愿自己累一些，也不愿再给他（她）安排事情；不想，又有话了：“太霸道，啥也不愿让人插手。”……

综合上述种种，似乎都是小事，其实都也不小。一个人的品行及内在修养全通过自己的一言一行表现出来。时时处处只顾及自己，也就不会考虑别人；心里只想着个人利益，也就不懂得奉献和敬业。修身，明德，原本是重要的做人根本，舍此，就不是一个堂堂正正的大写的“人”。《围炉夜话》中说：“一行足以玷终身，故古人饬躬若璧，惟恐有瑕疵也。”意思是说，一次不谨慎的行为足够玷污一生清白，所以古人修身力求如同白璧，惟恐有一丝瑕疵和污点。因此，那些看起来似乎是小小的不合适的事，是否已经影响了一个人的声誉和清名？我敢说，如果不注意修身，别谈去干“治国”那般大事，怕是还会影响家庭，贻害子女，就连最起码的“齐家”也是做不到的。

2015年3月21日　星期六

你有微信吗?

现时，有手机的用户几乎都开通了微信。只要开通微信，通讯录中那些有了微信的，一下子就涌现出来，纷纷申请成为好友。这样，大家的交流就由电话、手机短信变成了微信短信、语音留言或视频交流。更有一些热心的，建立起一个个有特色的微信群，譬如：一个单位的、学科同仁的、大学同窗的、家庭成员的、健康养生的……一个群里的人，可以你一言我一语地聊，就像面对面似的。视频时更像是在一起，可以看到对方的一颦一笑、外貌衣着、居处环境等。那些亲人们分居两地的，交流问候也就非常非常地方便了。

除了用语言交流，人们在微信群里发得最多的是一些微信公众平台的内容，比如：由中国教育报刊社创办的“好老师”，在这里可以领略中国当代著名教师的教育思想，如朱永新、钱梦龙、吴非、魏书生等老师对教育的理解和做法；蔡可的“守望新课程”，会转载一些教育名家的文章，介绍一些学校的改革经验，也会引入一些值得思考的题目，引导阅读者探讨交流；“语文湿地”是一群致力于语文课改交流的老师轮流组文建立的交流平台，这里专栏灵活，内容活泼，有大师级文章的转载，有学生平日的习作练笔，也有教师的文学创作；“古典书城”给人们呈现的是古代典籍及诗词、小说、名瓷、名画等的赏析；“学术中国”和“明伦书院”会推荐年度好书和学术活动；“卡娃微卡”和“视觉志”则图文并茂，令人大开眼界。还有介绍生活知识的，如“教你扎头发”“教你穿衣搭配”“第一收藏”等。除此之外，我喜欢的还有“顺承传统文化”，这里的文章大多是当代中外名人的，较有思想内涵，且文化多元、观点多元，阅读中能给人以启迪，诱发人思考。

由于上述优点，微信注册用户年年呈上升趋势，通过百度搜索引擎，在“微信”一条中有如下表述：

> 截至2013年11月，注册用户量已经突破6亿，是亚洲地区最大用户群体的移动即时通讯软件。

一年多过去了，相信国内微信用户快发展到10亿了吧？人们交友，往往会问：你有微信吗？如果回答“有”，第二句跟着来的是“加我吧”。就我熟悉的人群看，除了孩子和老人，没有微信的已经很少了。

但是，微信也有不可忽视的弊端。

首先，它改变了人们的阅读方式，是一种浅层次的阅读。以前，纸质书籍是人们阅读的首选（虽然早就有了电子书），捧着一本装帧精美、内容引人的好书在家里坐着读、躺着读，到幽静的公园里沐浴着阳光，沉醉着微风，聆听着鸟鸣，静静地读，环境与心境自然地糅和在一起，能达到物我两忘的境界。悠闲了，可以用大块的时间读；忙碌起来，譬如外出，能在旅途中寻找碎片时间读。日积月累，也就从中不断获得益处：知识丰富了，思想深刻了，更重要的是，心灵找到了栖居之地。但是如今，这种阅读方式在很多人那里，已经被阅读微信代替了。殊不知，微信内容多，更新快，人们转发量极大，往往只能浏览式阅读，属于浅阅读。阅读之后，留在记忆中的极少，记住的，也大多是支离破碎的事件梗概。总担心，这样长期下去，在改变人们阅读方式的同时，也改变了人类几千年来赖以学习提高的阅读初衷。

再者，不少微信内容重复，编写粗疏，语言粗糙。一条消息，往往各大平台都转发，倘若题目相同还好，怕就怕小编运用灵感，贴上一个诱人的标签，把人误导进去，最终只能兴奋点进，失望退出；有的题目与内文不符，比如看到一个名为《昨天北京传出的两则笑话，速看!》，内文却讲述的是一个“发生在四五十年前的小故事”，令人哭笑不得；更有不少微信语言上问题极多，错字、病句比比皆是，无形中影响了语言的规范化和纯洁性。

还有，很多人喜欢把平日生活拍成视频传到微信上，有好友聚会的，有调侃搞笑的，有生日庆典的……倘若只在熟悉的人群中传播还好，不小心被有心机的人拿到微博上展示，很可能要出大问题。

当然，相信经过努力，微信的内容会精致起来，一些编写上的问题也会逐步得到改正。

2015年4月18日　星期六

胡同口

胡同口真是热闹!

胡同面临大街，前些年，整日可见熙熙攘攘、川流不息的人流，嘀嘀鸣叫、呼啸而过的各式车辆。早晚高峰或中午时段，上下班的人们、上下学的学生，更把道路填塞得满满当当。

两年前，大街扩建，临街的店面拆除，机动车、自行车和行人各得其所，道路一下子宽敞了许多。特别是胡同口东西侧的人行道扩建后，以往坑坑洼洼的路面变得非常平整。走在上面，心情都会愉悦很多。远远近近的人们就在上面来来往往，拉着孩童散步的，牵着小狗溜达的。夜幕降临时分，更有那些身着休闲和运动衣裤的人们，在上面慢跑的，快走的，三三两两结伴边走边聊的……毕竟，这一段离公园稍远一些，胡同口的这条人行道也就具备了休闲锻炼的功能。

可是，好景不长——

有一天，胡同口的人行道上忽然多了一辆三轮车，车上摆放着寿阳小香酸。不明白吧？就是一种芥菜丝、芥菜叶加了汤汁的酸菜。来来往往的人们就停下来看看，问问，价格不贵，尝尝吧，下手买了。这三轮车从此以后无论早晚就停在这里了。接着，三轮车旁又多了一个玻璃鱼缸，嚯！那缸里着实还放养着几十条五颜六色的小鱼。孩童们路过，会蹲下指指点点，有那喜爱的，就缠了大人买两条，用塑料袋连水装了，蹦蹦跶跶地走了。这鱼缸有了市场，也就兴兴头头地摆在那里了。夏天到了，瓜果上市了。那忻州的香瓜，五台的大白杏，以往没有见过、外表有些像西葫芦的大脆瓜，都热热闹闹地挤到了人行道上。甚至还有撑起来的长长的晾衣竿，上面挂满了一件件五颜六色的衣服。原来是廉价货，也在招徕顾客呢。

傍晚，胡同口更是热闹——烧烤摊子开张了。烤鱿鱼的，烤羊肉串的，还有卖各种炸串的，东边一簇，西边一堆，几乎把胡同口封住了。炉子点着火，烟就浓浓地冒了起来，无风时直冲云霄，有风时就横刺里飘着，路过的人们只好凝神屏息，一溜小跑，穿过烟幕后再做深呼吸。夜夜如此。烧烤摊子旁，支一张黑黑油油的烂桌子，那喜欢吃烧烤的帅男靓女就不管不顾地坐下，就着一扎一扎冒着泡泡的啤酒，一串一串地吃。待夜深人散火息，遍地的纸屑和烧烤棍子。时间久了，原本深灰色、赭红色、淡青色水泥砖块组合成花纹的路面，就被那烧烤的油污涂满了，成了一块一块的黑色、土黄色的斑点，油腻腻的，黏糊糊的。

忽然就想起了城管。回忆一下，似乎很久很久都见不到他们了。大概城市一直在修建，市领导的精力集中在新的工程上吧？再就是，这些年城管的负面消息过多，他们管理市容的积极性也受到影响了吧？否则，为什么新修的干干净净、平平整整的道路，就任由不守规矩的小贩们作践呢？清理道路的人也有，早晨，常常看到几个身着橘黄色环卫服的工人，拿了扫把在清扫。不过，他们也只是扫去了纸屑和烧烤棍子，那一片片油斑，就只能狗皮膏药似地贴在路面上了。

想到了龙应台的那篇《中国人，你为什么不生气》。她在文中恨恨地说：

> 我看见摊贩占据着你家的骑楼，在那儿烧火洗锅，使走廊垢上一层厚厚的油污，腐臭的菜叶塞在墙角。半夜里，吃客喝酒猜拳作乐，吵得鸡犬不宁。
>
> 你为什么不生气？你为什么不跟他说“滚蛋”？
>
> 哎呀！不敢呀！这些摊贩都是流氓，会动刀子的。
>
> 那么为什么不找警察呢？
>
> 警察跟摊贩相熟，报了也没有用；到时候若曝了光，那才真惹祸上门了。

所以呢？

所以忍呀！反正中国人讲忍耐！你耸耸肩、摇摇头！

还真是！胡同口来来往往的人很多，真没见有人责问白天摆摊的，夜晚卖烧烤的。即使他们为了生意，也已经严重影响了交通，影响了人们的正常出行。也许人们是在忍，更可能的是人们已经习惯了，习惯了诸多的不合理现象，也就见怪不怪了。

有一天，写此文的我在胡同口遇到了尴尬。我从胡同里往大街上走，正要踏上人行道，忽然发现道路全被摊贩占满了。因为走得急，几乎撞上了摊贩。忙乱之中，就往自行车道上拐，不小心还有一个台阶，一脚踩空，几乎摔倒。就在这时，一辆高声放着《小苹果》音乐的电动车从身旁呼啸而过，把我狠狠吓了一跳。后怕和恼怒的同时，我回头埋怨地盯了小贩一眼，随口说了句："你们摆得人都不能走路啦！"谁知几个小贩马上回话："哼哼！难道你摔倒了，还要赖上我们不成？"我不愿和他们理论了，因为，在他们眼里，我已经成了彭宇案里的南京老太了。

2015年7月12日　星期日

万紫千红才是春

孙女该上幼儿园了。

幼儿园不难找，居住的小区、旁边的小区都有。私立，收费高。但是，近，接送方便得很。究竟该去哪一所？先实地看看吧。有一所我们吃了闭门羹，把门的大爷说：规定，外人一律不许进！另一所，进去了，还有人导引我们从教室看到操场。教室里，几个中班的孩子在喝水，坐着，每人面前一个模样相同的大瓷缸。他们静静地看着陌生的我们，目光里几乎读不出任何内容，不像我的孙女，蹦蹦跳跳地，甚至走到他们身边去翻看桌上的书。那书，极少，旧旧的，脏脏的。走出来，心里好沉重。这些孩子们的活泼劲儿，跑到哪里啦！

4月30日，即“国际不打小孩日”，这天，央视播出一则新闻：北京朝阳区某幼儿园发生了老师打小孩事件，全班所有孩子挨了打，不少人腿上软组织损伤，留下了块块淤青。看视频，原来老师要求这些三四岁的孩子必须遵守她的规定，坐好，站直，不说话，长记性……曾经见过一幅图片，上面一群着装统一的服刑犯人，解说：按时起床，定点吃饭，认真看书学习。三四岁的孩子尚属幼童，正是天真活泼的年龄，如果都能严格执行那位老师的要求，岂不成了图片上的那些人？

这所幼儿园被曝光，引起社会轰动，相信经过整顿，各地幼儿园管理和教育的状况会有所改善。但是，其他教育机构和部门呢？譬如一些中小学一般不会出现打学生事件，可是，教育思想则与这所幼儿园并无二致。为了整齐划一，学生们统一着装（一般都鼓鼓囊囊。过去，认为女孩子初中时最丑，现在想想，原来是校服的功劳）。这，属于外在，尚不重要，关键是教师的教学。不知是哪一层领导的意旨，一所学校必须有统一的课堂教学模式，不论学科，不管年龄，一律按照某领导的规定模式教学。比如，搞学案教学，就必须所有教师都忙忙乱乱地编学案，无论是从网上、从教辅书上、从别人的教学设计上，或搬来，或改造来，都必须有。老师们叫苦连天，领导总充耳不闻。有年龄和胆量都大点儿的，不计划当也不一定轮得上提个中层的（虽然没有工资待遇，却好听），就去找领导协商。这领导呢？你来我办公室说什么都可以，唯独这模式不能讨论，不能修改，否则，立马变脸，且会甩出硬邦邦的一句话：“你纯粹是反对课改！”更有甚者，为了统一教学模式，有的学校规定派专人和学生一起给教师打分，一节45分钟的课，设定了差不多100个项目，每项1分，只要教师的教学省略了某一项，或不符合某项要求，就扣1分！我更奇怪，背负这样多的条条框框，教师的课怎样上？在这样的课堂上，学生能全身心地开展自主、合作活动，进行认真学习吗？

看过一篇写裘盛戎的文章，他是京剧艺术大师，演花脸。他的演技极高，达到了粗豪和妩媚的辩证统一。这，应该是他的艺术模式吧？但他却不固守这一模式，比如在香港告别演出时，突然把剧中唱了多年的音调提高了八度，连跟着他拉了一辈子胡琴的师傅都感到意外。但是，效果却出奇的好！他有腿病，就不拘成法地扬长避短，把《盗御马》的踢腿改成了大跨步。台下一片掌声，很美！他亮相时，髯口甩到哪边也没有准谱，今天甩到左边，明天甩到右边，观众说：怪！甭管甩到哪边，都挺好看！这才是真正的艺术！不拘一格，顺心随性，目标只有一个：演好戏。教学也不例外，再好的模式，总有它的局限性，更不能凭借长官意志，让所有学科、所有老师都囿于其中。

下面是汪曾祺先生的一段话，他谈小说结构，我看着，也像是在谈课堂教学。

> 结构无定式。我曾经写过一篇谈小说的文章，说结

构的精义是：随便。林斤澜很不满意，说："我讲了一辈子结构，你却说'随便'！"我后来补充了几个字："苦心经营的随便。"林斤澜说："这还差不多。"我是不赞成把小说的结构规定出若干公式的：平行结构、交叉结构、攒珠式结构、橘瓣式结构……我认为多少篇小说就有多少种结构方法……一篇小说的结构是这篇小说所表现的生活所决定的。生活的样式，就是小说的样式。

——（摘自汪曾祺《思想·语言·结构》）

说得多好！一节课的教学方法也是由多种因素决定的，有学生的因素，有学科的因素，有教师自身风格和爱好的因素，有教学时间和环境的因素，也有不同文本内容的因素，等等。哪里能够硬性规定一种特定的模式呢？我总认为，模式发展到一定阶段，就会僵死，不仅提高不了教学效率，还会成为沉沉地压在教师身上的枷锁，最终，只能影响学生的学，教师的教，甚至戕害学生的思维和心灵！

前段时间到景山公园看郁金香，大部分园里栽的是一个品种，要么全黄，要么都红，也有的全粉，只有一处小园例外，这里集中了多种品种和多种色彩。这些挺立于肥肥嫩嫩的绿叶上的花朵，婀娜多姿，亭亭玉立，异彩纷呈，像极了一个个活泼可爱又个性张扬的人。

演戏不能被套式捆绑，小说应该有灵动的结构，花儿也须多姿多彩，万紫千红，才能打扮出一个生机勃发的春天。教学的方式方法，难道就应该例外吗？

2014年5月3日

不妨坐坐“冷板凳”

退休几个月了，好像外面一些人还不知道，邮箱里常常接到不同地方、不同单位发来的通知，大多是各种竞赛活动，要求替他们转发；有的甚至不断打来电话，话说得相当好听，态度也极其热情，强调他们会议的重要呀，有利于促进教育改革呀，能有效提高教师素质呀，一定多发动老师们参会呀，您只要能来，一应费用我们全部承担呀，等等。以前，这些通知我会让单位转发，因为人家都说是“全国活动”，所以应该让我们的老师参加一下，学习学习，长长见识。当然，这类活动我一概不参加。试想，每年十多次，每次四五天，如果参会，我的教研工作还怎么干？后来，慢慢发现，也不尽然，一些通知明显目的不太纯正，无非是想扩大他们期刊或报纸的影响，且能收取一定的会务费。这样，转发通知时，我就谨慎起来，往往会斟酌半天，筛选半天，认为会议确实比较正规的，内容安排有利于教师成长的，才发下去。

尽管这样，还是有不少问题。这不，有老师刚刚从南边参加一项赛事回来，和我聊了很久。他费尽周折地和校长请了假，和同事换了课，万里迢迢、满腔热情地去参会，并且参赛时观众呼声很高，但最终，他落选了。他说：不管成绩如何吧，只是感觉组织者太盲目，无计划，事先不控制报名人数，以至于竞赛时中午不休息，能一口气从下午赛到晚饭后；评委选择也不公平，大多是当地的老师。最让人想不通的是，组织单位的领导人不尊重参赛教师，几乎每一位教师讲完，他都要慷慨激昂地评说一番。而他的话，也大多是从主观判断出发，对教师不分青红皂白地批评一通！

他的话让我很难过，替他，也替参会的老师们。后悔不该把这样的通知转发下去，否则，老师们就不会经受这番身体和心灵上的折磨了！

除了省外的活动，省内的竞赛也不少。按说，同等级别的部门该相互商量一下，或者上级主管部门协调一下，免得活动太多，干扰正常教学，相互撞车，相互影响。但事实上，各部门往往各行其是，这下可苦了下面的教研室和学校，更苦了参加活动的教师。有一位十分年轻的山区初中老师，前一段到市里讲课，如果过关，可以被推荐到省里参赛。我听过她几次课，她的课堂很有特点，往往设计几个有价值的问题，让学生在研习文本的基础上，进行层层深入的思考和探究，从而使学生的整体素养在有效的语文活动中逐步得到提高。但是，面对连续多天听课的评委，她的方法就显得有些繁琐。最终，她落选了。虽然，她来信说，从中学到了很多。但直到如今，我也不明白，她究竟学到了什么。

写这篇文章时，忽然想到了下面一则史实：

1957年4月，北京大学举办“历史问题讲座”，范文澜应翦伯赞和历史系学生邀请，去讲第一讲。他在报告中说：“我经常勉励研究所的同志们下‘二冷’的决心。一冷是坐冷板凳，二冷是吃冷猪肉（从前封建社会某人道德高尚，死后可以入孔庙，坐于廊庑之下，分些冷猪肉吃）。意思就是劝同志们要苦苦干、慢慢来。一个做学问的人，有这样的决心，下这样的功夫，如果真有成绩的话，总会有人来承认你，请你去吃冷猪肉，何必汲汲于当前的名利呢！我这样说，可能不合时宜。但是，我愿意提出我的建议。”（摘自《北京大学学报》1957年第2期《历史研究中的几个问题》）“冷猪肉”的原意是指过去只有大学问家和德高望重的人才有资格在文庙的廊庑间占有一席之地，分享祭孔的冷猪肉。范文澜借此勉励后学，做学问不能着急，要持之以恒，坐得住冷板凳，才有可能有所作为；而如果确有成绩，早晚会得到社会承认。后来史学家韩儒林概括范文澜的言行，送他一副对联：“板凳宁坐十年冷，文章不写半句空。”据说，范文澜非常喜欢，并以之为座右铭。

时代不同了，能够心无旁骛地坐“冷板凳”的人已经很少，但是，我在这里还想劝劝老师们，那些没有多少价值的竞赛活动，不参加也罢。尽管一些荣誉称号是对自己能力的承认，而且，当今社会，有些用人单位也往往只看头衔，不看实际。但是，一个人的能力不能仅仅靠一次竞赛获得，需要长期的积淀，即要具有坐“冷板凳”的精神和勇气，能耐得住寂寞，这样的人，最终才能真正吃到“冷猪肉”。

其实，敢于坐“冷板凳”的人很多，不说那些名声很大的，也不列举距离我们年代或地域遥远的。阳泉三中的郗晓波老师，按照他的实力，评特级教师、甚至教授，都应该绰绰有余，但他不屑于把精力花在这些事情上，当然也不愿为此而接纳好心人的忠告，到相关人物那里“意思意思”，因此，直到退休，也就只是一个正常人都能够得到的职称——中学高级教师。还有太原市的宋晓民老师，他甚至连高级教师都不愿参评，认为太麻烦，太误事，太浪费时间。他就那样自在地生活着，辛勤地工作着，阅读着，思考着，写作着。这两位老师，虽然头上没有令人羡慕的光环，但凡是接触和了解他们的人，都十分佩服他们深厚的知识积淀和学养。作为一名真正的教师，这，就足够了。

因此，还是题目那句话，我们不妨也坐坐“冷板凳”。

2014年10月25日

我不是一棵大树

有年轻的老师来信，说到省里开会，看不到我了，“像是再也没有大树底下好乘凉的感觉了”。这话，让我感动，更令我惭愧。因为，从始至终，我都不是一棵大树。如果真要用树来比，如今的我，应该说是一棵孱弱的老树吧？虽然我好喜欢大树，也一直想成为一个具有大树般品格的人。

我没有大树的力量。大树经历过千番磨难，万种艰辛，那深深地扎在地下的屈曲盘旋的根须，支撑起了它高大的躯干；那黑褐色的铁一般的躯干就在原野，在山头，在沙漠，挺挺地直立，对抗着呼啸的风，抵挡着猛烈的雨，承受着寒冷的霜与雪。我喜欢大树，更敬佩大树，但是，我终于做不成一棵大树。面对许许多多应该去做的事情，我虽然尽心了，努力了，却因为方方面面的原因，不仅无法做好，甚至根本就不能去做。譬如，前些年，各种会议很少，一年一次的学科会议，其目的都在提高教师的综合素养上，且收费极低，筹划得当，会场上讲课的，听课的，研讨的，融融泄泄，欢聚一堂。直到如今，仍然有老师兴奋地谈起那些活动，那活动中收获的点点滴滴……后来，会议逐渐多了起来，但是以前那种内容的会议却几乎没有了，会议大多冠之以“评价”主题，其实，说白了，就是如何应对各种门类的考试，如中考、高考、学业水平考试或模块测评考试。曾试图通过专业学会的形式开展活动，因为有一大批热心学会工作的优秀教师出谋划策，有不少满腔热忱无私奉献的校长支持，也确实开了几次受到老师们赞扬的会议，但是，要想继续做下去，却碰到了许许多多的阻力，仅仅凭借热情，已经远远不够。

我缺乏大树的韧劲。在恶劣的自然境况下，大树的枝可能折断，大树的干可以弯曲，但是，只要根不死，它仍然会努力蓄积力量，一旦气候适宜，马上就会春风吹又绿了。在新疆广袤无垠的沙漠之中，我见过大片的桀骜不驯昂首长天的胡杨；在晋北贫瘠的盐碱地上，也多次见到那裸露在荒野中，被狂风扭曲了身子，却仍然倔强挺立的小老杨；更不用说那些在城市，在乡间，已经生长了几千年的松柏和国槐，它们中，有的粗大的躯干已经被虫子蛀空，干枯的树枝似乎没有了生命的迹象，但细细留神，那大树的根部，正孕育着一簇簇新枝，这油绿的树枝，正是大树倔强而有韧性的生命的延续。面对这些大树，我每每浮想联翩，心怀感动。可是，遇到一些不好的事，一些做错事的人，我则缺乏了大树般的坚持和韧劲。比如，全省范围的考试，明明知道有明显的错误，却仅仅点到即止，不愿想方设法地通过多种渠道表达自己的看法；有些上级决策，明显具有片面性，也只是在会议上提几次，至于人家是不是听进去了，是不是修正得完善了，则不想再去过问。

我常常想，如果我是一棵大树，我愿意伸展繁茂的枝叶，为老师们撑起一片宁静的天空。可是，我不是。所以，有的业务能力很强的老师，只能看着他们辛勤耕耘，默默奉献，一点也得不到应有的待遇和尊重；有的上进心极强的年轻教师，自己出差旅费，甚至花钱打出租车，长驱几百里，仅仅为了来参加我们的会议，而我，除了感动和说几句劝慰的话，再也无法给他以任何的帮助；有的老师，教学能力、研究能力都很强，但我却只有推荐的权利，无法让他们调入他们能够胜任和发挥专长的单位。

…… ……

记得小孙女第一次自主讲故事，只有两句话："从前，有一棵大树，树上有个老奶奶。"这看起来没有逻辑的话，让我笑了，也让我陷入了沉思。是的，我可能是那个故事里面的老奶奶，且不管她是怎样爬到了树上，但是，凭借她的年龄和精力，也只能在上面呼喊几声，看看风景罢了。

平凡的日子

平凡的日子，平平常常地过。

早晨——

春来不是读书天，特别是春困烦扰的早晨。但是，这几天忽然喜欢上了纳兰词，翻开，吟诵：

人生若只如初见，何事秋风悲画扇。

谁念西风独自凉，萧萧黄叶闭疏窗，沉思往事立残阳。

山一程，水一程，身向榆关那畔行，夜深千帐灯。

…… ……

那词句中挥洒的自然纯真，婉丽凄清，格高韵远的情致，令人心动，启人遐思，难怪当时及后世那么多大家都对其给予了极高的评价。就连国学大师王国维都赞他“北宋以来，一人而已”。由来感叹：生长在那般“花柳繁华地，温柔富贵乡”，他却没有养成一般阔少的纨绔张扬，更没有继承权倾一时的父亲——

纳兰明珠身上狡诈贪贿的特点。他只是浸泡在父亲为他提供的浩如烟海的书卷中，孜孜不倦地苦读，海阔天空地想象，由此孕育出了他超凡脱俗的气质、聪敏大气的心性，最终谱写出了锦绣绝代的好辞章。忽然想到：如今，官员贪贿不得功过相抵，但是明珠的功劳却不应抹杀，仅凭一点：他给中国文学史上留下了一位绝世奇才。

上午——

去医院开药，听说小白去世了。医生说得很轻，但我的心却像被重物猛烈地击打过，沉沉得半天缓不过神来。小白是我去年五月短暂住院时的病友，河西玻璃瓶厂的会计，我在那篇《郝美云》的文章里提到过她。她四十来岁，高高瘦瘦的身材，极其精干。三天里，经营着一个建材公司的丈夫一直陪着她，对她呵护备至。看得出他们夫妇关系极好，背地里，小白说：老公真是一个好老公！小白犯病时，就朝着丈夫发脾气，丈夫只是一味地陪着笑脸，想方设法地哄着她。我问她，会说腿疼，脚踝扭伤了。这次才知道她患癌，那疼痛源自肿瘤压迫了神经。那种痛，应该是痛彻心扉吧？难怪她忍不住。她有一个十分可爱的女儿，正上高一，在她手机屏幕上看到过。

可是，她却抛下了美好的家庭、美好的年龄，走了。人生，就是这般的无常。

傍晚——

小院里有了春的气息，树绿了，粉红的桃花含苞待放，一棵枝丫婆娑的连翘黄灿灿地盛开着。两个女孩子，上衣红艳艳的，在院子里跑跳，逗闹。一位中年女子（许是其中一位孩子的妈妈吧）让女孩并排站在花下，她要给她们拍摄。眼前，红黄映衬，分外艳丽，我也忍不住打开了手机。定神瞧，哦，左边的女孩正换牙呢，看那小嘴豁齿的。忙喊了声："闭住嘴，再来一张！"

然后，她们的形象就成了我照片中的样子：右边的女孩弯了九十度的腰，抬头张望左边女孩；左边的女孩则使劲地抿着嘴，以至于把嘴噘得很高。真逗！

晚上——

被侄子们邀请，参加大嫂的生日聚会。还真是聚会，虽然在一个城市里居住，然而城南城北，日常各自忙碌，一年也见不了几次。一大家子围坐在一起，天南地北地海聊，热热闹闹，融融泄泄，这场景，不多；这气氛，难得。吃饭倒成了其次。快八十高龄的大嫂，被子女们、亲人们围绕着，祝福着，脸上满满地都是幸福。

夜深了，躺下，随意翻翻手机。微信上一个个群都在热闹着：探讨教育的，研究养生的，老同学相互问候祝福的。几个大网站在发布消息：

海南的博鳌正举行论坛，会上，记者忽然发现日本首相安倍晋三睡着了。

湖南卫视《我是歌手》第三季总决赛，直播中，孙楠突然宣布退赛，主持人汪涵情急救场，其冷静的表现，睿智的话语，彻底征服了观众。网友直呼：今晚的“歌王”应该授予汪涵！

德国之翼4U9525航班副驾驶安德烈亚斯·卢比茨患有抑郁症，涉嫌蓄意坠机。……

困倦袭来，关灯。

2015年4月1日　星期三

遗　忘

当春天到来的时候
我们攀越上高高的山岗
默默地寻找那
曾经盛开着野丁香的地方

葱郁的松柏树的浓荫处
仍然飘着昔日的馨香
纯洁的白　浓郁的紫
都在烂漫而幽静地开放

可是　随着流逝的时光
花儿璀璨　花香轻漾
赏花的我们　终将被遗忘
还有那　昔日的欢乐与悲伤

但愿流逝的岁月里
能留下几首小小的诗
伴随一抹淡淡的斜阳

2014年2月6日

歌　手

虽然你赖以栖居的土地上很难找到绿洲，
沉寂的荒原，污浊的泥潭，湮灭了久远的脚步，
你却一直唱着圣洁的歌啊，高贵的歌手。

柔美善良的歌声里，娇艳的玫瑰正含苞待放，
浑厚激越的旋律中，美丽的思想在凌空飞翔，
这是你先驱者一般的胸怀啊，永远憧憬的美好前方。

你的歌声是用心血谱就的崇高诗章，
吸引着无数跋涉者驻足聆听，仰首瞻望，
你呐喊着：我们并肩前行吧，不要再犹豫彷徨！

你在荒原上滴洒的鲜血已幻化为一盏明亮的灯，
璀璨的光芒啊，照彻了污浊，也唤醒了涌动的生命，

用心聆听吧，封冻的大地上正爆响着渐行渐近的雷声！

再莫要慨叹“寂寞者依旧寂寞”吧，歌手，
巍巍高山，汤汤流水，琴弦绝不会孤独地鸣奏！

2009年3月29日

第五辑　行走世间

水乡那一抹深蓝

走入乌镇，是一个细雨霏霏凉爽宜人的夏日。

撑着雨伞，踩着石板路，迈步在窄窄的街巷，仿佛进入迷离的梦境：那白墙黛瓦高低错落的房屋，那橹声欸乃静静流淌的小河，那舒展着拱形的臂膀牵挽着两岸人家的桥梁，还有比肩而立装饰古朴的店铺、馆舍，汇成了一幅巨大的水墨丹青，在眼前由近及远地铺展开来。来自四方的游人，自然而然地成了画中一个个移动的小点，在西栅到东栅幽深的小巷里，在极具特色的江南木雕馆、余榴梁古钱币馆、三寸金莲馆，还有那古老的乌镇邮局、乌镇囡囡间游走。我猜想，当年来自北方的白居易肯定是被江南的风光深深地吸引了，才写出了那篇著名的词作《忆江南》。而此刻置身于乌镇的我，虽然没有

看到“日出江花红胜火，春来江水绿如蓝”的美景，却深深地陶醉于那浓缩的厚重的江南文化中……

辗转之间，我来到了久闻大名的宏源泰染坊。我惊讶地看到，偌大的庭院中，上百匹各种图案的蓝印花布悬挂在高高的竹竿上，像一面面蓝色的旌幡高高飘扬，又仿佛一波波蔚蓝的海浪上下翻腾。看着眼前的情景，我忽然想起，这里是蓝印花布之乡啊，难怪有这么大的气势！看那图案，有曲折灵动的波纹样的，有立体感极强的菱形格子的，有大大小小的圆形自然组合的，更多的则像木刻，似剪纸，如刺绣，赛绘画。而我还真真切切地从中找到了丰子恺那极具生活情调的漫画：描摹华瞻小时候用两把芭蕉扇当脚踏车的《瞻瞻的车——脚踏车》；勾勒着一碟樱桃、两叶芭蕉的《红了樱桃，绿了芭蕉》；还有一幅更有意思，画面上有高矮不同的三个孩子，其中一个女孩蒙着盖头，一个男孩戴着礼帽。旁注三句诙谐的话：“软软新娘子，瞻瞻新官人，宝姊姊做媒人。”这又让我大大地赞

叹设计师的选材了！丰子恺是著名的漫画家，家乡是毗邻乌镇的石门镇。将家乡的名人字画引入古老的印染艺术，真可谓是匠心独运，相得益彰了。这次本来就设想着先到乌镇，然后再到石门镇的缘缘堂寻访丰子恺，出乎意料，却在这古老的染坊里提前欣赏了他的作品。

染坊门脸的店铺中是琳琅满目的蓝印花布制品。在我的记忆中，蓝印花布的主要用途就是制作服装。我见过乡间妇女身上用白色或红色布条镶了领口和袖口的中式大襟袄，见过城里身段窈窕的女孩子那宽袖上衣或俊俏的旗袍，再就是孩子们的围腰和兜肚之类，实在想不到蓝印花布还能做成各式各样的实用的或工艺类的物品。你看那不同花色组合而成的床上用品，多么清新自然。我敢说，放到大商场，完全可以使那些大红大紫富贵俗艳的床品黯然失色；再看那印着梅兰竹菊的四条屏，倘若买来悬挂，肯定会给厅堂平添几多的清雅；还有那点缀着各种花草和小动物图案的桌布、台布，象征幸福喜庆的双鱼，各种形制的背包和手提包，一字带的方口布鞋，俏气的遮阳帽……用同行兼导游老叶的话讲："只有你想不到的，没有他们做不到的。"

眼前的情景，引发了我的推想：蓝印花布的印染工艺几千年前就有了吧？荀子的名言"青，取之于蓝，而青于蓝"可以作证；民间流传的故事可以作证："染仙"梅福和葛洪先教人种植蓼蓝，然后又亲自传授了坑中泡兰草、加石灰和酒使之沉淀为染料的技术。史书记载，明清时候，制作蓝印花布的染坊遍及各地，尤以山东、河南、江浙等地的著名。到了近代，随着国外印染技术的引入，蓝印花布的制作逐渐退居到了江苏的南通、浙江的桐乡和乌镇一代。在近一个世纪的岁月中，这些染坊固守着一份宁静，默默地书写和推演着这一民间工艺的历史。就像此刻，行走于乌镇的街衢，蓝印花布会时不时地闯入我的眼帘。且不说那专门销售蓝印花布面料和工艺品的店铺，即使在居民的木门小屋内，在经营其他商品的店面中，你都会寻觅到它的影子。人们或用它做厅堂与内室的隔断，或把它覆盖在其他物品上作点缀，更有那众多的水乡女子，着一身裁剪得体的蓝印花布衣服，袅袅婷婷地行走在石板小路上，那纯真朴素的蓝、白与水乡的天光波影相映衬，是那般的清新、和谐与自然。

著名作家孙犁曾在他的散文《黄鹂》中写道：“各种事物都有它的极致。虎啸深山，鱼游潭底，驼走大漠，雁排长空，这就是它们的极致。”而蓝印花布能够在水乡展现其生命力，并彰显极致，大概也得益于它赖以生存的环境和空间吧？试想，在北方那广袤的荒漠，无垠的草原，大风凛冽的黄土高坡上，是不大适合穿蓝印花布的，因为其背景太阳刚。只有迷蒙的水乡、窄窄的石板路和弯弯的小桥，才能长久地守候这一抹宁静的蓝色。

我还推想，人们喜欢蓝印花布，也不仅仅是因为它有着悠久的历史和精湛的印染工艺吧？更深层的原因应该是它那朴素、鲜明而又和谐的蓝白之色。因为它除了能带给人视觉上美的享受之外，更让人的心灵体验到了一种莫大的愉悦：是那种在烦嚣的俗世中渴望得到的一份恬适和自然，是一种由热烈归于平淡的纯粹与轻松，是一抹看似简单却蕴含着无限活力的生命的真实感。如同人们喜爱蔚蓝的大海、辽阔的蓝天，收藏朴拙的明代青花瓷，品尝饰以淡雅青花图案的瓷瓶老酒一样，这平凡而又不平凡的蓝印花布，承载了一种人们说不清道不明的精神追求的情结啊！

告别乌镇的时候，得知宏源泰染坊与上海世博会结缘了。世博会开幕时，50万把蓝印花布团扇展现在了游客的面前。可以想象，世博会的现代感和蓝印花布的古典美相结合，将会给人带来一种典雅的艺术的美感，而蓝印花布也会借此迈出国门，并最终融入世界。

2010年6月14日

我从草原走过

阅读李存葆的《呼伦贝尔记忆》，忽然想起自己的记忆里也有呼伦贝尔的，虽然仅仅是对海拉尔鄂温克草原浅浅的一瞥，却让心里今生今世永远地记住了它。朋友说他的心里有草原和群山，生长于太行山上，与群山日日为伴，并不觉得稀罕；而草原，却是只有在这里才与之相识、相聚并沉淀到心里的。

盘点以前对草原的印象，也只有在新疆和青海见过。当年，我曾抱了满满的希望走近它，想尽情欣赏它“天苍苍，野茫茫，风吹草低见牛羊”的迷人景色，然而，换来的却是大大的失望！草，稀稀拉拉，连灰黄的地皮也遮挡不住。唯一让人想念的，是天山牧场那个只有五六岁的哈萨克族小男孩，他抱着一只浑身雪白的小羊羔，怯怯地望着我们，用有点生硬的汉语央告着：“和我的小羊照张相吧！”

今年夏天，隶属于呼伦贝尔的鄂温克草原终于把一望无垠的绿色呈现到我的面前。在绿色的裹挟下，大大小小的湖泊湿地，

像草原的眼睛一般清澈而明亮；成群的牛羊、骆驼，就在这水草丰美的环境中，悠闲自得地吃草、漫步，沐浴着初秋金色的阳光。更令人震撼的，是那无边无际的草原上数不清的草捆，它们大小均匀，整齐地排列着，从眼前一直延伸到天边。那情状，像战士，像哨兵，充满了豪迈的气势。

傍晚时分，好客的身着蒙古袍的牧人骑着马来迎接我们，并向我们敬献了哈达和米酒。接着，又把我们请到蒙古包中，热情地款待我们。在这里，我们品尝了刚刚宰杀的肥羊做成的手把肉，喝到了新鲜的骆驼奶，还有他们酿制的甘醇的米酒、香甜的

奶茶……当然，更少不了那只有蒙古人才能唱出的嘹亮高亢的歌。

离开了海拉尔，还在想念那一望无际的草原，记得导游说“海拉尔”在蒙古语中的意思为“野韭菜”。因为它辖区内的草原，凡最翠绿之地，必然长有茎肥叶厚的野韭菜。它们比肩争头，密密相连。每当盛夏时节，白花绽放，连接成一片白色的花的海洋。这里的牛羊因为常食野韭菜之肥厚的枝叶，雪白的花朵，因此，其肉不膻不腻，香味馥郁。忽然，想起了腾格尔的歌曲《天堂》：

蓝蓝的天空
清清的湖水　哎耶
绿绿的草原
这是我的家　哎耶
奔驰的骏马
洁白的羊群　哎耶
还有你姑娘
这是我的家　哎耶
我爱你　我的家
我的家　我的天堂

是啊，我没能欣赏呼伦贝尔草原繁花似锦的春，吐翡铺翠的夏，冰雕玉砌的冬，就是对莽莽苍苍的秋也只是匆匆走过，但却感受到了那草原的美，正如心中向往的幸福的天堂。

2013年10月6日

村里那些四合院

离家久了，免不了会常常想念。想念那靠山面水的古老村落，蜿蜒曲折足有三里多长的街衢，还有那一处处建于明清年间的砖木结构的四合院，养育了世世代代乡人的宽宽深深的沁河，更有那淳朴憨厚的故乡人……

今年的清明节，我终于回到了几年不见的家乡。

与亲人相逢的喜悦过后，就想在村里走走。村口照样是高大的牌楼，街道依旧是宽敞通达，沿街挺立的二层小楼一幢挨着一幢，还有修葺一新的成汤庙，设施齐全的幼儿园……但我最想看到的是那些四合院的老房子。听说，有个退休的老教师热心于研究四合院的历史，查阅了很多资料后确定了它们修建的年代——他真是做了一件功德无量的事！

从村东向西，我没有走宽阔的大道，只是沿着旧街走，四合院都在这里。

记得小时候，老院子几乎都是按照居住人的姓氏命名的，比如姓马人家的院子，就叫马家院，姓李的便是李家院。也有按照特点和方位叫的，比如高家的院门口台阶很高，就叫高家圪台院；栗姓的房子在村后面，叫栗家后；杨家的在赵家的后面，叫杨家后院。也有一个大家族聚居的，整整一个胡同里全是一个姓，就有了王家胡同和许家胡同。当然也有按照当时的功能叫的，如绣楼院，据说是清代一家大商人专给自家小姐修建的院落；还有油坊、煎饼铺之类。

图一　建于明清的李家院

图二　绣楼院

图三　幽深的王家胡同

只有一处大院子例外，叫新院，也是所有四合院中最大、最好的一个。这是一座两进的院子，从西边的大门进去，是前院，经过厅房的南侧，进入后院。每进的北边都是正房，相对的是南房，还有东西厢房和四面角落的耳房。新院建筑最漂亮的是它的二层楼，四面都有出沿很宽的木头楼道和雕花围栏，上面被宽宽的房檐遮着，晴天不晒，雨天不淋。看它的建筑格局和木雕制作，其年代绝不在其他院落之后，之所以叫“新院”，大概是与它以前的院子相比较而言吧？我熟悉它，是因为离我家最近，也是我小时候常常玩耍的地方。我喜欢厅房前面宽宽的光滑的青石台阶，几个小朋友在上面抓子玩（用瓦片磨成圆圆的枣子般大小的五个子，按照规则抛起、接住地玩，谁接得多，谁是赢家），一点也不怕擦伤手。有时候，也玩捉迷藏，楼上楼下地藏躲和寻找，也蛮有意思的。

图四　新院（一）

图五　新院（二）

我小学毕业时，正赶上“文化大革命”，招生不正常了，初中的录取通知一直到11月才下达，整整的一个夏天和秋天里，我就在生产队劳动。生产队没有库房，都是借用老百姓的房子用，新院的二楼又大又干燥，自然就成了粮食和棉花最理想的储藏之地。粮食收回来还要在打麦场上晾晒和去壳，干燥后再归仓，棉花却是每天要直接送到楼上的。这样，收摘棉花的日子里，我几乎每天都要到新院两趟。再后来我家人口多了，房子不够住了，二哥结婚的婚房和侄子出生的地方也选在了新院。

王家胡同里的几处四合院，所有住户都不姓王。小时候听父母讲，这里原是一家经营油坊的王姓大财主的院子，土改时挨斗，房子也全部分给了穷人。眼前的王家胡同像当年一样幽深静谧，但胡同口的一处四合院已经坍塌了。记得这个院子的西厢房是一家李姓的人居住，户主人称歪脑袋拴成，他新中国成立前是雇农，游手好闲，最热衷的是盗墓挖坟，土改时批斗地主特别积极，也因此分得了住房。他的脑袋所以歪，还有一个故事。他性格暴躁，和人讲不了几句话就发火骂人，谁和他理论，他就拿脑袋去撞人家。村人知道他无赖，不愿和他计较，就都远远地躲着他。有一次，他和摆渡的杨大伯发生争执，又用头去顶撞，杨大伯顺势用胳肢窝夹住他，用力扭了几下，他的头从此就歪了。歪脑袋拴成早就去世了，他似乎没有子嗣，大概是没人经营院子吧？要不怎么就坍塌了呢？

许家胡同口也有一处四合院，厚厚的圆形木门上了锁，不知道是否还有人居住。

村梢头的马家院和李家院大门敞着，却寂然无声。推门进去，悄悄地拍照，又静静地离开了。

我慢慢地踱到村西口，官桥院的将军堆还在，老柏树一如以往虬枝伸展着，粗大的根须在砂石上裸露着，刚刚泛绿的针叶被夕阳的余晖染成了暗黄。但我却知道，村里的老院子正像老北京的胡同一样，虽然是村子历史的见证，却不得不慢慢地消失，最终被时间的烟尘埋没。

2012年4月12日

大街上的国槐

前些年，我国各大城市开始评选市树。因为市树既是一个城市繁荣昌盛的象征，也是一个城市风范品格的代表，市树与一般树木相比，具有更多的人文价值和文化价值。可以说市树就是一个城市的名片。热闹的评选过后有了结果：沈阳是油松，武汉是水杉，长沙是香樟，福州是榕树，海口为椰子树……只有一点不明白，去过几次南京，记忆深刻的是马路两旁整齐排列、高大挺拔的法国梧桐，不知为什么这里的市树竟然选择了雪松！

太原的市树是国槐。可以说，国槐为有着2500年历史的龙城作市树，该是当之无愧的。婀娜的垂柳，虽然“柳巷”都因其得名，但却有点娇柔，在雨雪稀少、冬季漫长的北方，它给人印象最多的是萎缩和伶仃。五一路和坝陵街的行道树是银杏，却毕竟只是那么一两片，在街道纵横的城市中，就显得形单影只，不成气候。只有国槐，几乎每条街道上都有，而且时不时地还会冒出一株、两株的古槐，虽然不知道其年龄，但只要瞅瞅那两人才能合抱得来的树身，苍劲挺拔的虬枝，几乎能覆盖宽宽的马路的庞大的树冠，就该明白，它们该是这古老城市的古老市民！

图一　柳巷北口老槐

图二　文瀛公园西门老槐

图三　湖边老槐

图四　三墙路老槐

国槐，树龄一般可达千年以上。一百年的树龄可以称为古树，而三百年以上的树龄就是珍稀古树了。古树是活的文物，是历史的见证。在山西的民间，对古树的崇拜十分普遍，古树常常被认为是神灵附着之地，那些高大茂盛、粗壮古老、形状怪异的树，更是带有某种神秘色彩，被迷信的人们崇拜、祭祀。即便是在进入21世纪的太原市，这种崇拜仍然存在。所以，在太原街头，我们常常会看到，不少古槐的树干上缠绕着条条缕缕的红布，树下供奉着各式各样的祭品。

一个周末，我背着相机到街头拍古槐，4个小时之内，仅仅在东缉虎营、北肖墙、五一路和柳巷北口一带就拍摄到了十多株！它们都是珍稀古槐，有的树龄已近两千年，短的也有数百年。没有拍摄到的还有很多，下元的王家古槐是迎泽西大街的一景，傍晚时分，站在迎泽桥上西望，有苍茫的西山作背景，古槐的枝杈如烟雾，似梦幻，似乎要把人们的思绪牵引到那被岁月尘封的古老年代。

除了市区，在风景如画的晋祠，有最古老的隋槐和唐槐；在巍峨的天龙山，有最粗壮的古槐。听说，太原城西南20里的赤桥村有一棵古槐，与古槐相连的还有一段优美的古代忠义的故事。相传春秋战国时，晋国卿士智伯的家臣豫让为替主人报仇，潜伏在石桥下行刺赵襄子，未遂，自刎而死。为纪念豫让的忠义，这座石桥改名为豫让桥。宋朝时，宋太祖为开凿卧虎山，使民工血流成河，又改为赤桥村。我们回顾这段历史，只是想说明，如此古老的村庄，那桥边的国槐也该是最古老的吧。

上世纪70年代初，我来到太原读书。从乡村到城市，总有一段融入的过程。想起来，还是那到处可见的国槐让人熟悉，记得第一次在狄村看到那倚墙站立的古槐（相传是唐朝武则天时的宰相狄仁杰的母亲亲手种植）时，一下子联想到了村口那棵被村民年年当作神灵般供奉的老槐，无形之中有了回归故园之感。想来人生真是没法参透，本来当年毕业是离开了太原的，先在晋东南的一个城市工作，后来又辗转到了晋北，整整20年后，又回到了这国槐茂盛的常常能引起乡情乡思的地方。

植树节期间，想到了上面这些。看看窗外挺立在早春寒风中的国槐，仍然是光秃秃的枝干。再过半个月，清明时节，嫩绿的叶片就该冒出来了。随后，就该观它淡黄的花，嗅它浓烈的香，享受它如盖的绿荫了。

2012年3月24日

广场上的夏夜

夏日，晚饭后总想出去走走。家里闷热，无心做事。

散步的地方原本有几个。东边的杏花岭体育场。高高的看台下，平坦的跑道，宽阔的田径场地。除举行各类赛事，市民尽可以在其中随意活动。可是，体育场几年前被开发商买了地皮，盖起了成片的商品房，成了高楼林立的住宅区。南边的文瀛公园也不错：绿波荡漾的湖水，闪着青光的石板路，遒劲的老槐和杂花，空气明显地湿润；踱进去，温度似乎一下子就降低了。但是，今年以来，却不大想去了。因为，进入公园须经过喧闹的市场，熙熙攘攘的人流和车流，嘈杂的商贩叫卖声，让人心烦乱，消蚀了穿越的兴趣。北边呢？临近医院，建筑密集。只好往西走。

府东街最西端的省政府对面有个广场，中间是平整的方砖地面，四围有五颜六色的月季和玫瑰花圃，假山高低参差错落，树下有长条座椅。面积不大，差强人意的是有几分宁静。

大概是周末吧？广场上的人明显多了起来。有绕着椭圆形的边缘悠闲地散步的，有围成一圈兴致勃勃地踢毽子的。几个上了年纪的老人在高谈阔论，议题是国事和天下事。那位穿了军服的，嗓门亮极了，他在怀旧，似乎谈的是长征。年轻情侣则选择了树荫下的长椅，亲密依偎着，窃窃私语。

最热闹的永远是小孩子，他们大呼小叫着，成群结伙地在广场上追逐嬉戏。孩子们玩得最多的一项运动是滑旱冰。他们脚蹬旱冰鞋，在光滑的地面上疾速滑动，或在上下两块场地相连的缓坡上反复冲击。小男孩显示出勇敢的本性，嘴里还喊着什么，像是给自己加油似的；小女孩则略显文雅，滑动的速度也相对慢一些；胆小的、不大熟练的，还戴着头盔、护膝和护腕。小一些的孩子，在学骑自行车，那车子，和大人们骑的不同，既小且低，后轮外侧加两个小轮保持平衡。最有意思的是一个女孩子，大约两岁左右吧？她手里托着个小小的红色玩具汽车，蹒跚地走到一个光滑的小坡上，用力将汽车推了下去，然后侧着耳朵静静地听它滑动的唰唰声，定定地看着它晃晃悠悠地溜到坡底，再摇摇摆摆地走下去捡起来，又一次爬到坡上去推，乐此不疲。广场中央，有个男孩与众不同，他右手握着一根鞭子，先往身后晃动着胳膊发力，再猛然向空中抽动鞭子，只听“啪”的一声，清脆的声音在广场上空响起。他的玩法渐渐吸引了滑旱冰的、骑自行车的甚至那个玩小汽车的女孩，但谁也不敢招惹那飞舞的鞭梢，只是站在远处静静地看，默默地听，那神情，似羡慕，又像胆怯。我忽然有些想笑，那鞭子，不就是乡下牧羊孩子用的吗？他们大概不会想到，乡野间的玩意儿还会在城里露脸吧？

不由想起了在乡下度过的童年：星斗满天的夏夜，孩子们在打谷场上玩的游戏热烈而单调，只有老鹰抓小鸡、丢手绢等，有时也会把飞舞在空中的萤火虫捉来，装在南瓜叶的空管中，当手电筒玩。累了，就躺在苇席上，在沁河水流哗哗的伴奏下，听大人们讲乡间代代流传的古老故事。与星星和天空有关的，无非是牛郎织女呀，二郎神劈山救母呀，孙悟空偷吃蟠桃呀；和乡村有关的，十分类似风水先生的话，比如：咱们村子三里长呢，从青山崖山顶看，像条龙呢。本来村里该出个皇帝的，可是大跃进那些年，开渠引水，把龙脉断了。有时候也会听到《聊斋》中的鬼狐和乡间的迷信故事。虽然变化不多，但在幽静的夜晚听讲，自然会深深地吸引孩子们。因为那些故事，会让人时而神往，时而兴奋，有时又会产生深深的恐惧。那时候物质生活非常的贫乏，当然也不会有如今城市孩子们的各种玩具，可是，那静谧的夜，湛蓝的天，听故事的惬意，以及空气中弥漫的甜甜的泥土和庄稼的气息，却是如今的城市所没有的。城市的夜晚，在各种灯光的辉映下，即使天气晴朗，也看不清闪烁的星星。再比如眼前的小广场，紧邻府东街，那来往车辆的鸣笛声，丝丝缕缕漂漾过来的汽车尾气，总会无形中影响人们的嗅觉和听觉，让人不由得生出一份不自在。

该回去了。忽然发现，广场上除了大人，怎么多是学龄前儿童呢？很想独立的中学生不说，小学低年级的孩子怎么也不见呢？在这闷热的城市的夜晚，他们去了哪里？这一带不至于没有他们可以放松和娱乐的天地吧？他们是不是被关在家里写日日不间断的作业，或者是被家长们督促着到课外辅导班上课了呢？可怜的孩子们！

2011年7月7日

火车上

外出，总免不了常常与火车打交道。毕竟，比之汽车，它准点得多，安全得多。还有：行动要自由得多。这后一点，连飞机也无法企及。

当然，坐火车也会有烦心事。熙熙攘攘一车厢人，年龄不同，职业各异，性格悬殊，南来北往地聚集在一起，说好听点，是缘分。确实，火车上也会遇到投缘的人，聊得痛快，还互相帮衬。不过，这样的情况少有。一般都是你看报，他睡觉，现在则改成玩手机，或用平板电脑看电影、电视，各自沉默不语，除非有伙伴的。我多次在车上见过一伙一伙的人聚在一起打扑克，他们玩升级，玩拱猪，玩着玩着，有的人脸上就沾满了长长短短、花花绿绿的纸条——这一定是输家！加之逗笑吵嚷，真是热闹得天翻地覆！我的脑子在玩扑克上永远不开窍，即使同事、朋友结伙出门，这扑克圈里也从来不会有我。

打发这漫长的乘车时间，我一般会采取两种做法：倘若平日劳累，睡眠不足，我会躺在铺位上沉沉入睡——我有这个自控能力，不受环境干扰。是啊，上了火车，该做的不能做了，该写的写不得了，该应酬的人也离开了，一下子心清气静，轻松异常，平日欠下的觉可以理直气壮地补上了；当然更多的是睡不着，打发光阴的办法就是看书。出门前，已经挑好了的，书的厚薄根据乘车的长短计，一般会在下车前基本读完。龙应台的《目送》、张宗子的《一池疏影落寒花》、蒋勋的《美，看不见的竞争力》，熊培云的《自由在高处》等，都成了我旅途中忠实又贴心的旅伴——因为心绪宁静，那文字也就如细雨般丝丝沁入心田，慢慢地溢开去，霎时，全身像被一股淡淡的甜、一缕幽幽的香裹挟着，浸润着。车厢的嘈杂渐渐远去，还有那流转的逝去的时光。

当然也有被干扰的时候。正看书，身着乘务员服装的小贩吆喝着过来了。他面无表情边走边高声地叫卖，推着的货车或筐子在狭窄的过道里碰着你，挤着你。面对这种境况，再有定力也会把持不住呢！想想这些年，我还真从火车小贩的手里买过东西。儿子继承了父亲，脚趾朝上翘，袜子总不经穿，冬天厚厚的棉袜穿不了几日，夏天薄款的有时一天都坚持不下来。忽然，看到了小贩卖的那种，真结实呀，左拉右撑不脱丝，还拿一根长长的铁锥子从上到下地划拉着，又挑又戳，结果袜子毫发无损！看得我眼花了，心动了。买！掏出30元钱一下子买了6双。到家第二天，就命令父子立马穿上，心想，看你们的脚有多厉害，能比锥子还锋利吗？谁知，仅仅一天，两人一个样，脚趾处都开了大洞！后来，还买过不用充电只需反复摇晃就能照亮的手电筒、多功能手机充电宝……都是用不了多久就坏了。发誓，以后在火车上再不买东西！

这样沉静地过了几年，任凭小贩招摇呐喊，终于毅然决然，再不购买他们的货物。当然，除了餐车服务员推来的水果食物。我尤其喜欢那刚刚爆好的玉米花，热乎乎的，蓬蓬松松，加了黄黄的奶油，花10元钱买一包，搁在小桌板上，一边看书，一边吃爆米花，那份惬意，那种舒适，真真正正是一种莫大的享受呢！

这次到南边出差，又坐火车。在上铺躺着把一本书看完，想下来舒展一下筋骨，正巧遇到了小贩。他提着货筐，不紧不慢地挨着车厢叫卖。本来还一直记取教训的，也不知怎么神差鬼使地，突然看到他在卖韩国产的777牌指甲刀具，那一套工具不少呢，有大小两个指甲剪，还有锉子、镊子、小剪子等，齐齐整整地排列在有拉锁的匣子里。想想，家里那套777的指甲刀具用了多年，仍然好用，该再有一套备用的，出门带着也很方便。动心了，就开始与小贩攀谈，问他是否是真正的777牌，小贩回答："真的呀！有商标呢。"听他的话，信誓旦旦的，不会有假吧？旁边一位小伙子也动了心："阿姨，咱俩一人买一套吧？让他便宜些。”以前吃过亏，总还不大放心，又看看那商标，是韩国字，中间清晰地有“777”的字样。最终，自然买下了。

小贩走了。高兴买到了自己心仪的东西，打开再看看吧。咦？怎么商标掉下来了？啊呀！原来是胶水粘上去的，胶水也不是好胶水，滑滑的，腻腻的，擦不掉，洗不净。再细细端详，那最后一个“7”字怎么变成了“1”呢？我惊奇不已，小伙子也忙验证他的。自然，一个样子。我不由后悔起来，怎么又上当了呢？怎么又在火车上买东西呢？继而又想，谁让他们在火车上卖假货呢？如果没人过问，该有多少人像我一样，继续吃亏上当啊！

2013年9月18日

唯恐春深花睡去，忙浴轻寒探海棠

春的到来总是脚步极慢，那步履真不是朱自清笔下“像小姑娘”“像健壮的青年”，反而有点蹒跚的样子。这不，纷纷细雨的清明已经过去，天空仍然是阴阴的，空气依旧是冷冷的，院里的连翘盛开了，花朵却似乎有点畏寒怕冷，四个花瓣也不像以前那般舒展，瑟缩着，团曲着，让人心底不由得滋生出一丝爱怜。

突然想起，每年的这个季节，公园的海棠花应该盛开了，特别是文瀛公园东南角的那几树贴梗海棠，几乎每年都会给我带来无限欢乐。还有，公园西门口笔直挺立的一簇西府海棠，也是很值得观赏的美好景致。担心春渐渐深，花期在不经意之间过去，尽管知道拍摄效果不会太好，还是急匆匆地浴着轻寒出门了。

还好，行走间，云渐渐散去，淡黄的阳光终于洒落在空中，尽管天幕也只是淡淡的蓝。毕竟，天晴了。

进得公园东门，眼前一大片榆叶梅正艳艳地开着，粉红色的花朵攒集在一起，把枝干包裹得严严的，不留半丝儿空隙；那枝干也就变成了一束束粉红的火把，横里竖里地伸展着。路南的假山上，则是一片雪白，花朵不大，一团一团的，柔柔弱弱的或斜倚着枝干，或垂垂地挂在那里。刚刚从一篇文章里学会了辨别樱花、桃花、杏花、梨花和李花，走近了瞧，那伸展的花瓣，每瓣中央都有一个小小的缺口，原来这是白色的樱花。不过，我的兴趣不在这里。

继续南行。穿过枝条婆娑的绿柳，跨越游船如织的湖面，终于看到了海棠！就是那年年与我相会的贴梗海棠。果然，那红红

的花已经绽放，一朵朵，一簇簇地贴着枝干盛开着。这花，被油绿绿的嫩叶簇拥着，被黄澄澄的花蕊点缀着，色彩是那般的娇艳和秀美！细细端详花瓣，虽然极薄，却一瓣瓣平平展展，像融化了的蜡汁在模子里铸就，大小十分均匀，又有那么一种硬硬的质感，让人不由得生出一种小心，不敢挨它、动它，生怕一不小心会把它碰碎了似的。我就这样静静地站在它的旁边，静静地观赏，静静地拍摄，静静地任由时光慢慢地流淌。一枝花横刺里伸展着，背景是一面青砖般的石墙。忽然感觉眼前就是一幅画，一张素白的纸上被人蘸足了浓浓的颜料，晕染出朵朵的红海棠；那朵花瓣上怎么有了黄绿色？哦，原来是飘落的一粒柳絮，不偏不倚地正好落在花瓣上，这红就接纳了这绿，红与绿簇拥着，在褐色枝头静静地沐浴着春阳。想起苏轼的《海棠》诗：

东风袅袅泛崇光，
香雾空蒙月转廊。
只恐夜深花睡去，
故烧高烛照红妆。

诗中的“海棠”虽然是唐明皇对杨贵妃的爱称，但眼前这娇艳无比的海棠却也实实在在当得赞美的。

西府海棠同贴梗海棠相比，不仅名字不同，就连树冠和花的颜色也截然两样。它高高地挺立着，枝条却绿绿的分外柔嫩；繁盛的花朵呈现淡粉色，一丛丛的花骨朵却红红的，在浓绿的树叶间星星点点地掩藏着。难怪元好问在《同儿辈赋未开海棠》诗中如此描述：

枝间新绿一重重，
小蕾深藏数点红。
爱惜芳心莫轻吐，
且教桃李闹春风。

诗歌的末尾一句也很对，在北方，海棠的名声远远比不过桃李。前些年，在这个省会城市里，我也是仅仅在公园里见到过。不过，今年有些不一样，一些新拓宽的马路边，海棠也加入了行道树的行列。虽然都是新栽的树，枝叶不大繁茂，花朵也还稀少，但是，它毕竟给城市增加了色彩，这色彩传达出了生的希望，美的韵致。随着轻寒退去，公园里，道路旁，海棠的花将会开得更红、更艳、更靓丽。

2015年4月8日　星期三

五月芍药更娇艳

月初在迎泽公园赏牡丹时，有一个意外的发现，芍药枝头缀满了花骨朵！看来，不久就该绽放了。想想今年，赏郁金香和牡丹都耽误了时令，这次无论如何不能再辜负这芍药花了。

周末兴冲冲前往，果然芍药花正热热闹闹地盛开。虽然没有牡丹花株多，但眼前已然是姹紫嫣红的一大片，每朵花的花瓣都密密的，厚厚的，花朵自然也是大大的，重重的，在枝头娇艳地展现着，绽放着，热闹着；吸引得来来往往的游人赞叹着，惊喜着，拍摄着。我真切地感到，这芍药的美丽一点也不逊于牡丹，甚至超越了牡丹！也可能是我连年错过时日，没有欣赏到最美丽的牡丹吧？

眼前的景致使我想起北宋秦观的《春日》诗：“一夕轻雷落万丝，霁光浮瓦碧参差。有情芍药含春泪，无力蔷薇卧晓枝。”诗人为我们摹写的是春天雨后的清晨：小小庭院，轻轻地笼着一层薄雾，春光明媚，碧瓦晶莹；芍药带雨含泪，脉脉含情，蔷薇静卧枝蔓，娇艳妩媚。这里有近景有远景，有动有静，有情有姿，随意点染，参差错落。整首诗歌运思绵密，描摹传神，独具一种清新、婉丽的韵味，十分惹人喜爱。不过，我眼前的芍药花却不是在春季盛开，因为，如今已是炎热的夏天。也难怪，秦观是江苏高邮人，江南的节令自然比我们这里要早很多。还有，他的芍药生长在庭院里，虽然不会像公园里这样多，但芍药与蔷薇相媲美，参差错落，含香竞放，真够得上诗情画意。难怪诗人写出这样极有韵致的诗句！

记得小时候，我根本分不清芍药和牡丹，总觉得这两种花，花叶形状相似，花朵也无法区别，所以，村东于大叔养了满院的芍药，村里人都称为月季牡丹，我自然也是这样叫。知道这种花叫芍药，还是我工作后到了忻州师范。花圃里牡丹先开花，接着就是芍药。我奇怪，两种一样的花为什么不同时开放？园丁赵师傅才教我：先开的是牡丹，为木本植物；后开的是芍药，为草本植物——原来两种花是这样区别的！村里人也爱养花，一般是好养活的，像菊花、石榴花、凤仙花、地雷花（我们那里叫“坐锅花”，因为这种花每天在人们准备做晚饭的时候开放，因此，南方人又叫它晚饭花），还有夹竹桃、无花果等。满院种植芍药，而且花朵那样大，那样香的，也只有于大叔一家。所以，每年五月，芍药盛开之时，于大叔的院子里总少不了前来看花和要花之人。且慢，不要奇怪。那时的村里人就是这样，不懂得爱护花草，觉得花好看，就张口向主人要，回家插到玻璃瓶里，添了水供着。虽然每天都要换新鲜水，却也养不了多久就萎谢了。我当时想不明白，于大叔肯定是喜欢花的，要不，他不会年年花费工夫种大片的芍药花。可是，为什么那么多人向于大叔要花，他都笑笑地答应，用剪刀剪下一朵带着两片叶子的花送人呢？他该是懂得人缘重要的吧？想来，这花也真是帮了他的忙。

宗璞散文《紫藤萝瀑布》，也写到那不正常岁月里的藤萝花，不过那花与人的命运相连接，人遭遇了不幸，花也由稀落伶仃到干脆一朵也不愿开放了。而于大叔的花即使在那种年代，也年年盛开着，芬芳着，娇艳着。这，肯定是为了它的主人。

有成语叫“鸟语花香”，其实，花向人们展现的不仅仅是“香”，不仅仅是它美丽的形象，花通人性，花懂人心，难怪《红楼梦》里金陵十二钗吟诗作赋都把自己比作了花，而且那花的品性都像极了本人；也难怪古代有那么多的花成为仙人的故事和传说。热爱花吧，不仅仅是眼前美丽的芍药，还有那已经凋谢的郁金香和牡丹，以及那开放在不同时节的各式各样的花。

2013年5月21日

岁岁重阳菊花开

这几年，只要中秋时节在省城，总会到迎泽公园看看菊花，如同五一期间要去看郁金香和牡丹一样。与五一节的两种花相比，我对菊花似乎更熟悉，也更喜爱一些。这种情感与孩童时期有关。

小时候，我们家租住在邻居李大叔的院子里。院子没有正房，只有三间东房，西面靠墙是父亲的铁匠炉。南墙不高，院里两棵椿树，细细高高，直插云端，因此阳光极好。母亲爱花，爱树，在街上捡了两颗桃核，种下去，发芽，破土，几年后，春季开了花，秋季挂了果。两棵树的桃子颜色味道都不相同：一个黄白，酸甜；一个鲜红，甜极。还有香椿树、石榴树等。至于花，都是盆栽，这与北方的气候有关。像夹竹桃、无花果、柑橘等，年年春季搬到院子里，深秋就挪到了室内。母亲栽种得最多的是凤仙花和菊花。也许这两种花好侍弄吧？凤仙花红白相间，不仅可供观赏，还可以染指甲，因此也叫指甲花。我们家女的多，大嫂、二嫂，姐姐、妹妹，还有侄女。凤仙花开的时候，往往要摘下一小盆，洗净了，撒上盐捣碎了，挖一撮放在指甲上，揪片蓖麻叶严严实实地包裹起来，再用细棉线缠绕。第二天拆开来，指甲就变成红艳艳的了。

菊花自然是最好看的。母亲栽种的菊花一律是粉红颜色，花朵不大，管状的花瓣却层层叠叠，紧紧密密地围绕着黄黄的花心；花香也浓浓地充满了院子，飞出了院墙，散布到村子里。母亲还栽种有花头小小的金丝菊，毛茸茸的金黄花瓣，红色花蕊。但我自始至终不认为它是菊花，因为它不仅没有菊花的清香，还有一股不大好闻的气味。

迎泽公园的菊花自然品种繁多，花朵也极大，如下面的几种：

这些品种肯定都是改良过的，不像母亲栽种的菊花纯粹。母亲的菊花像很原始的山菊花，如同右边的这样。不过，即使母亲栽种的菊花也应该是在人们世世代代的种植中，品种发生了变化的。我们来看看古代文人笔下的菊花，大多都是黄颜色。陶渊明最爱菊花，他归隐之后，陶醉于“采菊东篱下，悠然见南山”的悠闲生活，只是他笔下的菊花缺少了明显的色彩描写。唐末的农民起义领袖黄巢、宋代的女词人李清照等，他们的诗句是明确了菊花为黄色的，前者如“冲天香阵透长安，满城尽带黄金甲”，后者写“莫道不消魂，帘卷西风，人比黄花瘦”。想来古代的菊花不像现在这样多姿多彩。因为，现在看来，除了上图中的粉、白、红、

白中藏绿、白里带粉之外，还有一种暗红色的，叫墨菊。

除了色彩，古代人与现代人栽种菊花的目的也不尽相同，古人最早种菊是为了食用和药用的，汉朝《神农本草经》记载：“菊花久服能轻身延年”；苏轼在《赵昌寒菊》一诗中也说：“轻肌弱骨散幽葩，更将金蕊泛流霞。欲知却老延龄药，百草摧时始起花。”菊花味甘苦，性微寒，有散风清热、清肝明目和解毒消炎等作用。当然，菊花的这一作用如今还在延续，市场上用杭白菊制作的菊花茶，就是夏天人们抵御暑热的大爱！现代人栽种菊花的目的更多在欣赏，就拿太原市来说，年年国庆期间，都要举办菊花展览，至今已经举办了24届，且年年形式造型不同，有摆放成庭院形状的，还有红色风景的（即把各式盆花摆放成宝塔山、天安门等样式）。相比较而言，我还是喜欢今年的展览方式：在空旷的地面上，把品种、颜色各不相同的盆花聚集成长方形或圆形，也有的把花盆搁置在高高低低的架子上，便于人们就近欣赏和拍摄。在环湖葱绿的草地上，还有一处十分别致的布置：两间茅草屋，一道篱笆，一口水井。这，该是陶渊明种菊、采菊的意境吧?

我想，菊花具有的文化意义，是不是也由陶渊明开始呢？正是他东篱下悠然采菊，以田园诗人和隐逸者的姿态，赋予菊花独特的超凡脱俗的隐者风范，菊花才有了隐士的灵性和象征。而黄巢的“飒飒西风满院栽，蕊寒香冷蝶难来。他年我若为青帝，报与桃花一处开”“待到秋来九月八，我花开后百花杀。冲天香阵透长安，满城尽带黄金甲”，在其带有明显寓意和倾向性的诗作里，菊花又成了饱经沧桑的勇敢坚强的斗士。菊花有时又成了伤感的象征。上文我们引用的李清照的词句：“莫道不消魂，帘卷西风，人比黄花瘦。”用“瘦”字抒发内心对久别丈夫的思念和感伤之情。另外，菊花还是高洁品格的象征。菊花残谢后一般不会凋落花瓣，而是在枝干上渐渐枯死，因此宋代朱淑贞有诗云：

“宁可抱香枝头老，不随黄叶舞秋风。”

岁岁重阳菊花开，明年无论在哪里，只要有机会，我还要去赏菊的，只是再回不到童年的境况，再见不到母亲栽种的菊。

2014年10月18日

椿叶红于二月花

因了微信中一幅图片，背了相机赶到森林公园。虽然阳光明媚，万物静好，却始终没有找到图片中那一丛红叶。迈出西门，就是湿地公园，还是到水边看看芦苇吧。不想，刚刚踏入，就被一大片红色吸引了！

这一片红色在东边的一面土坡上，叶片狭长，叶梗细细，整齐排列在高高挺立的枝干上——原来是椿树！这红色，非常艳丽：带着金黄的富贵的红，含着紫色的庄重的红，从绿转红过渡中的花斑点点的红……真是众里寻他千百度，蓦然抬头，红叶却在公园高坡处。

红叶找到了，却产生了疑问：人们喜欢红叶，比如秋天，北京的香山游人如织，都是为了观览红叶，那红叶是黄栌叶；杜牧诗句“霜叶红于二月花”的红叶是枫叶；前几年到杭州，随处可以见到的红叶是槭树叶；小时候深秋时节漫山遍野的红叶是柿树叶；还有形状如火炬般的山毛榉叶……但是，生长于北方，见到的椿树多了，秋天叶子变成红色的椿树却从来没有见过。

由此想到了老家院子里的椿树。

我曾在《故乡的小院》里写过，客居山西多年的父亲修建起一院房子，倾其所有还外欠了四千多元。之后，父亲就着手在小院里种树了。除了桃树、苹果树、花椒树、榆树之外，东墙根和南墙根就种的是椿树。在所有的树种中，椿树长得最快，十年工夫就窜得远远超出房顶了。

儿时，我喜欢椿树，是因为它高大的虬枝不仅夏天能给家人送来阴凉，引来喜鹊搭窝，花大姐（一种灰色羽翅上有红点的飞虫）沿树攀爬飞舞，也因为母亲讲述的一则传说：

某年春天，某皇帝到民间微服私访，有一天迷了路，走到了一片荒野中。眼看着太阳偏西，仍然前不着村后不着店，皇帝异常疲乏，又渴又饿。正当他绝望之时，忽然看到山洼里有一棵大叶子树，上面结满了紫红色的小果子。此刻的皇帝顾不上多想，急忙伸手摘了来吃，感觉那红红的果汁绵软香醇，真可以称得上玉液琼浆，比之皇宫里所有的食物和饮品的味道都好。就凭着这一顿猛吃，皇帝来了精神，终于走出荒野，找到了人家。原来，这果子是桑葚，只是，久居皇宫的他不认识罢了。皇帝是个懂得报恩的人，他回到皇宫后一直让人找那吃过的果子，可是，从春天一直找到秋天，大臣们给他找到的果子万万千，都不是他吃过的，最后，有人拿了椿树的荚果，他看那样子是红色的，形状也是椭圆的，就拍了板，并立马把椿树封为了树神。从此，椿树茂腾腾地生长起来，而桑树却气破了肚子，从此，一个个树身开裂，歪歪扭扭，长得不成模样了。

这故事当然不会是真的，但它却在我儿时的记忆里刻下了深刻的印痕。

后来，遭逢困难年代，粮食和蔬菜极度缺乏，所有的树叶也都成了人们的口中之物，椿树自然也不例外。我家的椿树是臭椿，它的口味虽然不及灰灰菜、扫帚苗、马齿苋等好吃，但聊胜于无。许姓邻居是个中年人，家里孩子多，食物更缺乏，已经瘦得皮包骨了。他常常来我家借水桶，习惯了，进门也只是朝家人点点头，就径直到厨房挑了走。这一天，大嫂发现刚调好的椿树叶少了半盆，家人都在外边，除了邻居，不会有别人，遂生气地告了父亲，父亲叹了口气说："灾荒年月，他家日子难呢！"

改革开放后，人们不会吃椿树叶子了。再后来，父母相继辞世，苹果树、桃树也都慢慢枯黄死去，唯有椿树，姐姐盖房子、打家具砍掉了两棵粗大的，其余的还在生长着。每次回家，我总要到老院走走，看看房子，也看看那几棵默默地生长着的越来越壮硕的椿树。

如今的太原城里，椿树不多，行道树不选它，只有泡桐、银杏、国槐和杨柳等，近年又在众多乔木之间添栽了西府海棠、连翘、榆叶梅和木芙蓉等。大街上，从春到秋，绿叶婆娑，花开花落。而椿树呢？大概我活动范围有限，也只在湿地公园的一面土坡上看到了几十棵。不过，它的叶子是红色的，却实在令人想象不到。查阅工具书，才知道它是椿树的一个品种，叫红叶椿树。而叶片秋季变红的原因与上文提到的枫树、黄栌、槭树等一样，都是由于树木中含有大量的花青素。因此，越到深秋，它就越发地红艳起来，如同二月盛开的春花，点缀在大片的其他树木的绿叶、黄叶之间，把萧索的秋景变得绚烂了起来，明艳了起来，使观赏景物的人们的精神也欣欣然振奋了起来。

2015年10月30日

体验感动

傍晚，雨后晴朗的天空被晚霞晕染成了一片橘红。在迷蒙如红色梦境般的暮色里，我播放起了德沃夏克的《自新大陆》。当《望故乡》那悠远空灵的旋律在屋里柔曼地流转时，我宁静的心灵猛然被搅动，眼前仿佛出现了数百里之外的故乡美丽的田园：那村后高耸的巍峨的青山，村边蜿蜒曲折奔腾流泻的河流，还有那在这片黄色的土地上辛苦劳作了一辈子的父母和乡亲……我的泪水止不住地涌流出来，大滴大滴地滚落而下，顷刻间濡湿了面前的书桌。那一种情感与其说是悲伤，倒不如说是一种透彻心肺的享受，更确切地说，是从来没有经历过的无法言表的感动。以至于十多年过去了，那一个橘色的、如梦似幻般的黄昏留给我的记忆还是那样清晰，那样生动。

翻检我的人生经历，也还珍藏着许许多多别样的感动。

那是一个周六，将近中午时分。为了消蚀一周劳碌带来的疲惫，我懒散地踱进一条幽僻的小巷。漫无目的间，路边一家餐馆的牌匾吸引了我的目光——“白玉饺子”——多好听的名字！向来爱吃饺子的我，立刻决定：中午不回家做饭了，去品尝一下这白玉饺子。走进小店，十几张餐桌已经都有了人。正迟疑间，年轻的餐馆女服务员过来招呼：“最里面的大桌子只有一个人，您愿意拼桌的话，可以过去。”我点点头，穿过人丛，走了过去。坐下后，才发现同桌是一位女孩，圆圆的脸，齐耳的短发，透着一股简洁和清爽。她似乎没有发现我，只顾低头翻看一本厚厚的英文书。我猜想，是要参加什么考试吧？连等饭的间隙都用在了学习上！一会儿，服务员在她面前放了一盘饺子，她抬头浅浅地笑笑，放下书吃起来。我把面前一小碟蒜汁泡醋推过去，示意她蘸饺子用。她脸一红，急忙含笑点头致谢，显得很不好意思似的。接着，我的饺子也端来了，我们各自吃着，因为生疏，自然都没有说话。快吃完时，我向服务员要纸巾，她答应后却又忙上了别的。我小声嘀咕了一句：“嗨，她肯定忘记了。”女孩听到了，仍然是浅浅地笑笑，离开桌子走向吧台，帮我要来了纸巾。这回该我说感谢了。她摇摇头，轻声道：“没事的。”很快，女孩吃完了。她装起书离开的时候，满脸含笑地向我说了声：“拜拜!”然后挥了挥手，轻轻地走出了店门。

望着女孩的背影，我忽然生出一种感动：这仅仅是一次短短的邂逅，在今后人生的时日里，很可能我们再也不会相遇、相逢，即使碰到，也可能不会相认，因为，我并没有确切地记住她的模样，更不知道她的姓名。但我坚信，我的脑海中永远地留下了一段美好的记忆：在一个有着好听的名字、好吃的饺子的小小餐馆里，我碰到过一位有着清爽的气质，脸上含着浅浅的笑意，又十分懂礼貌的女孩。这，就足够了。

春末夏初，我下乡了。一个容纳500人的阶梯教室里坐满了学生。我讲，他们听。虽然人多，我讲话却不用费力：有麦克风，更有安静的环境。离开讲台十多年了，这几乎是第一次面对学生上课。为了不浪费他们的生命，我在写讲义时用了心。我注意到，他们大多并没有忙忙地做笔记，只是用一双双透露出淳朴、善意和友好的眼睛静静地望着我。时不时地还会发出微笑，有时也会报以掌声。短短的3个小时过去了，我与学生们也分别了。我想：我与他们的相遇，同小餐馆见到的女孩一样，也只是一次短暂的邂逅。因为没有单独接触，我记不住他们中的任何一位。随着岁月的流逝，可能留在记忆中的仅仅是这样一幕：在乡下一所学校的大教室里，我曾经看到了久违了的学生们的关注的表情，单纯的眼睛。而他们肯定也会忘了我。可是，让我没有想到的是，返回途中，我接二连三地收到了很多短信，都是学生们发来的。我只能凭借文字特点揣测：这是一个柔弱的女孩，要不怎么这样缺乏自信呢？这该是一位爽朗痛快的人，你看他（或她）是这样写的：“老师，谢谢您。工作之余，要注意身体，别太累了。今天特别开心!”还有一位男生更有意思，他和我谈的是自己的秘密——喜欢上了班里的一位女生！他问我，该怎么办？虽然知道中学阶段不是谈这个的时候……我被深深地感动了！为这些善良的具有爱心的学生，为单纯到仅仅见过一面就对我倾诉心曲而且毫不设防的心灵。我郑重地一一给他们回复，并在每一条短信的最后都写上了“谢谢同学”的字样。因为我知道，他们给我的远远超过了我给他们的。

我常常想，生活中，其实不乏感动。这种感动有些如同我在十多年前黄昏时听音乐的感受，常常是不经意间猛然来临的，让你猝不及防，甚至找不到理由。但更多的则是需要我们用心去聆听，用心去感受。譬如在办公室忙碌得口干舌燥之时，同事给你端来了一杯温热的开水，如果你用心，这杯水润湿的绝不仅仅只是我们焦干的喉咙；当你的事业有了小小的突破，朋友用短信发送来了几句热情的赞语，只要你用心，就会透过话语体会到其中蕴含着浓浓的情谊；甚或身体不适或情绪低落时，家人的一瞥看似平常的默默的注视，倘若你用心，该能读出其中的殷殷的关切之情……

我还想，能够体验到感动的人是幸福的人，能够给别人送去感动的人也会是幸福的人。因为感动是一种美好的情感，托举着她的是一颗善良的心灵。

2010年6月6日

冬天里的春天

虎年冬日，我病了。到了不能再拖的时候，我才去找医生。一个熟悉的医生朋友建议我到和平医院找米振国院长，说他是名医，原来在省重点医院当院长，退休后被聘到了重机厂的职工医院——和平医院。

在手术室外我见到了米院长。他根本不像年龄已经过了六旬的人，中等身材，面色红润，温文尔雅之中透露出干练与随和。他热情地把我让到他的办公室，询问了病史和病情后，立即叫来医生给我办理了住院手续，按他的话说："你拖得太久，对自己太不负责了！"

没有想到，我在和平医院整整住了20天！大概一般人都会说，这么长时间待在医院，肯定很痛苦吧？且不说治疗时要承受疼痛，生活也不方便啊！何况在人们的心目中，一些医生的医德修养也不如从前了。可是，20天过去了，我不仅没有难熬的感觉，甚至在出院时，心底还隐隐地滋生出了依依不舍的感情。

我在忐忑之中被推进了手术室，抬眼四望，没有看见米院长，不由得担心起来。麻醉师猜到了我的心思，轻轻地在我耳边说："放心！米院长正在准备。"果然，等我从昏迷中醒过来时，看到了手术台旁的米院长，他和医生们正在认真详细地讨论我的术后治疗。后来我才知道，自从米院长来到和平医院，几乎每天都有手术，少则3台，多则7台。手术时，米院长就整天地不离手术室，连午饭也是让人送进去吃的。难度大的病症他就亲自动手，并且边操作边讲解，让围看的医生们清楚手术的每一个环节，明白这样处理的原因和注意事项；一般的病症，就鼓励年轻医生动手，他则在一旁密切关注操作程序，随时给予提醒，生怕因一点点的疏忽而贻误病情，对不起病人。

清冷的早晨，太阳还没有升起，米院长爽朗的声音已经在病房的走廊里响起——他带领着医生们来查房了。等进到我的病房时，米院长的第一句话总是："张老师，感觉怎样？"现在回想在医院的日子，除了实习护士担心把液体搞错，问过我的名字外，所有的人都称我为"老师"。就是这看似简单的称呼的变化，我体会到了他们对我、对病人的尊重。米院长查房的方式也让人感觉温暖，他热情地询问病人的感觉，关心病情的变化，和医生们商量治疗方案，叮嘱应注意事项……这些做法，也许在他看来，都是常规工作，是每一个医生终身应该做到的，也是必须做好的。因为，我后来知道这是他一贯的工作态度，他已经坚持了几十年。

在和平医院，还有几个细节也令我感动：医院里，每个楼层的电梯门口都挂有醒目的提示标牌："本院职工请走楼梯，把方便让给患者"；前来就诊的病人很多来自农村，我亲眼看到他给一位满口方言、衣着土气的农民留电话号码，嘱咐回去以后有问题可以随时问他；更有一件事让我感慨良多，查房时，一位医生建议让我使用一种进口药，并说北京一些医院已经用过，效果还不错。从我内心来说，当然希望身体早日痊愈，就想买来试试。米院长却说："这是自费药，很贵，我不主张用；就是公费看病，也应该尽量使用便宜有效的药品。再说，张老师的病静养也会慢慢好起来的，不需要。"他的话让我在感动之余，又忍不住从记忆中努力去寻找。结果，我有些失望，因为几十年来，和医院打过不少交道，这样的医生确实为数甚少。

怀着对米院长的敬重和感激之情，出院后，我上网查看了很多有关他的报道。比如他从医的经历，获得的荣誉，研究的成果等等。这些，我觉得还不大像我了解的米院长，直到阅读了2004年12月30日《光明日报》上登载的《仁德济世　止于至善》的文章后，我才觉得与我心目中的米院长的形象贴合上了。文中描写了这样一个感人的故事：

上世纪80年代中期，医疗队到榆社县老区巡回，一位老大娘患直肠癌，找米振国教授检查。他摸着巨大的肿瘤，说："大娘，您为什么不早点到医院治啊?!"大娘回答他："我的病去年发现后，赶紧回家养了猪，今年卖了，攒下钱才来看病……"其实，他心里清楚大娘已经失去了治疗机会。这件事在米振国内心引起很大震撼，每次在讲学中，他都哽咽着对学生们讲述这个故事。

文章还写到他带领医疗队下乡时，老百姓背着孩子到二三十里外的医疗点看病，早上天不亮从家出发，中午才能见到医生，返回家时已是星斗满天；农民长年患病，满口吐着带血的脓痰，还在家拖着，看病的机会只有在医疗队巡回下乡的时候……这一切深深印在他的脑海里。老百姓那一双双企盼和感激的眼睛，一直鞭策着他献身医学事业。

看到这里，我想，用上面文章题目来概括米院长的特点应该是准确的——"仁德济世，止于至善"，这既是一个医生的医德，也是当今社会中难能可贵的精神品德啊!

在和平医院，令我感动的不仅仅是米院长，还有胡院长。我住院的第二天深夜，病情突然加重，他接到值班医生的电话后，马上赶到医院，亲自确定了处置方案，在病房守候了好几个小时，直到我稳定下来才离开；分管我的年轻热情的陈大夫，一天几次到病房看望我并询问病情；护士们认真细致，护理技术也很高，我胳膊上的血管因为十多年前输液过多，已经很不好找，但她们却能很准确地找到位置……

药王孙思邈《大医精诚》中有一段名言：“凡大医治病，必当安神定志，无欲无求。先发大慈恻隐之心，誓普救含灵之苦。若有疾厄来求救者，不得问其贵贱贫富，长幼妍媸，怨亲善友，华夷愚智，普同一等，皆如至亲之想……”就是说，行医之人要有慈悲恻隐之心，对待病人无论贵贱贫富长幼俊丑，也无论是仇人还是亲朋，都要一视同仁，把他们当作自己最亲的人来看待。我想，米院长和他的和平医院的同事们之所以赢得了患者的信赖，赢得了人们的尊敬，除了他们高超的医术之外，还有高尚的医德。因为只有医术没有医德，那只能是个赚钱机器，不会落下什么口碑；只有医德没有医术，就会成为一个好心的庸医，不会赢得患者的信赖。可以说，他们已经做到了集二者于一身。

出院已经有一段时间了，眼下，大自然的春天还没有真正到来，天气仍然寒冷，可是每当回想起在和平医院度过的那段日子，心里就有一种温暖的感觉，像是整个人都沐浴在春天的阳光里，舒畅，惬意。

2011年2月13日

清凉薄荷

3岁的小爱6月底从北京回来，周末，她极喜欢到作协院里玩。这里有高大的梧桐树，肥绿的叶片遮蔽了暑日艳艳的阳光，给小院送来了浓荫和清凉；有藤萝架，下面花圃潮湿的泥土中常常能挖出肥肥的蚯蚓。除此之外，南墙边成片的薄荷也是她喜欢的。因了偶尔一次我摘下一片叶子让她闻，她记住了薄荷的味道。后来再去玩，她总喜欢到薄荷旁边流连，小手在叶片上摸摸，凑近了用鼻子闻闻。后来，我干脆挖了三棵刚钻出泥土的薄荷苗，栽到了晾台上的花盆里。每天清晨，小爱起床的第一件事，就是跑到晾台上给薄荷浇水。她听我说，薄荷只要喝足了水，就会疯长。果然，十多天过去，薄荷茎粗了，叶片大了，绿色浓了。有一天，我发现其中一棵的叶片与其他不大一样，心想：是不是当初认错了？揪下一片叶子闻，果然没有清凉的味道。不由得嘴里念叨：“这不是薄荷。”小爱听我说，不动声色地从另一棵上也揪了一片叶子，边嗅边喊：“这个是薄荷！”并举着叶子得意地送到我跟前。好清凉！小爱对了。

查李时珍《本草纲目》："薄荷，人多栽莳。二月宿根生苗，清明前后分之。方茎赤色，其叶对生，初时形长而头圆，及长则尖。吴、越、川、湖人多以代茶。苏州所莳者，茎小而气芳，江西者，稍粗，川蜀者更粗，入药以苏产为胜。"

以上描述，似乎薄荷产于南方，其实不然，楼下作协院子里就有，在我老家晋东南也并不稀罕，沁河水边，山溪之畔，旺旺地密密丛丛地长着许多。老太太们头疼发热，喜欢揪两片贴在鬓角或额头，说闻着那清凉凉麻生生直窜鼻孔的味道，头不疼了，浑身立马就清爽了。

不过，喜欢上薄荷，则源于自己这个北方人的面食情结。

先说一则趣事：前些年到庐山参加教材会议，饭菜质量不低，各种时令青菜，肉类海鲜，样样俱全。可是，连续吃了三天之后，北方人不乐意了：为什么主食总是大米，不会变个花样？有一日，忽然发现邻桌有一盆挂面汤，急急询问服务员："我们这一桌怎么没有？忘记了吗？"回答："那一桌有病号啊！"原来如此！第二天，北方的一桌竟然真正有了"病号"，服务员不敢怠慢，工夫不大，一盆挂面汤端了上来。随后的几天，北方的"病号"逐渐加多。只要有北方人的餐桌，几乎都有那么一两个"病号"。只是这些"病号"要求不高，除了午餐或晚餐喝一碗挂面汤外，不服药，不就诊，当然也不会缺席会议。

北方人喜面食，一日三餐吃面也不会腻烦。倘若到了南方，也会寻找北方面馆吃饭，那些兰州拉面、山西刀削面、甚至永济人开的牛肉饺子馆，都列入了选择范围。实在找不到这些，米线就成了首选。虽然那米线也是大米加工的，但是样式变了呀，它俨然已经成了北方的面条嘛！

去昆明出差，住在云南大学宾馆，紧挨翠湖，旁边的桥香园过桥米线很出名，遂几人相约前往。14元一份的米线一会儿端上了桌，哈，真让我开了眼，一碗热气腾腾的鸡汤，一堆大大小小的碟子，里面摆满了五颜六色的食材：透明发亮的细细光光的米线，粉红色的薄薄的肉片和火腿丁，白白的金针菇、银耳，还有褐色的叫不出名字的菌类。绿色的更多，葱花、香菜段、黄瓜片。只有一小捧翠绿色的椭圆形叶子，不知道是什么植物。当地人说：薄荷。原来，薄荷叶片可以与米线同吃！只见服务员麻利地“乒乒乓乓”一阵响，将碟子里的东西全部放入鸡汤，片刻，肉片浮起，呈现亮亮的白色，可以吃了。细细品尝，汤里确实有一股薄荷叶子的清香，给本来香味浓浓的米线增添了一份说不出的清爽。

回到居住的城市，如果愿意，每天都能吃到正宗的面食。可是，盼望再次吃到云南过桥米线的愿望，倒成了一种挥之不去的情结。心想：偌大的省城，说不定会找到桥香园那类米线吧？由此，出门行走，总想看看问问，最后兴兴头头的找寻换来的都是失望。举目望去，挂着“云南过桥米线”牌子的小店很多，可那做法却完全不同——说穿了，根本不是云南过桥米线，仅仅是最最普通的砂锅米线。一口乌油油的陶锅，不分层次地装进米线和蔬菜——那菜，也就是几叶生菜、十来根豆芽，最多还有几块火腿肠之类。至于薄荷嘛，根本就不可能有！

前年在北京过春节，初二和家人去后海游玩。中午出得园门，一抬头，哇！马路对面的饭店竟然是“桥香园”。那份惊喜，真可以用“众里寻他千百度，蓦然回首，那人却在灯火阑珊处”形容。不消说，我们进去了，吃到了。那做法，那口味，甚至店里的陈设，包括穿着民族服装的服务员，都和昆明桥香园的没有二致。可是，大概由于季节的原因，绿色蔬菜里缺少了薄荷！要知道，这可是我一直想吃过桥米线的一个主要原因啊！

看来，要吃正宗的过桥米线，还需要到昆明。退而求其次，只能到超市里买米线，回来如法炮制。最重要的，可以放薄荷了。因为我和小爱栽种的薄荷已经能吃了。

“薄荷辛能发散，凉能清利，专于消风散热，故头痛头风眼目咽喉口齿诸病，小儿惊热及瘰疮疥，为要药。”这是李时珍《本草纲目》中对其药用价值的记载。我想，他如果知道云南人将其放到过桥米线中食用，这些条目该更丰富了吧？

2014年9月17日

遇见了郝美云

偶然患病，到医院住了几天，认识了郝美云。

病房里并排放着三张床，我的在中间，左边靠门的病人年轻，瘦瘦的，姓白，她离家近，只处置时来一下。右边挨窗户躺着一个七十多岁的老太太，她就是郝美云。我上午九点多进去，郝美云正在酣睡，呼噜声很高。老太太有这样高的呼噜声，我真的还没有见过，而且是在并不安静的白天！

没有地方可去，我只好在病床上坐着，等医生的安排。本来带着书的，看不进去。一个多小时过去，郝美云的呼噜声停止，她翻过身，发现了我，一下子坐了起来，很热情地问："新来的吧？"

"是的。"我回答。看看对方，花白的齐耳短发，圆圆的脸，很精神的样子。

她很健谈，简单问了几句我的病况，就絮絮叨叨地说起了自己：她患膀胱炎，去年冬天就住院了，反反复复一直好不了，各种消炎药依次用了一遍，有的过敏，有的不见效。她眉毛紧蹙，发愁地说："昨天化验都不对了，白细胞一下子上升到一千六！"看她脸色不错，我安慰说："不会吧？有时候也不能只看化验。"

这时候医生进来，交给我一沓化验单，嘱咐我第二天早上按项目一一检查。我认识这位医生，三年前患病，他是我的主治医生。

郝美云大概听到医生叫我，忽然问："你是老师吗？"我点点头。她兴奋起来，"老师好啊，我还当过几年呢"。我也觉得与她一下子近了许多，毕竟在这里遇到了同行。

她开始讲当教师的经历：那年她20岁，还在农村老家。村里小学缺老师，就让她这个初中毕业生去代课了。

我明白了，她当的是代教。

"你知道吗？我那时可是村里公认的好老师！"

我感到惊诧，当教师几十年，接触过无数个教师同事和朋友，没有一个人能大大咧咧地说自己是好老师。

她继续喋喋不休地讲："我的班上有几个淘气的男孩，上课捣乱，下课打架，父母都管不了。有一个男孩，被他父亲用绳子捆在树上，拿鞭子抽，嘴里仍然骂骂咧咧不服输。可是，到我手里，他不敢了。"

原来这样！能教育好调皮学生，自然应该归入"好老师"之列。只是，她用了什么教育方法？

看着我探寻的眼神，她突然卖开关子，“你想不到吧？到现在我仍然觉得这是对付坏孩子的最有效的办法！”

我有点懵：“坏孩子”“对付”，“好老师”是这样的吗？

她一字一顿地开始传授她的有效办法：“我把全班同学集中到操场上，让那个坏孩子站到中间，其他同学排着队从他身边走过，一人朝他吐一口唾沫，说一句‘呸！不要脸！’打这以后，他再也不敢捣乱啦！”

啊！我真正地吃惊了。这不是侮辱人吗？这是“好老师”教育学生的方法吗？

接下来的三天，我再没有和她聊教师、教育的事。

郝美云的家也不远，吃饭是靠老伴在家里做好后骑车送来。这老头方方的脸膛，说话慢声细气，走路有点蹒跚，毕竟七十多岁了。早晨六点多，中午刚刚十二点，老头就到了，看那饭菜，有荤有素，干的稀的，花样还蛮多。陪她吃过，洗了碗筷，老头就回去了。因为路上往返要一个小时，还要买菜，做饭。只有晚上老头才待得时间长一些，饭后，要给她打水，帮她洗脚，擦背，洗涮袜子、毛巾之类。

我感叹郝美云有这样一个知冷知热的好老伴，谁知她鼻孔哼了一声，“好什么？没办法罢了”。说这话时，左床的小白也在，我们都劝她知足，也该体谅一下老伴才对。不想，倒诱发了她对老伴的一腔愤恨：“他在外人面前装样子，心里边恨死我了。前几年，我得了大病，他盼我早死，还在外面找了人……”

说心里话，年龄有距离，又不熟悉，她这样肆无忌惮地宣扬家丑，我和小白都觉得不好意思。

后来，我发现，家人在她眼里，都不是好人。她说在医院工作的女儿，对她还不如外人好，“我住院几个月了，她很少过来，来了，也坐不了几分钟”。为了转移她的情绪，我们问到他的儿子。结果一个样，“儿子嘛，不成材，四十岁的人了，找了三个媳妇也没有落下一个，第一个留下个孩子，让我们老两口养活。媳妇不管，儿子给人家打工，白天黑夜地忙，也不管”。说完，长长地叹了口气：“我这辈子是作了什么孽呀！”

晚上，郝美云睡得很早，八点多就躺下了，躺之前，她抬手就把房间电灯关了。很快，呼噜声也随之高高地响起。我不习惯早睡，可是，黑灯瞎火能干什么？就那样定定地睁着眼，听她的呼噜，听她偶尔发出的不清晰的呓语，听她翻动身体时，床板发出的吱扭声，很久很久，无法入眠。

凌晨四点多，正睡得沉，觉得眼前亮亮的，一看，郝美云起床了。灯亮了，窗帘拉开了，病房的门也大大地敞开着。接着，是杯子、暖瓶、脸盆“叮叮咚咚”一阵碰撞。然后，一点声息也没有了，努力睁开眼睛看看，她端坐在床上念经呢！手里的佛珠被一粒粒地数着，嘴巴里絮絮叨叨地念着。原来她信佛！

白天，她的话题又转移到了佛教上，说了相信佛教的诸般好处，有个孩子得了皮肤病，住院几次，花钱上万，总不见好，浴佛节那天，用寺庙里浴佛水洗了几次，好了。说到这里，她眼睛瞪得大大的，“你说神奇不神奇？今天恰好四月初八，我让老汉去庙里了”。

中午时分，她老伴到了，果然带来好几个矿泉水瓶子，装着满满的水。郝美云高兴起来了，一个劲劝我和小白用那水洗脸，“去病呢”！我说：“您不是好几个月病情不见起色吗？您用吧！”她似乎听出了我话里的意思，回说：“我用了，效果不明显。按佛教说法，是上辈子作孽多了，这辈子就要受罪啦！”小白也说：“那您就别念经了，佛又没有保佑您。”郝美云似乎有点不高兴，很决绝地说：“那可不行，我要修下辈子呢！”

在医院住了三天，按医生的安排，我和小白都该出院了。郝美云听说，发了愁。其实，大夫已经几次催她出院，说她已经不需要治疗，精神状态又好，住下去意义不大，回去养养，说不定就彻底好啦。可是，她不愿意出院，说家里房子太小，坐西朝东，夏天热，冬天冷，已经住了多年，破破烂烂，黑魆魆的，哪里像这坐北朝南高大敞亮的病房！

不过，说归说，我们要走，她担心新病号与她相处不来，突然变了主意，也要出院。她叫老伴拾掇好东西，朝我们挥挥手，一扭一扭地走了。

没想到，我们准备走时，医生又下了医嘱：我需要再化验一下，小白呢，还要补做个B超。结果想走的没走成，不愿走的走了。

2014年6月6日

图书在版编目（CIP）数据
岁月里一弦清音 / 张春莲著. — 太原：山西教育出版社，2017.6（2017.11重印）
ISBN 978-7-5440-9103-9

Ⅰ. ①岁… Ⅱ. ①张… Ⅲ. ①散文集－中国－当代 Ⅳ. ①I267

中国版本图书馆CIP数据核字(2017)第036387号

岁月里一弦清音
Suiyue li Yixian Qingyin
张春莲 / 著

出 版 人 雷俊林
责任编辑 朱 旭
复　　审 杨 文
终　　审 郭志强
装帧设计 薛 菲
印装监制 贾永胜
出版发行 山西出版传媒集团·山西教育出版社
（地址：太原市水西门街馒头巷7号 电话：0351-4729801 邮编：030002）
印　　装 山西臣功印刷包装有限公司
开　　本 850×1168 1/32
印　　张 11
字　　数 192千字
版　　次 2017年6月第1版 2017年11月山西第2次印刷
印　　数 1001-4 000 册
书　　号 ISBN 978-7-5440-9103-9
定　　价 36.00元